KB161201

# 내 삶의 이야기를 쓰는 법

# 내 삶의 이야기를 쓰는 법
### 자전적 에세이 쓰기 A to Z

낸시 슬로님 애러니 지음
방진이 옮김

2023년 3월 31일 초판 1쇄 발행
2023년 12월 5일 초판 3쇄 발행

펴낸이 한철희 | 펴낸곳 돌베개 | 등록 1979년 8월 25일 제406-2003-000018호
주소 (10881) 경기도 파주시 회동길 77-20 (문발동)
전화 (031) 955-5020 | 팩스 (031) 955-5050
홈페이지 www.dolbegae.co.kr | 전자우편 book@dolbegae.co.kr
블로그 blog.naver.com/imdol79 | 트위터 @Dolbegae79 | 페이스북 /dolbegae

편집 김진구·윤정숙
표지 디자인 김민해 | 본문 디자인 이은정·이연경
마케팅 심찬식·고운성·김영수·한광재 | 제작·관리 윤국중·이수민·한누리
인쇄·제본 한영문화사

ISBN 979-11-92836-08-9 (03800)

책값은 뒤표지에 있습니다.

# 내 삶의 이야기를 쓰는 법

## 자전적 에세이 쓰기 A to Z

낸시
슬로님
애러니
지음

방진이
옮김

돌베
개

조엘Joel에게

당신은 내 스승이자, 가장 친한 친구이자, 멘토.

내가 일레인 메이라면 당신은 마이크 니콜스,

우리는 최강의 코미디 듀오니까.

당신은 마르지 않는 지혜의 샘, 내 모든 생의 사랑이야.


그리고 조시Josh에게

네가 태어난 그날 이후

너의 사랑스러움과 자애로운 영혼이

지금껏 나를 버티게 해주었단다.

또 나를 위해 예비된 예언자 엘리Eli를

만나게 해주었지.

일러두기
1. 원서의 이탤릭체로 표기된 부분은 볼드체로 바꿔 표시했다.
2. 중괄호([  ]) 안에 있는 보충 설명은 옮긴이가 단 것이다.

## 서문

내 부서진 마음을 달래준 것은 정신과 의사도, 처방약도, 위로를 건네는 친구도, 심지어 (내 남편처럼) 더할 나위 없이 훌륭한 배우자도 아닌 자전적 에세이 쓰기였다. 나는 자전적 에세이를 쓰면서 내 분노, 공포, 깨달음을 종이에 옮기고, 내 결혼생활을 정서적 현미경을 통해 들여다보고, 내 강점을 보되 약점도 인정하고, 내 자아에서 여전히 성장시켜야 할 부분을 찾았다. 내가 왜, 어떤 과정을 거쳐 내 삶의 주도권을 내어주고 인질이 되었는지도 이해하게 되었다. 그것이야말로 내게 필요한 최고의 치료제였고 그런 치료제를 처방한 사람은 **나 자신**이었다.

　내 아들 댄은 생후 9개월에 당뇨병 진단을 받았고, 스물두 살에 다발성경화증 진단을 받았다. 남편과 나는 16년 동안 댄을 돌봤다. 죽기 두세 달 전까지도 댄은 내내 화가 나 있었다.

　자전적 에세이를 쓰면서 나는 그렇게 힘든 와중에도 즐거운 순간들이 많았다는 사실에 몹시 놀랐다. 나는 그날 일도 잊고 있었다. 어느 날 밤 나는 아들의 침대 발치에 서서 "안녕히 주무십시오, 만왕의 왕이여"라고 말하면서 고개 숙여 절했다. 그런 다음 "안녕히 주무십시오, 만주의 주여"라고 말하면서 다시 고개 숙여 절했다. 다리는 움직임을 멈춘 반면 손은 떨림을 멈추지 않는, 침대에 갇혀 욕창에 시달리는 댄은 "안녕히 주무십시오, 광인 중의 광인이여"라고 말했다. 그런 일들을 전부 글로 쓰지 않았다면, 나는 내 삶에서 가장 힘들었던 시기를 거의 대부분 잊어버렸을 것이다.

　그러나 내가 받은 가장 큰 위로, 가르침, 뜻밖의 선물이 있다면, 자전적 에세이를 쓴 덕분에 그 여정이 단 한순간도 빠짐없이 절묘하고 아름다웠다는 사실을 알게 되었다는 것이다.

　그것이 내가 자전적 에세이 쓰기가 치료제라고 확신하는 이유다.

## 1

시작은…

누구에게나 자신만의 이야기가 있다.

나는 지난 45년 동안 '마음으로부터 글쓰기'Writing from the Heart 워크숍을 운영했다. 내 워크숍에서 지켜야 할 규칙은 오직 하나뿐이다. 누군가 자신이 쓴 글을 읽어주면 그 글에서 **마음에 들었던 점을 말해준다.**

누군가 용기를 내서 **나는 이런 사람이고, 이런 것들이 현재의 나를 만들었고, 지금 나는 여기에 있다**라고 말할 때 마법이 일어나고, 건강이 회복되고, 치유가 시작된다.

우리의 어린 시절, 젊은 시절에 복구 불가능한 손상을 입

힌 작은 '살인 행위들'은 사라지지 않고 계속 우리 안에 머물
면서 오히려 우리의 심장에, 간에, 콩팥에 차곡차곡 쌓여 절
여지고 있다. 그것들을 우리 몸에서 끄집어내 종이 위로 옮
기는 작업이야말로 모든 의사가 내려야 할 처방이다.

나는 수십 년 동안 수천 개도 넘는 이야기를 들었다. 그렇
게 수천 개의 마음이 열리고, 수천 개의 머리가 맑아지고,
수천 개의 부서진 부위들이 회복하는 것을 지켜봤다.

지혜가 떠오르고 회한이 사라지는 것을 목격했다.

모녀가 오랫동안 짊어지고 있던 비밀들을 글로 쓰고 나서
서로를 보듬어 안을 때 그 현장에 있었다. 부자가 처음으로
옳고 그름을 따지지 않고 서로의 진실을 듣는 것을 봤다. 그
들이 내 워크숍을 떠날 때는 뾰족한 각이 조금 무뎌져 있었
다. 나는 자매가 다시 연결되고 커플이 애초에 그들이 함께
하기로 했던 이유를 기억해내는 것을 봤다.

나는 글쓰기에 어떤 힘이 있는지를 안다. 자신의 관점을
누군가에게 들려주는 것이 얼마나 강력한 효과를 발휘하는
지 안다. 나는 누군가가 들어주는 것, 그것도 판단하지 않고
있는 그대로 들어주는 것이 치료제라는 것을 안다.

이 책에는 내 자전적 에세이와 내가 지난 수십 년간
NPR[미국공영라디오] 등 언론매체에 기고한 글에서 그대로
발췌한 예시들이 많이 나온다. 그러나 내가 이 책을 쓴 주된
목적은 당신이 자전적 에세이를 쓸 준비가 되었을 때 도움을
주기 위해서다.

자전적 에세이는 힘들었던 유년 시절에서 탈출하기 위한

비상구가 될 수도 있고, 과거를 돌아보는 추억 여행이 될 수도 있고, 상처를 치유해주는 계기가 될 수도 있고, 가족의 이야기를 기록으로 남기는 수단이 될 수도 있다. 그러나 자전적 에세이는 자서전이 아니다. 기저귀 떼기, 걸음마 떼기 등 당신이 태어난 이후의 모든 순간을 기록하는 자아도취적 글이 아니다. 진정한 자전적 에세이는 단순히 자신에게 일어난 일만을 기록하지 않는다. 그 일이 왜 일어났는지가 중요하다. 왜라는 질문을 파고들 때 당신의 이야기는 보편성을 얻는다. 그것이 우리가 자전적 에세이를 읽는 이유이기도 하다.

당신(또는 배우자 또는 친구 또는 마거릿 이모)은 이런 말을 할지도 모른다. "누가 관심이나 갖겠어?" 그리고 그 말을 들은 당신은 그것을 이런 식으로 내면화하고 반복할지도 모른다. 누가 내 자전적 에세이를 읽고 싶어 하겠어? 나는 마약 중독자도 아니었고, 그래서 중독 치료 센터로 가서 9개월 동안 노력한 끝에 마침내 중독을 치료하고 미얀마로 가서 고아원을 열지도 않았는데. 나는 정당방위로 아버지를 죽이지도 않았고, 그래서 아버지를 죽인 소녀들을 위한 국제단체를 설립하지도 않았는데. 나는 그냥 보통 사람일 뿐이야. 친구들이 내 이메일을 받고는 너무 좋아서 글이 마음에 든다고 말해주고, 국어 선생님은 내가 글을 잘 쓰고 흥미로운 이야깃거리도 가졌다고 말해준 게 다야. 누가 이런 사람의 이야기에 흥미를 보이겠어?

일리 있는 질문이지만 간단히 답할 수 없는 질문이다. 당신의 이야기를 쓰고 싶은 욕구가 없다면 그런 질문은 할 필요가 없다. 어차피 답이 없는 질문이다.

당신의 자아와 영혼이 머리를 맞대고 공동 저자가 되어 자전적 에세이를 써보자고 합의한 것일 수도 있다. 당신의 자아는 그냥 부와 명예에 조금 욕심이 났을 뿐이다. 그러나 당신의 영혼은, 아, 당신의 영혼은… 영혼은 배우고, 성장하고, 성찰하기 위해 이 땅에 왔다. 자신에게 일어난 일을 재료로 예술작품을 만들고 싶어 한다. 절제를 의미하는 'discipline'의 어원은 제자를 의미하는 'disciple'이다. 당신 자신의 제자가 되어보면 어떨까?

"왜 굳이?"라고 묻는 대신 시인 숀 토머스 도허티Sean Thomas Dougherty의 답변에 귀를 기울여보자. "왜냐하면 지금 저곳에 당신의 이야기와 똑같은 모양의 상처를 지닌 누군가가 있으니까."

자, 준비가 되었는가? 당신에게 필요한 것은 글을 쓸 도구, 그리고 **집중력과 목적의식**이 전부다. 전자는 점점 강해질 것이고, 후자는 점점 변화할 것이다.

그러니 자전적 에세이를 쓸 준비가 되었다고 말하자. 이것이 진행 중인 이야기라는 것을 알아두자. 당신의 의지와 상관없이 당신이 빠뜨려진 이야기. 그러나 그것은 당신의 이야기다. 조상들에 대해서는 신경 쓰지 말자. 이미 죽은 사람들이다. 후손에 대해서도 신경 쓰지 말자. 아직 태어나지도 않은 사람들이다. 독자가 어떻게 받아들일지 걱정하지 말자. 당신이 당신의 진실을 들려주면, 그들은 페이지를 넘길 것이다.

자전적 에세이는 당신의 책이다. 당신의 이야기다. 어떻게 들려줄지는 당신이 정한다.

여기에 나오는 단서, 조언, 일화들을 읽어라. 그리고 각 장의 마지막에 나오는 길잡이를 따라가라.

이제 시작해보자!

## 2

## 왜 쓰는가

내가 글을 쓰는 이유는 오로지 내가 무엇을 생각하는지, 무엇을 보고 있는지, 내가 보고 있는 것이 무엇을 의미하는지, 그리고 내가 무엇을 원하고 또 두려워하는지를 알기 위해서다.

— 조앤 디디온

이하 동문.

— 낸시 애러니

도대체 왜 당신은 글을 쓰는가? 그중에서도 특히 자전적 에세이를 쓰는 이유는 무엇인가? 내가 (이 글을 쓰는 현재 아직 출간되지 않은) 자전적 에세이를 쓴 이유는 다음과 같다. 내 아들 댄은 생후 9개월에 당뇨병 진단을 받았다. 의사들도 그렇게 어린 당뇨병 환자는 처음이었기에 전혀 도움이 되지 않았다. 그러다 스물두 살이 되던 해에 댄은 다발성경화증 진단을 받았고, 서른여덟 살이 되던 해에 죽었다. 우리 부부가 댄을 돌봤던 16년 동안, 나한테 꼭 필요했던, 내가 원했던 책은 이 세상에 존재하지 않았다.

나는 또한 내가 아들에게 무슨 짓을 하고 있는지를 직시하기 위해 자전적 에세이를 썼다. 자전적 에세이를 쓰면서 나는 아들을 지극정성으로 돌보는 것이, 규칙을 바꿔서 아들의 삶을 '더 수월하게' 만드는 것이 오히려 모든 면에서 아들의 신체적 결함을 강조하는 결과를 낳았고, 그래서 아들의 병이 아니라 내가 아들을 불구로 만들고 있다는 사실을 이해할 수 있었다. 아픈 아들을 돌보는 경험에 대해 쓰는 행위를 통해 비로소 현실을 제대로 볼 수 있었다. 그런 현실 자각이 하루아침에 이루어진 것은 아니다. 그리고 쓰라린 현실 자각이 실질적인 변화로 이어지기까지의 여정 또한 길었다.

1977년 댄이 여섯 살이었을 때 나는 람 다스Ram Dass의 대표적인 히피 철학서 『지금 여기에 있으라』Be Here Now를 읽었고, 이후 내 삶은 전통적인 경로에서 이탈했다. 나는 운전할 때 람 다스의 오디오북을 듣기 시작했고, 그의 책을 모조리 사들여서 밑줄을 그어가며 읽어댔다. 뭔가에 홀린 사람처럼 말이다. 실제로도 완전히 **홀렸다**. 묵언 수행과 명상 수행 워크숍에 참가하기 시작했다. 내 마음이 열리는 것이 느껴졌다. 내 머리는 기존 패러다임과 씨름하면서 모든 것에 의문을 제기하고 모든 것을 받아들였다.

되돌아보면, 나는 앞으로 다가올 쓰나미에 대비한 훈련을 했던 것 같다. 그리고 때마침 스승을 찾은 것이다.

람 다스는 이런 말들을 했다. "그냥 현상들이 일어나고 있는 것뿐이며, 모든 것이 완벽하게 펼쳐지고 있는 것이다." "좋은 것은 없다. 나쁜 것도 없다. 그냥 그런 것이다. 판단하고 이름을 붙이는 행위가 고통을 낳는다."

내 아들의 여정은 우리 모두에게 험난한 길이었지만, 처음으로 나는 정신적 깨달음을 얻었다. 그 상황이 고통스럽지 않았다는 것은 아니다. 그러나 적어도 그 고통에 의미가 부여되었다. 나는 내 삶에 우연은 없다는 사실을 깨달았다. 모든 것이 내 영혼의 성장과 관련이 있었다. 영혼의 성장 같은 것이 존재한다는 것을 그 누가 알았겠는가? 삶에 운명 따위는 없었다. 끊임없이 변화하는 환경에 대해 어떻게 반응할지 내가 선택했고, 그 선택들이 내 삶이 되었다. 모든 것을 통제하려는 집착을 내려놓고 내게 주어진 것들과 살아가는 법을 배우는 것이 바로 삶이었다. 주어진 것들과 살아가기를 실천하자 모든 것이 달라졌다.

나는 우리 부부가 이 과정을 대다수 사람들과 다르게 살아나갔다는 것을 알았고, 그에 대해서 쓰고 싶었다. 처음에는 단순히 종이에 기록을 남기려고 썼다. 그러다 우리가 실제로 한 것을 약간의 거리를 두고 이해해보려고 썼다.

우리가 정말로 용감한 사람들이고, 존경스럽다는 말을 계속 들었다. 듣기 좋은 말이기는 했지만, 우리가 하는 일은 그런 것과는 아무 상관이 없었다. 사실 우리는 아무것도 **하고 있지** 않았다. 우리는 그냥 살아가고 있었다. 한 발 한 발 나아가고 있을 뿐이었다.

나중에 내가 쓴 자전적 에세이를 봤을 때 그동안 내가 찾아 헤맸던 책이 바로 내 앞에 있다는 사실을 깨달았다. 나는 고난으로 인해 죽는 사람은 없다는 것을 알고 싶었다. 고통스러운 시간에도 너무나도 심오한 아름다움으로 채워진 순간들이 있어서 그 고난의 길을 쉬운 길과 선뜻 바꾸려고 하지는 않을 수도 있다는 것을 알고 싶었다. 나는 내가 겪은 일이 엄마와 아들과 병으로 요약되기보다는 더 큰 무엇이 되리라는 것을 알고 싶었다. 내 가슴이 무너져내리는 것이 당연하다는 것을, 그리고 가슴이 무너져내려서 죽은 사람은 없다는 것을 알고 싶었다. 아픈 아이의 엄마라는 역할에 내가 갇혀 있는 한 아들 댄에게는 아픈 아이라는 역할밖에 주어지지 않는다는 것을 알고 싶었다.

무엇보다 이것이 내 영혼을 위한 학위 과정이고, 내가 전 과목에서 A학점을 받으리라는 것을 알고 싶었다.

그 이야기를 쓰면서 나는 카타르시스를 느꼈다. 그 이야기를 쓰면서 제3자의 입장이 될 수 있었고, 그 이야기를 쓰면서 치유되기 시작했다.

그 이야기를 쓰면서 나는 내게 주어진 것을 부정하고 거부했다면 그 순간을 온전하게 살아나가는 데 필요한 에너지를 엉뚱한 데 낭비했으리라는 것을 알게 되었다. 그 이야기를 쓰면서 내게 일어난 일을 다른 무언가로, 아름답고 은혜로 충만한 무언가로 바꿀 수 있다는 것을 알게 되었다. 그러나 그 이야기가 은혜로 바뀌려면 먼저 깊은 슬픔을 느껴야 한다는 것도 알게 되었다. 고통스러운 부분을 건너뛸 수는 없었다.

그러니 몇 가지 질문을 하겠다.

당신은 왜 자전적 에세이를 쓰려고 하는가?

당신의 몸과 마음에서 그 이야기를 꺼내서 종이에 옮기고 싶어서 쓰는가? 그 이야기를 아무도 읽지 않더라도 괜찮은가? 스스로를 치유하기 위해 자전적 에세이를 쓰는가?

그리고/아니면,

다른 사람에게 도움을 주고 싶어서 자전적 에세이를 쓰는가? 물론 저자 사인회에 입고 갈 옷을 고르게 된다면 매우 신날 것이다. 당신이 얼마나 훌륭한 사람인지 당신 아버지가 마침내 인정할 것이고, 당신을 차버린 그때 그 남자가 땅을 치며 후회할 것이다. 왜냐하면 당신은 이미 베스트셀러 작가이고, NPR에 당신 인터뷰가 벌써 세 번이나 방송되었으니 말이다.

그리고/아니면,

당신의 아이들과 손주들에게 당신이 어떤 사람이었는지를 알려주고 싶어서 쓰는가? 그리고 그냥 쓰는 행위 자체가 지닌 강력한 힘을 믿으니까?

내가 자전적 에세이를 쓰면서 스스로에게 던진 질문은 우리는 어떻게 그렇게 웃으면서 또 거의 동시에 울 수 있었을까?였다. 자전적 에세이를 쓰면서 나는 그 질문을 비롯해 내가 스스로에게 던진 모든 질문에 대한 답을 얻을 수 있었다.


길잡이

당신 책의 책날개에 들어갈 글을 써보자.

책장(당신의 책장이어도 좋고 도서관의 책장도 좋다)으로 가서 책 몇 권을 뽑은 다음 책날개에 실린 글을 읽어보자. 자, 이제 당신이 편집자가 되었다고 가정하고 당신의 자전적 에세이 책날개에 들어갈 글을 써보자. 그러면 당신이 써야만 할 것 같은 수천 가지 이야기를 줄여나갈 수 있다. 지금 쓰는 책날개 글의 내용에 얽매일 필요는 없다. 그러나 자전적 에세이를 쓰기 시작하는 데는 도움이 될 것이다. 언제나 시작이 어렵다. 무한한 가능성을 지닌 백지에 압도당해서 당신의 삶을 좁은 깔때기 속으로 욱여넣으려고 애쓰게 된다. 그러나 이제 당신에게는 당신의 삶을 담을 적당한 그릇이 생겼다.

다음은 내가 썼던 책날개 글이다. 참고만 하시라.

1977년 애러니는 한 시대를 대표하는 책 『지금 여기에 있으라』를 읽었다. 도시 근교에서 전업주부로 우울하게 살던 중

23

에 스승을 찾았고, 시험 삼아 대마초를 피우기 시작했다. 앞으로 쓰나미처럼 들이닥칠 아들 댄의 질병(생후 9개월에 당뇨, 스물두 살에 다발성경화증, 서른여덟 살에 사망)에 대비하기 위한 영혼의 여정에 오른다.

그녀의 유명한 글쓰기 워크숍 참가자들에게 그녀가 늘 하는 말이 있다. "몸에 깃든 슬픔을 몸 밖으로 끄집어내서 글로 쓰세요. 안 그러면 그 슬픔이 당신 안으로 더 깊이 파고들 거예요." "고통스러운 부분을 건너뛸 수는 없습니다." 이것들은 곧 애러니 자신이 배워야 하는 것들이었다.

아끼는 친구로부터 "네 고통이 너무 커서 댄이 자신의 고통을 느낄 여지가 없잖아"라는 말을 들은 애러니는 고통의 한복판에 있을 때에는 방향을 확 꺾어서 다른 어딘가로 가야 한다는 것을 알게 된다.

타고난 통제광인 애러니는 뭔가를 판단해서 좋은 것과 나쁜 것으로 가르는 것을 멈추고 모든 것을 자신이 원하는 대로가 아니라 있는 그대로 보는 법을 연습하기 시작한다.

애러니와 그녀의 남편은 16년 동안 아들을 돌보면서 끔찍함 속에서 아름다움을 찾기 시작했고, 이 기묘한 공동체가 단순히 살아남는 데에서 그치지 않고 번창하는 가운데 세 사람 모두 내려놓는 법을 배운다.

틱낫한의 말처럼 "폭탄이 떨어질 때 그와 동시에 길이 열린다."

불확실성

로마 역사가 타키투스는 이렇게 말했다. "안전에 대한 욕구는 모든 위대하고 숭고한 과업을 가로막는 장벽이다."

당신의 자전적 에세이는 위대하고 숭고한 과업이다. 그러나 자전적 에세이를 제대로 완성하겠다는 당신의 꿈이 실현된다는 보장은 없다. 당신은 위험을 감수하는 사람인가 아닌가? 자전적 에세이를 쓴다고 당신이 잃을 것이 뭐가 있는가?

『삶으로 다시 떠오르기』*A New Earth: Awakening to Your Life's Purpose*에서 에크하르트 톨레Eckhart Tolle는 이렇게 말한다. "불확실성에 편안해지면 당신 삶에 무한한 가능성이 열린다."

불확실성이야말로 마법이 일어나는 곳이다. "받아들일 수 없는 불확실성은 두려움이 된다. 온전히 받아들인 불확실성은 더 강한 활력, 더 예리한 감각, 더 큰 창의성이 된다."

창의성은 당신이 얻거나 갖는 것이 아니다. 당신 **자신**이 창의성이다. 당신에게는 선택권이 없다. 당신에게 주어진 선택지는 당신을 꼼짝 못 하게 만드는 두려움 또는 무한한 가능성, 이 두 가지뿐이다.

길잡이

현재 당신에게 주어진 선택지들을 나열해보라. 두려움에서 비롯된 선택지들은 지우라. 예컨대 '지금 하는 일을 그만두고 생계 유지 자체가 불확실한 음악 활동에 전념해야 할까, 아니면 안정된 직장에 머물면서 은퇴 자금을 마련해야 할까?'와 같은 선택지는 제외하라.

당신 삶의 맨 처음으로 돌아가서
시작하지 않아도 된다

시간 순서는 중요하지 않다. 처음에 내가 태어났다. 그다음에 어머니는 (…) 그다음에 아버지는 (…) 그다음에 나는 유치원에 들어갔고, 그다음에 동생이 태어났고, 그러자 지옥문이 열렸다. 내가 겪은 지옥 이야기를 모조리 들려주겠다.

그렇게 독자에게 지옥문이 열린다.

도입부로 삼고 싶은 처음들이 많을 것이다. 당신 이야기에 딱 맞는 처음을 찾는 것이 관건이다. 독자를 확 사로잡을 수 있는 처음이어야 한다. 반드시 시간순에 따라 이야기를 시작하지 않아도 된다는 것을 안다 해도 여전히 어디서 어떻게 시작해야 독자를 끌어들일 수 있는지 판단하기란 쉽지 않다. 다음은 내가 탈락시킨 도입부 후보들이다.

탈락한 후보 1
"이제 그만할래."
댄이 인사 대신 던진 말이다. 처음 듣는 말은 아니지만 이번만큼은 위로나 격려를 원하는 게 아니라는 건 확실하다. 댄은 내가 자신의 말을 들어주기를 바라고 있다.

탈락한 후보 2
댄은 2년 넘게 소변줄을 차고 있었고 우리는 소독에 만전을 기했지만, 댄을 돌보는 사람이 한둘이 아니다 보니 결국 일이 터지고야 말았다. 요로감염증이 댄의 대동막판에까지 닿았고 결국 개복수술을 해야만 했다.

탈락한 후보 3
시간이 모든 상처를 치유하는 것은 아니다. 댄이 바드대학교를 떠난 지 7년이 됐고, 휠체어를 타기 시작한 지 5년이 됐고, 비니어드에 1년 내내 상주하게 된 지 3년이 지났다.

　나는 위의 후보들로 내 이야기를 시작하지 않았다. 왜냐하면 독자에게 댄을 훨씬 더 세심하게 소개해야 한다는 것을 알았기 때문이다. 댄의 이야기를 더 큰 이야기에 매끄럽게 끼워 넣고 싶었다. 아마도 최종 자전적 에세이 안에는 위의 후보들 모두가 들어갈 것이다. 즉 글 자체의 문제는 아니었다는 말이다. 자리의 문제였다. 너무 많은 것을 너무 일찍 드러냈다. 내가 최종적으로 선택한 도입부는 이것이다.

## 대여 오디오북

나는 쉰아홉 살이고 요세미티 국립공원의 하프돔산을 내려오는 중이다. 캘리포니아주에서 초등학교 6학년 학생들과 산속으로 들어가 기본적인 생존 기술을 가르치는 젊은 여성 열두 명의 안내를 받아 해발 2,694미터 정상까지 올라갔다. 내가 지금 이 자리에 있는 이유는 나를 이끌어준 이 여성들의 동료가 생존에 실패했기 때문이다.

조이는 살해당한 뒤 머리가 잘렸다. 자연을 사랑하는 스무 살 남짓한 이 말간 얼굴들 중 몇몇이 친구의 시체를 발견했다. 자신들이 수영을 하는 개천에 친구의 몸이, 자신들이 요가를 하는 헛간에 친구의 머리가 있었다.

나는 글쓰기를 가르치는 사람이고, 이곳에서 내 '마음으로부터 글쓰기' 워크숍을 진행해달라는 부탁을 받았다. 우리는 그 개천에서 수영을, 그 헛간에서 요가를 할 것이고, 이 여성들은 종이에 두려움과 공포와 함께 자신의 분노를 쏟아낼 것이다. 그들은 자신의 이야기를 쓸 것이다. 그리고 나는 최근 다발성경화증 진단을 받은 아들 댄에게서 잠시 벗어날 수 있을 것이다. 내 이야기를 정리하고 나를 막 덮친 흉포한 파도에 대처할 기회를 얻을 것이다.

나는 등반가가 아니다. 운동선수도 아니다. 우리가 베이스

캠프에서 5일을 보내고 산속 오지로 들어가(나는 오지가 어떤 곳을 의미하는지 전혀 알지 못했다) 7일 동안 머물 거라는 사실을 알게 되었을 때 나도 산행에 동참하기를 그들이 기대한다는 사실이 걱정스러웠다. 새 취미를 시작하기에 나는 너무 나이가 들었다. 손뜨개라면 그나마 류머티스 관절염을 앓는 내 무릎에는 더 안전할 것이다. 그러나 남편은 말했다. "당신도 당연히 가야지." 내 영혼도 **가라**고 말했다. 심지어 내 창자도 **가라**고 말했다. 그래서 나는 상점에 들러 꽤 튼튼한 등산화를 한 켤레 샀다. 그 뒤로 그대로 모셔두기만 해서 티끌 한 점 없이 깨끗한 등산화를 신는 지금 산악용품 전문점 직원의 목소리가 들린다. "등산이 처음인가요? 산과 사랑에 빠지게 될걸요. 하지만 그전에 이 멋진 등산화부터 길들여야겠죠. 그러니 산에 가기 한 달 전부터 매일 20분씩 등산화를 신고 좀 돌아다니세요." 왜 그의 조언을 듣지 않았을까? 왜 등산을 미리 연습해두지 않았을까? 왜 매트리스가 아닌 땅바닥에서 자는 것에, 우아한 브런치가 아닌 견과류 한 줌을 먹는 것에, 트라우마를 입은 내 아들의 고통에 등을 돌린 채 트라우마를 입은 젊은 여성 열두 명의 고통에 귀를 기울이는 것에 동의했을까?

이곳으로 오기 전에 내 친구 게리는 등반을 할 때(정말로 등반을 하게 된다면) 중얼거릴 주문을 알려줬다. 나는 게리가, 이를테면 "모든 존재가 행복하기를, 모든 존재가 행복하기를" 같은 말을 알려줄 거라고 생각했다. 그런데 게리는 한 발, 한 발 앞으로 내디딜 때마다 이렇게 속삭이라고 했다.

"요, 세미티! 요, 세미티!" 그 말을 들은 나는 웃음을 터뜨렸지만 하느님의 노여움을 살까 봐 이렇게 덧붙였다. "오이, 요, 세미티."

산으로 향하기 전날 밤, 그녀들은 정화 의식을 위한 한증막을 만들었다. 숲에서 어린 나무를 끌어다가 돔 형태의 구조물을 차근차근 세우고, 담요로 구조물을 덮었다. 돌을 모아서 구조물 가운데 놓고 그 위에 물을 부었다. 불이 활활 타오르면 증기가 솟아나서 우리의 목마른 폐를 채우게 된다. 우리는 옷을 벗고 그 안에 들어가 원형으로 앉는다. 한 명씩, 한 명씩, 불 속으로 뭔가를 던지는 시늉을 한다. 산으로 가지고 올라가고 싶지 않은 뭔가를 버리는 행위다.

산길에 혼자 들어가는 것에 대한 공포를 버린다. 이 일을 그만두고 고향으로 돌아가야겠다는 생각을 던진다. 몇몇은 죽은 동료와 사이가 좋지 않았고, 살해당했다는 이유로 그녀가 순교자, 희생된 여신으로 그려지는 상황에서 죄책감을 느끼고 있었다. 그런 감정을 어떻게 처리해야 할지 몰라서 그녀들은 그런 혼란을 일렁이는 불꽃 속으로 던진다.

깊이 듣기가 이 의식의 한 부분이라고 리더 중 한 명이 말한다. 깊이 듣기란 통제하거나 판단하고 싶은 마음을 버리고 그 순간, 그 자리에 온전히 집중하면서 귀담아듣는 것을 의미한다.

내 차례가 되었을 때 나는 미래에 펼쳐질 아들의 여정 앞에서 느끼는 무력감을 던지고 싶다. 그러나 나는 내가 산행을 하기에는 체력적으로 부족하다는 사실에 대해 느끼는 창피함을 던진다. 내 다리가 버티지 못할 것 같았고, 내가 무거운 배낭을 메지 못하리라는 것은 기정사실이었다.

나중에 침낭에 혼자 누웠을 때 내가 짐이 되지는 않을지 자문했다. 내가 이 여성들에게 무엇을 해줄 수 있을까? 나는 전문가가 아니다. 정신적 지도자도, 정신과 의사도 아니다. 나는 글쓰기 강사다. 그리고 실제로는 글쓰기를 가르치지도 않는다. 그래, 나는 생각한다. **그렇다면 내가 할 수 있는 것에 최선을 다하자.** 나는 그녀들이 자신의 진실을 쓰기에 안전한 환경을 만들어주겠다. 단순히 이 일만이 아니라 자신의 사적인 이야기, 자신을 형성한 이야기들에 대해서도 쓸 수 있게 하겠다. 나는 그들의 고통이 사라지게 만들 수는 없다. 오히려 그 반대일 것이다. 나는 최선을 다해 내가 할 수 있는 것을 하겠다. 그들이 고통을 느끼도록 돕겠다.

나를 일컬어 단어들의 산파라고들 한다. 감정들, 인정해야만 하는 감정들을 담은 단어들의 산파. 나는 부정과 마비가 어떤 일을 하는지 안다. 그것들은 아무것도 하지 않는다. 깊은 슬픔을 속으로 삭이면 그 슬픔은 어떻게든 세포, 간, 심장, 창자, 그야말로 모든 것에 스며든다. 그것만큼은 확실하게 말할 수 있다.

다음 날 아침, 모두가 내 짐을 나누기 시작한다. 그래서 내 배낭은 훨씬 가벼워진다. 그녀들은 들려주었고, 들어주었고, 판단하지 않았다. 나는 여전히 뒤처지지만, 언제나 누군가가 함께해주었다. 그리고 정상에 도착했을 때 그녀들은 거대한 암반 꼭대기에 서서 너나할 것 없이 한꺼번에 박수를 친다.

그날 밤 수십억 개의 별 아래에서 모닥불 주위에 둘러앉아 우리는 상실과 죽음과 삶의 예측 불가능성에 대해 이야기한다. 나는 그녀들에게 내 스승 이야기를 들려준다. 람 다스는 한때 심리학과 교수 리처드 앨퍼트Richard Alpert로 살았다. 그는 유명한 티머시 리어리Timothy Leary의 하버드대학교 LSD 실험을 지휘했다. 나는 람 다스의 기념비적인 대표작 『지금 여기에 있으라』가 내 삶을 바꿨다고 말한다. 그리고 내가 20년 전에 람 다스에게 배운 것들에 대해 이야기한다. 모든 것이 당신만의 고유한 여정을 위해 완벽하게 펼쳐지고 있으며, 무언가를 좋은 것과 나쁜 것으로 분류하고 명명하면 그것이 오히려 당신을 가둔다. 시간은 실제로 존재하지 않으며, 인간이 만들어낸 것일 뿐이다. 따라서 늦은 때나 이른 때란 없으며, 모든 것이 제 시간을 지키고 있다.

나는 내가 가장 좋아하는 람 다스의 일화를 그대로 들려준다. 람 다스는 유체 이탈한 친구 이매뉴얼에게 영매를 통해 물었다(유체 이탈한 친구에 대해 이야기하는 스승을 좋아하지 않는 사람이 있을까). 왜 자신은 온갖 정신적 수행, 그러니까 명상, 단식, 마음챙김 등을 다 하는데도 여전히 재수 없는 일들을 당하는 것일까? 이매뉴얼은 이렇게 말했다. "람 다스, 자네는 인생대학교를 다니고 있는 거야. 교육과정을 이수해야지."

"우리는 모두 학생입니다." 내가 그녀들에게 말한다. "그리고 왜 끔찍한 일들이 일어나는지 물어도 그에 대한 답은 없을지도 몰라요. 아마도 그런 일들을 끔찍하다고 말하지 않는 것, 받아들이는 것, 거부하지 않는 것, 그리고 고통스러운 감정들을 밀어내지 않고 감싸 안는 것에 초점을 맞춰야 하는지도 몰라요. 왜냐하면 그런 감정들도 우리 각자의 고유한 오디세이의 일부, 우리 학습과 교육과정의 한 과목일 테니까요."

그런 다음 나는 이전에는 단 한 번도 하지 않은 말을 한다. 그런데도 그 말이 내 입에서 흘러나오는 것을 들으면서 그것이 적확한 말이라는 것을 알아차린다. "우리는 무용수예요. 절하고 몸을 좌우로 흔들고, 음악의 리듬에 맞춰 움직여요. 우리는 딱딱하지 않아요. 정적이지 않아요. 우리는 흐릅니다. 우리에게 닥친 비극은 시험대예요. 그 시험대를 통과하는 한 가지 방법은 비극에 갇히지 않는 거예요. 무언가를 비극이라고 부르지는 않되, 끔찍함을 느끼는 동시에 그 안에 가르침이 있다는 것을 알아야 해요."

나는 내가 말하는 것을 듣는다. 람 다스의 오디오북을 열심히 들었던 때가 절로 떠올랐다. 당시에 나는 람 다스가 자신이 정신적 지도자라고 불린다는 사실에 보인 반응을 들으며 웃음을 터뜨렸다. "나는 정신적 지도자가 아닙니다. 나는 그저 대여 오디오북일 뿐입니다."

나는 또 다른 남자의 일화를 들려준다. 그는 자신이 그린 석양 그림 한 점을 맡기러 액자 가게에 갔다. 그림의 거의 모든 부분은 지루한 회색으로, 우울할 정도다. 다만 오른쪽 모서리에 자홍색 한 줄기가 아주 쨍하게 빛나고 있다. 2주 뒤에 그림을 찾으러 갔을 때 액자 가게 주인은 이렇게 말한다.

"저기, 죄송한데요, 큰 액자가 없어서 그림을 접었어요. (…) 그 분홍색 부분을요." 남자가 헉 하고 놀라는 소리가 들린다. 핵심은, 적어도 내가 배운 바로는, 회색 부분, 깊은 슬픔, 어둠을 자각하고 인정하는 것이다. 그 분홍색 부분을 접으면 안 된다. 왜냐하면 언제나 아름다운 뭔가가 존재하기 때문이다. 언제나 빛이 있다. 언제나 평화가 있다. 언제나 아름다움이 있다. 우리의 목표는 균형을 잡는 것이다. 이야기를 위한 더 큰 액자를 만들어내는 것이다. 여기서 도전 과제는 **지옥 한가운데에서도 마음을 계속 열어둘 수 있는가** 하는 것이다.

나는 댄이 다발성경화증 진단을 받은 뒤로 내가 얼마나 굳어버렸는지를 생각한다. 나는 춤을 추자는 권유를 받아들이기로 결심한다. 나는 대나무처럼 휘고, 물처럼 흐를 것이다. 그리고 아무리 상황이 어려워져도 매 순간, 그 자리에 머물 것이다. 나는 내 액자를 더 크게 키울 것이다. 분홍색 부분을 접지 않을 것이다. 혹여 분홍색 부분이 눈에 띄지 않더라도 눈을 크게 뜨고 분홍색 부분을 찾을 것이다. 왜냐하면 그것은 언제나 거기 있으니까. 모닥불이 내 언 발을 녹인다. 그리고 나는 지금 내가 있어야 할 곳에 있다는 것을 깨닫는다. 나는 내 안내자들, 내 스승들에 둘러싸여 있다.

원형으로 앉은 우리는 침묵 가운데 안전하다. 그녀들의 얼굴은 빨간색, 주황색, 노란색으로 빛난다. 그리고 마침내 나는 지난 몇 달 동안 느끼지 못한 즐거움을 느끼면서 주위를 둘러보고 내가 다른 누군가의 지혜, 대여 오디오북의 영매가 되었을 뿐이라는 사실을 이해한다. 나는 나를 위한 맞춤형 학습, 교육과정을 이수하고 있다.

이 여행은 시작일 뿐이다.

산행은 내 평생 가장 어려운 일 중 하나였다. 그러나 내 '스승들'은 그보다 훨씬 더 어려운 일을 하고 있었다. 그녀들은 사악하게 돌변해서 달려든 지형을 재정복하고 있었다. 나 또한 가로질러야 할 지형이 있다. 나는 그 지형을 재정복할 수는 없다. 완전히 새로운 땅이기 때문이다. 그러나 적어도 내 멀쩡한 등산화는 길들여질 것이다.

### 길잡이

자전적 에세이의 도입부로 삼을 만한 문장 내지는 단락을 세 개 쓰라.

조언 몇 가지: 자전적 에세이의 도입부를 쓰는 게 감히 엄두도 나지 않을 만큼 어렵게 느껴질 수 있다. 그런데 당신이 연인과 최악의 싸움을 벌인 다음 날 아침 제일 친한 친구에게 전화를 걸었다고 상상해보자. 그 이야기를 어디에서 시작할지는 자연스럽게 정해질 것이다. 당신은 당시 상황을 아주 구체적으로 묘사할 것이다. 아주 사소한 것 하나도 빼놓지 않을 것이다. 감정을 실어서 아주 열정적으로 설명할 것이다. 자신이 어떤 감정을 느끼고 있는지 당신은 아주 잘 알 것이다. 그

리고 망설임 없이 곧장 이야기를 시작할 것이다!
머뭇거리지도, 멈추지도 않을 것이다. 이야기에
완전히 몰입할 것이다.

그러니 이른바 감정의 혀끝에서 이야기를 시작하
라. 발상을 전환하라. 진실을 쓰고 싶다면 당신이
느끼는 감정의 진실을 쓰라.

## 5

집이 깔끔하다면 그건
당신이 글을 쓰고 있지 않기 때문이다

싱크대 수챗구멍의 작고 동그란 물때를 문질러 없앴다. 이제
싱크대는 반짝반짝 빛날 정도로 완벽하게 닦였다. 나는 한
발 물러서서 내 노동의 결실에 감탄한다. **땀만 조금 흘리면
안 되는 게 없다니까.** 그러나 곧 문제의 핵심이 드러난다. 어
째서 싱크대를 청소할 시간이 났지? 게다가 온 힘을 다해 아
주 열정적으로 했네. 그래, 어떻게 그게 가능했을까? 글을
쓰고 있지 않았기 때문이야.

　작은 요정들이 밤마다 몰래 와서 구석구석 쓸고 닦아주거
나 돈을 주고 청소대행업체를 고용하지 않는 한 당신에게 주

어진 선택지는 뻔하다. 책을 쓰고 싶은가? 자전적 에세이를
완성하고 싶은가? 다른 사람에게 도움이 되고 싶은가? 깨끗
한 싱크대로는 세상 사람들을 치유할 수 없다. 그러나 당신
이 쓴 책으로는 그것이 가능할 수도 있다.


**길잡이**
___

당신은 글을 쓰는 대신 무엇을 하는가? 그것에
대해 쓰라.

## 6

어떻게 시작하건
있는 그대로의 사실을 쓰라

발꿈치를 들고 꽃을 피해 다니지 마라. 있는 그대로를 이야
기하라. 있었던 일을 그대로 이야기하라. 당신에게 가장 큰
걸림돌은 독자가 어떻게 생각할지 두려워하는 마음일 수 있
다. 독자를 믿으라. 당신이 감정적으로 솔직하다면 독자는
당신을 따라 어디든 갈 준비가 되어 있다. 왜 그들이 무슨 생
각을 할지 걱정하는가? 특정되지도 않은 그들이 그렇게 중요
한가?

　초고를 완성한 뒤에야 진짜 작업을 할 수 있다. 초고가 완
성되어야 보이는 것들이 있다. **아이쿠, 이건 여기에 안 맞는**

데. 이걸 꼭 넣어야 하는 건 아니잖아. 이건 이야기가 앞으로 나아가는 데 전혀 도움이 되지 않아. 이건 이미 여섯 번이나 다른 식으로 써넣었어.

　다음은 내가 대담하게 글을 쓴 예다. 이 원고를 편집부에 보내기 전에 고민을 많이 했다. 언니와 내가 진짜 미친 사람들처럼 보일 수도 있으니까. 그러나 나는 이 글을 써야만 한다는 걸 알았고, 일단 글을 쓰자 『마서스비니어드 타임스』 *Martha's Vineyard Times*의 내 정기칼럼에 실어야만 한다는 것을 알았다. 실은 이 글은 타인의 영역을 침해한다고 볼 여지도 있다. 언니의 이야기이기 때문이다. 그러나 언니의 이야기는 내 이야기와도 밀접하게 얽혀 있다. 그렇다면 이 이야기를 들려줄 권리는 누구에게 있는가? 언니와 나 둘 다에게 있다.

## 자매

지난주에 언니가 말했다. "나는 앞으로 21일 안에 죽을 거야." 누군가 3주 안에 자신이 죽을 거라고 얘기했다면 그건 그 사람이 자살을 계획하고 있거나 말기 환자라서 의사가 그의 여명을 알려준 경우일 것이다. 언니는 자살을 계획하지도 않았고 말기 환자도 아니다. 유방암 환자이기는 하지만 생명을 연장할 수 있는 검증된 선택지들이 있어, 의사가 여명을 제시한다 해도 3주보다 긴 것만은 확실하다. 언니는 그런 선택지들을 거부했다. "나는 다음 모험을 떠날 준비가 됐어." 언니가 말한다. 그러나 내가 준비되었는지는 묻지 않는다.

　언니를 담당한 종양내과의는 의학 분야 면허가 세 개나 있었는데, 내가 접한 의사 중 가장 파격적인 진료를 했다. 4년 전 처음 유방암 진단을 받았을 때 언니는 방사선 치료와 항암 치료 중 어느 쪽을 선택할지 좀처럼 결정을 내리지 못했다. 의사는 언니에게 마야문명 유적지가 있는 멕시코 툴룸으로 가서 고대인들과 명상을 하라고 조언했다. "집에 돌아올 때는 모든 것이 명확해질 겁니다." 그는 말했다. 언니는 그 조언을 따랐고, 모든 것이 명확해졌다. "저는 수명 연장보다는 삶의 질이 더 중요합니다." 항암 치료는 받지 않기로 했다.

의사는 언니에게 설탕(의사의 말에 따르면 암은 설탕을 좋아한다), 유제품, 밀가루를 끊는 엄격한 식단을 처방했다. 그 뒤로도 여러 대체 치료법을 시도했고 2년 안에 종양 세 개 중 두 개가 완전히 사라졌고, 한 개는 아주 작아졌다. 생명력이 회복된 언니는 자신의 에너지를 열 명의 손주, 많은 친구, 자신의 그림에 쏟았다.

언니는 책을 출간했고, 저자 사인회에 다녔고, 저자 낭독회를 했고, 성공한 초교파 목회자로서의 활동도 계속 이어나갔다. 작년에 언니는 84세가 되었고, 완전히 사라지지 않은 종양 하나가 다시 자라기 시작했다. 언니는 극심한 통증에 시달렸고, 언니의 담당의는 이번에는 어떻게 하길 원하는지 물었다. 언니는 "내가 먹고 싶은 건 뭐든지 먹고 내게 남은 시간을 최대한 즐기고 싶다"고 말했다. 가족과 친지와 친구들은 여러 제안, 의사, 치료법을 제시하면서 생존 가능성이 있다면 우리 곁에 최대한 오래 머물 방법을 찾아야 한다고 언니를 설득했다. 언니는 이렇게 답했다. "이번 여정은 여기까지야. 나는 멋진 삶을 살았어. 아이들은 전부 각자의 가정을 꾸렸어. 손주들도 다 독립했고. 해결해야 할 문제도, 매듭 짓지 못한 이야기도, 마무리하지 못한 일도 없어. 나는 완수한 느낌이고, 마음도 편안해." 나는 아무말도 하지 않았다.

언니의 반박은 반박하기 어려웠기 때문이다.

언니와 나는 거의 매일 영상통화를 한다. 언니가 자신이 사랑해 마지않는 크루아상에 금지된 크림치즈를 듬뿍 발라서 음미하는 모습을 지켜보는 일, 아침에 만든 풍미 넘치는 수프에 대해 설명하고 파일 더미에서 막 발견한 수년 전에 쓴 시를 낭독하는 목소리를 듣는 일은 즐겁다. 언니는 가족들과 영화를 보자마자 들떠서 밤늦게 내게 전화를 건다. "꼭 보렴." 언니가 말한다. "넷플릭스에 있어."

이것이 3주 만에 죽을 사람의 태도인가?

"당신 요즘 괜찮아?" 남편이 묻는다. 괜찮냐고? 그건 내가 스스로에게 계속 묻고 있는 질문이기도 하다. 언니가 기력이 쇠해져서 침대에 누워 울고 있다면 나는 비행기에 올라타 사람들이 보거나 말거나 울음을 터뜨리고 당장 언니의 침대에 뛰어들 것이다. 그러나 언니는 여느 사람들처럼 생생하다.

나는 통합의학의 선구자인 디팩 초프라Deepak Chopra의 책을 읽고 있다. 『메타휴먼』Metahuman에서 그는 우리가 우리의 물리적 자아를 훨씬 뛰어넘는 존재라고 말한다. 요컨대 우리의 몸은 정보들로 만들어진 구조물이며 우리 존재가 피부라는 장벽에서 멈추는 것은 아니라고 말이다. 초프라에 따르면 우리 존재를 구분하는 경계선은 없으며, 우리는 끊임없이 열을

분출하고 무한대로 확장되는 우주 영역의 일부인 전하를 내보내고 있다. 그런데 잠깐만. 그렇다면 언니가 죽어도 실제로는 계속 존재한다는 의미인가?

나는 45년 전에 처음으로 동양의 영적 지도자들의 말씀에 귀를 기울이고 읽기 시작한 이래 내내 환생을 믿었다. 당연히 언니는 죽은 뒤에도 계속 존재할 것이다. 그런데 나는 이론적으로는 환생을 받아들였지만 현실에서도 그것을 받아들일 수 있을까?

또 다른 위대한 스승 에크하르트 톨레는 죽음이란 그냥 형태가 있던 것이 형태가 없어지는 것뿐이라고 말한다. 그것이 내가 이해하는 죽음의 본질이다. 그것을 믿으면서도 그것과는 완전히 별개로 언니가 형태가 있다가 없어지는 것에 반대하는 것이 가능한가?

최근 나는 히브리어의 **시험**이라는 단어에는 **기적**이라는 단어가 들어 있다는 사실을 알게 되었다('나-사'라고 발음하는 נסה의 어원은 **기적**이라는 의미를 지니고 '나이스'라고 발음하는 נס다).

그렇다면 나는 지금 시험당하고 있는 것인가? 그리고 내가 나를 위한 교육과정을 밟는 것, 그리고 시험을 아주 우수한 성적으로 통과하는 것이 그 안에 예비된 기적인가?

나는 언제나 내가 무엇을 느끼고 생각하는지를 알기 위해 글을 썼다. 이 글을 쓰는 지금도 마찬가지다. 내 일부는 울음을 멈추지 못하고 있고, 또 다른 일부는 언니가 두려움이 없다는 사실에 경탄하고 있다. 언니는 늘 내 멘토였다. 그리고 이번에도 언니는 내게 마음이 끌리는 쪽에 돈을 걸라고 종용하고 있다.

어제 언니는 엄청난 통증에 시달리고 있지만 의사가 처방한 모르핀을 투여받고 싶지 않다고 말했다. 나는 도대체 왜 그게 싫으냐고 물었다. 언니는 아주 진지하게 말했다. "중독될까 봐." 잠시 침묵이 흐르고 곧 우리는 웃음을 터뜨렸다.

지금 당신은 "쯧쯧, 자매가 참 잘 어울리는 한 쌍이네"라며 혀를 차고 있지는 않은가. 나는 궁금해진다.

그렇다. 실제로 우리는 잘 어울리는 한 쌍이다.

우리 중 한 명은 여전히 형태를 지니고 있고 다른 한 명은….

언니는 2021년 12월 2일에 죽었다. 따라서 형태가 없다.

이 글을 쓰면서 내가 생각만큼 괜찮지 않았다는 것을 깨달았다. 나는 언니가 나만 두고 떠나는 것을 원치 않았다. 그리고 내가 그런 엄청난 일에 대해 내려놓을 수 있다고 생각했다는 것이 슬펐다. 오로지 글을 쓰는 행위를 통해서만 내가 정말 어떤 감정을 느꼈는지 제대로 파악할 수 있었다.

이 예시는 당신의 잠재의식 또는 심지어 의식이 생각하는 것을 글로 써야, 일단 종이 위에 옮겨야 그 생각이 비로소 당신 것이 된다는 사실을 보여주는 증거다. 그래야만 그 생각이 겹겹이 쌓인 다른 생각들에 파묻히지 않게 되는 것이다. 이를테면 **이런, 코코넛밀크가 다 떨어졌네** 같은 생각들에.

당신이 느끼는 감정과는 다르게 행동한 경험에
대해 쓰라.

## 7

때로는 살살 흔들리는 정도가 아니라
완전히 뒤흔들려야 한다

나는 이미 십대 때 그 무엇에도 눈 하나 깜짝하지 않는 척하는 법을 배웠다. 또한 모든 일이 언제나 내 탓이라고 믿는 법도 배웠다.

1957년 부활절 일요일에 나는 웨스트하트퍼드 마운틴로드에 사는 랭캐스터 부부의 아이를 돌보고 있었다. 웨스트하트퍼드는 우리가 막 이사를 온 부자 동네였다. 랭캐스터 부인은 내게 11시 정각에 오븐에 넣어둔 햄을 꺼내서 식히고, 스튜를 덮은 은박지를 벗기고, 철망에서 식히고 있는 컵케이크를 빵 통으로 옮겨달라고 부탁했다.

랭캐스터 부인은 내게 초코칩 쿠키를 한 조각 맛보면 안 된다거나 컵케이크 바닥에 붙은 코코넛 조각을 떼어 먹으면 안 된다거나 햄에서 지방 조각을 조금 잘라 파인애플과 체리를 얹어서 먹으면 안 된다고 말하지 않았다. 그러나 교회 예배당에서 랭캐스터 부부가 우리 유대인이 살해했다고 알려진 하느님의 아들인 예수에게 기도를 올리는 동안 그들의 집에서 나는 돼지고기와 디저트를 먹었다. 그래서 내가 그에 합당한 벌을 받으리라는 것을 알고 있었다.

집으로 돌아왔을 때 아버지는 잔디 깎는 기계를 작동시키려고 애쓰고 있었다. 아버지는 기계의 줄을 한 번 잡아당겼다. 또 한 번 잡아당겼다. 아버지가 허리를 구부리면서 웅크렸을 때 나는 아버지가 기름통을 확인한다고 생각했다. 나는 아버지한테 다가가 아버지 어깨를 살짝 밀면서 장난스럽게 말했다. "망치를 가져와야죠." 아버지에게는 망치가 없었다. 스크루드라이버도 없었다. 줄자나 펜치도 없었다. 우리 집에서는 뭔가가 고장나면 고장난 채로 두었다. 아버지가 "얘들아, 내 망치 좀 가져와라"라고 큰소리로 말할 때면 나와 언니는 아버지가 농담으로 하는 말이라는 것을 알았다. 그런데 이번에는 농담을 할 때가 아니었다. 아버지는 그대로 고꾸라졌다. 눈을 크게 뜬 채로. 아버지는 50세의 나이에 돌아가셨다. 나는 열다섯 살이었다.

그 후 몇 년 동안 나는 내가 아버지를 죽인 것이라고 믿었다. 왜냐하면 랭캐스터 가족의 명절 저녁 만찬을 훔쳐 먹었으니까.

아버지가 돌아가신 그날 밤 동유럽 출신인 조부모가 우리 집으로 와서 그 후 죽 우리와 함께 살았다. 그분들은 몸집은 작아도 정이 많았고, 두려움은 그보다 더 많았다. 할머니의 오빠, 즉 큰할아버지의 팔에는 파란색 숫자가 새겨져 있었다. 그 문신에 대해 물어봤지만 답은 들을 수 없었다.

할머니는 키가 작고 다부진, 사랑이 넘치는 여자였다. 이디시어와 엉터리 영어로 말했다. 온 집 안을 돌아다니면서 "오이"라고 중얼거렸다. 나치가 뒷마당에 숨었다고 확신하면서 부르는 오이. 복숭아 가격이 너무 비싸서 튀어나온 오이. 손가락이 아파서 내지르는 오이. 금요일밤 안식일 빵인 할라 반죽을 빚으면서 할머니는 중얼거렸다. "힘이 없어."

육신은 힘이 없었는지 몰라도 할머니의 영혼은 힘이 장사급이었다. 할머니의 웃음은, 그것도 잦은 웃음은, 결국 울음으로 끝났다. 유전이다. 우리 가족은 티슈 회사 주식을 사야 했다.

할아버지는 가난한 동네에서 작은 장난감 가게를 운영했었는데, 역시나 사랑이 넘쳤다. 할아버지는 파란색 눈동자를 반짝거리며, **잉겔레**yingele 즉 아이들을 보호하기 위해 모든 이야기를 이디시어로 마무리했다. 또한 할아버지도 늘 **오이**를 외쳤다. 오이, 기차가 연착되어 기차역에서 한 시간이나 기다려야 했다. 오이, 장난감 장사가 너무 안 되는데, 재고를 너무 많이 쌓아두었다. 오이, **글레이젤레 티**gleyzele Tee(차 한 잔)가 너무 뜨겁다.

나는 그 모든 **오이**들을 흡수했다. 우리 부모님은 이곳에 동화되려고 노력했지만, 내 뿌리는 이국 땅에 단단히 박혀버렸다. 나는 그들의 두려움을 전부 가져다가 십대로 살아가는 내 존재에 욱여넣었다. 그러고는 아무렇지 않은 척했다. 나 치는 없다. 과일은 할인할 때 사면 된다. 장난감 가게는 재고를 많이 쌓아둔 적이 없다. 그리고 나는 모든 말을 농담으로 승화시킬 수 있었다. 오이조차도.

아버지의 죽음은 나를 완전히 뒤흔들어놓았다. 그러나 그 모든 오이들이 나를 살살 흔들고 있었다.

길잡이

> 살살 흔들린 정도가 아니라 완전히 뒤흔들렸다고 할 만큼 충격을 받은 사건에 대해 쓰라. 살살 흔들린 정도로는 약하다. 충격을 받았다고 말하려면 완전히 뒤흔들려야 한다.

## 8

## 영혼의 과제

때로는 여정이 시작될 수 있도록 익숙한 구역에서 벗어나야 한다. 영혼의 과제를 수행해야 하기 때문이다.

댄의 의사에게 전화를 받고 댄이 다발성경화증이라는 소식을 들었을 때 나는 한창 『영혼을 위한 7단계 치유의 힘』 *Anatomy of the Spirit*이라는 책을 읽고 있었다. 그 책에서 신비주의자이자 "의학적 직관"을 실천하는 캐럴라인 미스는 그녀의 표현에 따르면 "신성한 계약"이라는 것에 대해 설명한다. 미스는 우리가 매 생애주기를 시작할 때마다 우리 영혼이 배워야 하는 일련의 진리를 부여받는다고 말한다. 우리는 그런 진리를 알아볼 수 있도록 도와줄 스승을 선택한다.

의학적 직관이라는 개념을 받아들이기는 전혀 어렵지 않았다. 실제로 나는 그런 것들이 존재할 수 있다는 가능성을 반겼다. 내가 좀처럼 받아들이기 힘들었던 단어는 **영혼**이었다.

유대인으로 자란 내가 들은 그 단어의 유일한 용례는 누군가가 죽었을 때 어른들이 "그의 영혼이 평안히 잠들기를"이라고 말하는 것이었다. 그 외에는 가톨릭교 신자인 친구들이 내게 농담으로 "아, 불쌍한 낸시. 네 영혼은 지옥불에 빠질 거야"라고 말할 때나 그 단어를 들었다.

영성이 주류 문화에 조금씩 스며들기 시작하자 거실 탁자 위에 『샴발라』*Shambhala* 잡지 최신호와 손때 묻은 『루미 시선집』을 관세음보살 또는 아미타불 불상 옆에 놓아두는 것이 유행이 되었다. 감정은 일단 뒷전으로 미루고 농담으로 먼저 대처하는 나는 "1-800-the-Dalai-Lama-douche[1-800-더-달라이-라마-질세척, 미국에서는 영어 알파벳이 숫자에 대응되는 것을 활용해 번호 대신 홍보용 단어로 전화번호를 등록하는 일이 흔하다]에 전화를 걸어 쉽고 빠른 영혼 정화 순결회복식"에 대해 알아보면 되겠다는 식의 농담을 하기 시작했다. 또 차를 운전하면서 캐럴라인 미스의 오디오북을 듣기 시작했다. 미스가 전하는 메시지는 농담이 아니었다.

**영혼**이라는 단어에 대한 내 인식에 지각변동이 일어나기 시작했다. 더 읽으면 읽을수록, 더 조사하면 할수록, 나는 그 단어에 더 익숙해졌다. 당시에 나는 이런 것에 대해 대화를 나눌 상대가 언니밖에 없었다. 1983년에 셜리 맥클레인이

『위험 감수하기』Out on a Limb라는 책에서 환생에 대해 썼을 때, 언니에게 전화를 걸었던 기억이 난다. "우리가 미친 게 아니었어!" 그러나 그 이후 모든 라이브 코미디쇼가 유체 이탈을 필수 소재로 삼기 시작했다. 그리고 그렇게 새로운 문화의 전형적인 농담이 되었다.

캐럴라인 미스가 펼친 논리는 생전 처음 들어본 것이었고, 그래서 마음에 쏙 들었다. 미스의 말을 듣고 있을 때 이런 장면이 내 머릿속에 떠올랐다.

댄과 나는 우리의 수호천사와 함께 우리 구름에 있다. 수호천사는 나를 바라보며 말한다. "그래서 다음 생에는 무엇을 배우고 싶은가?" 나는 말한다. "내려놓는 법을 배우고 싶어요! 저는 수백만 번 환생하면서 그때마다 다른 사람들의 삶을 통제하고 살았어요. 이젠 지긋지긋해요."

수호천사는 댄을 바라보며 말한다. "댄, 자네는 다음 생에 무엇을 배우고 싶은가?" 댄이 말한다. "희생자가 되지 않는 법을 배우고 싶어요. 그동안 수천 번 환생하면서 매번 희생자가 되었어요. 이제는 정말이지 지쳤어요." 우리 수호천사는 마법사처럼 두 손을 비비면서 말한다. "오, 자네들을 위해 엄청난 생을 준비했지! 너희 중 한 명은 끔찍한 질병을 가진 아기로 태어날 거고, 나머지 한 명이 그 아이의 엄마가 되는 거야. 엄마는 천천히 '깨달을 것'이고, 아이는 자라서 또 다른 질병에 걸릴 거야. 그렇게 그 엄마는 성장할 기회를 얻게 되고. 이 자리에서 미리 말해두지. 아이의 여정이 더 어려울 거야. 그러나 실은 둘 다 어려운 과제를 받은 셈이지.

누가 어떤 생을 살기를 원하는지 말해봐."

댄이 곧장 말한다. "제가 아이를 할게요." 다소 안도하며 나는 엄마 역할을 맡는다. 그러자 우리 수호천사가 발로 우리를 구름에서 차내고, 우리는 지구로 굴러떨어져 환생한다. 수호천사가 소리친다. "아, 그리고 이 일은 전혀 기억하지 못할 거야."

미스는 기본적으로 람 다스와 같은 말을 했다. 삶은 그냥 하나의 연극이라고, 당신 삶에서는 당신이 주인공이고 다른 사람들은 조연일 뿐이라고. 모든 연극은 영혼의 성장을 위해 기획되었다. 당신이 기획자이자 제작자이자 주인공이다. 에고는 욕구를 품고 반응하겠지만, 영혼은 감사하면서 성장할 것이다.

그날 차를 운전하면서 미스의 말을 들은 순간 나는 구름 속에 있는 댄과 나를 보았다. 나는 **맙소사, 그래, 맞아! 이게 바로 그거야** 파도가 밀려드는 걸 느꼈다. 그것이 댄이 그토록 키우기 까다로운 아이였던 이유다. 마치 잊었던 기억이 되살아난 것 같았다. 정말로 그렇게 느껴졌다.

나는 캐럴라인 미스가 사기꾼이 아니라는 것을 어떻게 알 수 있었을까? 나는 그것까지는 알 수 없었다. 그러나 우리의 존재를 바라보는 다른 어떤 관점보다도 신성한 계약이라는 논리가 내게는 가장 설득력 있게 다가왔다. 내 창자에서부터 그런 느낌이 들었다. 그리고 내가 아는 거의 모든 것은 창자가 아는 것이다. 내 뇌는 신뢰할 수 없을 때가 있지만, 내 창자는 언제나 신뢰할 수 있다.

나와 미래의 댄, 그리고 댄의 이야기와의 관계는, 즉 우리의 이야기는 운명의 실수이거나 운이거나 악마의 장난이 아니다. 우리의 영혼이 받은 과제다.

댄의 과제는 희생자의 역할을 벗어던지는 것이다.

나의 과제를 수행하려면 먼저 내가 중요하다고 생각하는 모든 것을 재부팅해야 한다. 포르셰 소유자를 동경하는 것을 멈췄다. 칼리스에 가서 브런치를 먹는 것이 더는 내 인생의 정점이 될 수 없었다. 사명을 갖고 **힘든 길**을 선택하는 것이 내 인생의 정점이 되어야 했다. 내가 상상조차 못한 고통, 고난, 희생을 감내해야 할 것이다. 우리는 깨지고 다시 빚어져야 할 것이다. 사랑이 재정의될 것이다. 당시에 내가 미처 알지 못했던 것은 그 일에 16년이 걸릴 것이라는 사실이었다.

길잡이

당신의 의지와 상관없이 익숙한 구역을 떠나야 했던 경험에 대해 쓰라. 누군가와 신성한 계약을 맺었는가? 그것에 대해 쓰라.

# 9

당신과 다르다고 생각하는 누군가에
대해 쓰라(그런데 당신이 생각하는 만큼
그렇게 다르지 않을 수도 있다)

바로 앞 장에서 당신은 세상과 사물에 대한, 결코 일반적이라고 할 수 없는 내 관점에 대해 읽었다. 51년 이상을 나와 부부로 산 남편 조엘은 단 한 번도 내게 미쳤다고 말하지 않았지만, 그의 머릿속에는 수호천사나 전생과 후생이 끼어들 자리가 없다.

우리는 1965년 7월 4일 소개팅으로 만났다. 처음부터 나는 우리가 얼마나 다른지를 알 수 있었다. 그러나 내가 물려받은 최고의 장점인 할머니의 직관은 내게 바로 이 남자가 내가 찾던 남자라고 말했다.

조엘은 이스트하트퍼드에 있는 항공기 엔진 회사 프랫앤휘트니 소속 원자력공학자였다. 나는 대학 졸업 후 내 첫 직장인 고등학교 영어 교사 일을 그만두고 고향으로 돌아와 하트퍼드에 있는 조부모 집에서 살고 있었다. 소개팅 날 조엘은 61년식 흰색 셰비 임팔라 컨버터블의 지붕을 열고 나타났다. 그런 차가 있으니 그의 외모는 중요하지 않았다. 내가 허영심만 가득한 속물은 아니지만, 그 차, 여름밤, 빨간 가죽 시트…. 끝내주지 않는가.

광대뼈가 두드러진 조엘의 얼굴선은 아름다웠고, 연갈색 눈동자는 빛에 따라 색이 미묘하게 달라졌다. 목은 길었고, 손가락은 가늘었으며, 피부색은 구릿빛이었다. 조엘은 키가 188센티미터였다. 게다가 덤도 있었다. 조엘은 자신이 아름답다는 것을 몰랐다. 또 덤의 덤이 있었다. 조엘은 재밌었다. 그리고 나에게는 재밌는 사람이 최고였다. 로마의 콜로세움과 파리의 루브르 미술관을 합친 것만큼이나 대단한 장점이었다.

7개월 동안 데이트를 하면서 애러니 혈족 전체(조엘의 소중한 세 명의 형제들을 포함해 전부 스무 명이었다)를 만난 나는 엄마에게 선언했다. "조엘이랑 결혼하고 싶어요." 나는 애러니 가家의 일원이 되고 싶었다. 그들은 집에서 음악을 연주했고, 말다툼을 벌이지 않았으며, 조엘과 그의 형제들은 서로 경쟁하지 않았다. 그들은 많이 웃었고, 대화를 즐겼고, 조엘의 아버지는 역사광이었다. 조엘의 아버지가 역사 이야기를 하면 그들은 경청했다. 그들은 자신들의 어머니를 숭배

했다. 요리 솜씨가 형편없었지만, 그들은 자신들의 어머니가 호텔 주방장급이라고 생각했다. 애러니 가족은 돈에 무심했다. 그들은 가난한 사람들을 걱정했다.

우리 아버지도 애러니 가족을 마음에 들어 했을 것이다. 조엘의 아버지와 우리 아버지는 애들레이 스티븐슨Adlai Stevenson[1952년, 1956년 미국 민주당 대선 후보, 두 번 다 아이젠하워에게 패배했다]의 대선 패배를 두고 서로를 위로했을 것이다. 뭐든 고쳐내는 조엘의 솜씨에 아버지는 입이 떡 벌어졌을 것이다. 아버지는 망치도 없었고, 수리를 할 마음도 없었다. 조엘은 배수관에 대해 알았다. 전기 배선에 대해서도 알았다. 그는 나에 대해 알아가기 시작했다. 우리 가족은 모두 조엘과 사랑에 빠졌다. 조엘이 날 데리러 오면 할머니는 이렇게 말하곤 했다. "조엘릴라 아가, 널 위해 아몬드를 뿌린 꿀 케이크를 구웠어." 그러고는 부엌으로 끌고 들어갔다. 금요일밤 안식일 촛불이 켜진 작은 합판 식탁에는 할머니가 막 구운 따끈따끈한 제물이 놓여 있었다. 할머니는 이어서 말한다. "음식물 쓰레기 처리기가 이상해. 한번 살펴봐주겠니?" 조엘은 차로 돌아가 도구상자(도구상자라니! 정말 섹시하지 않은가)를 들고 온다. 부엌 바닥에 자세를 잡고는 할머니 싱크대 밑에서 45분 동안 뭔가를 한다. 조엘이 다시 모습을 드러내면 음식물 쓰레기 처리기는 윙 소리를 내며 다시 잘 돌아가고, 할머니는 이디시어 억양으로 이렇게 말한다. "이 젊은이에 대해서는 단 한 단어면 충분해. 멋.져."

어느 날 밤, 우리는 뮤지컬 《지붕 위의 바이올린》Fiddler on

the Roof을 보러 갔고, 어두운 극장에서 나는 조엘의 얼굴을 찬찬히 뜯어봤다. 너무나 진지하게 몰입한 얼굴. 내가 웃는 바로 그 순간에 웃는 얼굴. 우리의 공통 모국어는 웃음이었다. 그리고 우리는 같은 사투리를 아주 유창하게 구사했다. 집으로 돌아가는 차에서 우리는 목이 터져라 〈중매쟁이 할머니〉Matchmaker, Matchmaker를 불렀다. 그때 나는 우리가 아무리 다른 점이 있어도 결국 같은 점이 그보다 더 많을 것이라는 사실을 깨달았다.

우리가 데이트한 지 거의 1년이 되어가던 어느 날 나는 이렇게 말했다. "우리 결혼해야 하지 않을까, 안 그래?" 조엘은 내게 반물질을 다룬 『사이언티픽 아메리칸』의 기사를 펼쳐 보였다.

"우리는 올해 스물다섯 살이야. 결혼하기에 좋은 나이잖아, 안 그래?"

조엘은 내게 물분자에 대해 설명했다.

나는 차량 뒷유리에 **방금 결혼했어요**라고 쓰고 범퍼에 깡통을 매단 차를 가리켰다.

조엘은 이렇게 말했다. "이제 저 행복한 커플은 비행기를 타고 하와이로 신혼여행을 가겠지. 우리의 귀한 석유 자원을 낭비하면서 말이야."

"아이는 몇 명이나 키우고 싶어?" 내가 물었다.

그는 내게 스프링의 아름다움에 대해 얼마나 아는지 물었다. 그가 말하는 스프링은 계절 봄이 아닌 용수철이었다.

인정한다. 이 남자는 나와 너무 다를지도 모른다는 것을.

그러나 마침내 그는 말했다. "그래, 해. 우리 결혼하자."

약혼을 한 뒤 나는 물론 조엘을 동네 귀금속 가게로 데려갔다. 내가 영원한 사랑의 상징이라고 진심으로 믿고 있었던 것을 그가 내게 사줄 수 있도록 말이다.

그때는 1966년이었고 조엘은 이렇게 말했다.

"난 드비어스[영국의 다이아몬드 가공 회사]의 음모에 넘어갈 생각 없어, 낸시."

그 말을 들은 나는 "드, 뭐? 그게 누구, 아니 뭔데?"

"저건 블러드 다이아몬드야, 낸시. 그런 바보 같은 것 때문에 사람들이 살육을 저지르고 있다고."

그다음에 나는 비행기를 타고 자메이카로 신혼여행을 가고 싶다고 말하는 실수를 했다. "비행기 여행에 대해 알아야 할 게 있어, 낸시. 아주 잠시 나는 비행기도 대기 중에 이산화탄소를 28톤이나 배출해. 그렇게 배출된 이산화탄소는 수백 년 동안 사라지지 않아."

당시에는 **기후온난화**라는 표현 자체가 없었다. 도대체 누가 이산화탄소 배출량을 톤 단위로 말하지?!

"그곳 모래는 하얗대. 사진에 나오는 것처럼 말이야." 내가 말했다.

"비행기는 정말 긴급한 상황에만 타야 해." 조엘이 말했다.

나는 말했다(아마도 중얼거렸을 거라고 생각한다). "신혼여행도 충분히 긴급하다고."

(그리고 조엘의 마음이 그의 신념보다 더 강력했기 때문에 우리는 자메이카로 신혼여행을 가긴 했다.)

우리는 1967년에 결혼했다. 둘 다 스물여섯 살이었다. 나는 내가 꿈꾸던 전형적인 결혼식을 올렸다. 턱시도와 신부들러리와 정해진 색깔 조합과 전채 요리와 하객 인사 등 내가 원하도록 세뇌당한 모든 것을 했다.

우리는 이스트하트퍼드에 있는 연립주택에 신접살림을 꾸렸다. 그곳은 조엘의 회사에서 가까운 블루칼라 동네였다. 나는 집에서 15분 떨어진 고등학교에 1학년 영어 교사로 취직했다.

마침내 나는 해피엔딩 이후의 삶을 시작할 수 있었다. 조엘은 이 세상에서 지구를 걱정하고 황홀할 정도로 다재다능한 물체인 용수철에 매료된 유일한 사람으로 계속 살아갈 수 있었다.

또한 조엘은 내 주변에서 가장 재밌고, 상냥하고, 여유롭고, 관대한 동료 인간이다.

(지금의 남편이라면 내게 그 다이아몬드를 사줄 것이다. 하지만 지금의 나는 그 다이아몬드를 갖고 싶은 마음이 없다.)

길잡이

> 당신이 결코 친해질 수 없을 거라고 생각했지만, 알고 보니 당신과 공통 모국어가 있었던 사람에 대해 쓰라.

## 10

## 분기점과 압력

이야기를 진행하는 동안 당신이 자각이라는 측면에서 어떤 사람이었는지를 미리 설정해두자. 그래야 나중에 당신이 얼마나 많은 시련을 겪고 노력을 들였는지, 그리고 변화란 것이 얼마나 점진적이고 미묘하게 이루어지는지를 알 수 있다.

나는 처음으로 10일간의 묵언 명상 수행 워크숍에 참가하기 전까지는 10일은커녕 한 시간 동안만이라도 혼자 조용하게 있는 것이 어떤 것인지 전혀 몰랐다. 그것 또한 내 인생을 바꾼 경험이었다.

내 자전적 에세이에서 그 경험을 다룬 부분을 발췌했다.

펀스트리트와 노스메인스트리트 교차로의 빨간 신호등 앞에서 울음을 터뜨리며 나는 작은 인도 식당을 운영하는 그 여자에게 전화를 걸어야겠다고 마음먹는다. 나는 큰아들 조시를 스즈키 바이올린 학원에 서둘러 데려다주는 길이었다. 엄마를 병원에 데려다주기로 했지만 약속 시간에는 이미 늦어버렸다. 나는 느슨한 전선을 꼭 붙잡고 있었다. 조엘은 이 전선이 우리 71년식 마즈다의 엔진이 주행 중에 꺼지는 것을 막아줄 거라고 했는데…. 인도 식당의 그 여자는 코네티컷주에서 가장 맛있는 머터 파니르[치즈와 채소를 넣고 끓인 인도식 커리]와 세상에서 가장 단 굴랍자문[밀가루에 분유를 넣은 반죽을 동그란 공 모양으로 튀겨 시럽을 뿌린 달콤한 인도 디저트]을 만드는 사이사이에도 늘 우아한 무아지경 상태에 있는 것처럼 보였다. 그녀라면 명상법을 배울 수 있는 곳을 알고 있을 것이다.

그렇게 그 힌두교 여인은 매사추세츠주에 있는 한 장소를 알려주었고, 나는 전화를 걸었다. 하루 머무는 비용은 고작 13달러였다. "침구는 가져오고, 목소리는 집에 두고 오세요." 내가 뭘 하든 지지해주는 남편은 말한다. "자기야, 가. 애들은 내가 볼게. 가서 조용히 지내봐. 애들 치과, 정형외과, 안과 진료예약은 내가 챙길게." 그때가 1977년이었다. 내가 아는 대다수 아버지들은 정자를 제공하는 것 외에는 가정에서 하는 일이 없었다. 따라서 남편은 자신의 업무 범위를 훨씬 넘어서는 일을 맡겠다고 자처한 것이다.

나는 10일간 진행되는 묵언 수행 워크숍에 등록한다. 그때까지 나는 겉으로 보기에는 모든 일을 잘 통제하고 있는 것처럼 보였다. 그러나 실제로 내 삶은 손에 쥔 모래알처럼 흩어지고 있었다. 옆집 아이가 자기 어머니가 텃밭에서 가꾼 채소를 들고 온다. 그다음 주에 나는 이불장에서 가지를 발견한다. 나는 밤늦게 매직펜으로 내가 짤 천의 무늬를 그리기 시작했다. 하지만 나는 천을 짤 줄 모른다. 나는 감자를 전자레인지에 넣고 강으로 돌린다. 그리고 집을 나선다. 집에 돌아오면 전자레인지 문이 찌그러지고 플라스틱이 녹아내리고 감자 조각들이 부엌을 뒤덮고 있다. 조엘과 우리 엄마는 내가 머리를 식혀야 한다는 것을 안다. 그들의 미래에 대한 투자이기도 하다. 두 사람은 힘을 합쳐 아이들을 돌보기로 한다.

나는 3월에 옆 좌석에 지도를 펼쳐놓고 차를 운전해 처음으로 매사추세츠주 배리를 찾아갔다. 집을 떠났다는 설렘, 아이들 없이 보내는 열흘이 너무나 즐거운 나머지 집에 돌아가지 않을 수도 있다는 걱정, 그러면서도 아이들이 너무 그리워서 결국 (당연히 소리 없는) 비명을 지르며 차로 달려가 집으로 돌아갈 것이라는 불안이 서서히 타오르는 화산처럼, 온갖 뿌리채소를 넣고 끓인 걸쭉한 겨울 수프의 맛을 망치는 진하고 쓴 당밀처럼 부글부글 끓어올랐다. 음. 단호박, 고구마, 감자, 순무, 파스닙, 당근, 그리고… 타르.

이제 뭘 어떻게 해야 하는 걸까? 나는 2박 이상 아이들과 떨어져본 적이 없다. 그것도 착하디착한 엄마가 아이들을 돌봐줄 수 있을 때에만. 그리고 그럴 때조차도 네 시간마다 전화를 걸어 댄이 여전히 살아 있는지 확인했다.

　이곳은 축축하고 서늘하고 어둡다. 복도에는 침낭들이 있고 입구에는 차들이 들어오고 있다. 그리고 속삭임들. 누구도 또렷한 목소리로 말하지 않는다. '수련 중'이라고 쓴 표지판이 걸려 있다. 나는 방 번호를 배정받고 별관 위치, 일정, 일감을 안내받는다. 터질 것 같은 짐가방들을 들고 3층으로 올라가 감옥 같은 방에 도착한다. 좁다란 침대, 작은 세면대, 그보다 더 작은 거울만이 눈에 들어온다. 아, 그리고 옷걸이도 몇 개 있었다. 침대에는 좀먹은 군용 모직 담요가 놓여 있었다. 그리고 "온수를 사용하지 마시오"와 "물을 낭비하지 마시오"라고 쓴 공지가 세면대 위에 붙어 있었다. 아주 먼 복도 끝자락에 있는 샤워실에도 같은 공지가 붙어 있었다. 아무래도 상관없었다. 왜냐하면 나는 이곳에서 샤워를 할 생각이 전혀 없었기 때문이다. 여기는 너무 어둡고 추운 데다 묵언 수행 워크숍이다. 누가 내게 다가와서 "당신 머리 좀 감지 그래요. 샴푸 빌려드려요?"라고 말할 리도 없지 않은가. 게다가 온수를 사용하지 말라니? 남편이라면 이런 곳에서도 아주 잘 지낼 것이다. 어차피 사람들이 샤워를 너무 자주 하고, 온수를 너무 많이 사용한다고 생각하는 남자니까. 그리고 물이 졸졸 흐르도록 해놓고는 폭포수를 맞고 있다고 생각하니까. 여기에 왔어야 할 사람은 내가 아니라 남편이었다.

　수련생으로서 내게 주어진 일감은 3층에서 청소기를 돌리는 것이다. 오래되고 낡은 청소기를 받는다. 청소기를 돌리는 것은 어렵지 않다. 단지 아직 어두울 때 청소기를 돌리는 게 싫을 뿐이다. 나는 새벽 4시에 잠자리에 든 적은 있지만 그 시간은 잠에서 깰 시간은 결코 아니다.

묵언 수행은 이렇게 진행된다.

나는 가져온 스웨터를 전부 껴입은 채로 얇은 올리브그린 색 겹담요(캐시미어도 아니고, 수술도 달려 있지 않다)를 덮고 간이침대 위에 아늑하게 누워 있다. 누군가가 탁탁 발소리를 내면서 계단을 올라와 복도 끝에서 '노래하는 그릇', 즉 명상 종을 울린다. 내 꿈속에까지 이상한 소리가 울려 퍼지면 나는 침대에서 내려와 얼음장 같은 바닥에 발을 댄다.

나는 긴 복도를 따라 어슬렁어슬렁 화장실로 간다. 오줌을 누고 옷을 갈아입은 뒤, 다른 좀비 수련생들과 함께 계단을 내려간다. 밖으로 나가 짧은 보행로를 가로지르면서 3월의 칼바람을 느낀다(조엘이라면 "상쾌한" 바람이라고 했을 것이다). 도대체 무엇에 홀렸기에 내가 이런 곳(고통스럽게도 꼭두새벽에 일어날 것을 요구하는 곳)에 오게 되었을까 생각한다. 이국적인 카르다몸, 정향, 시나몬의 향기가 나는 식당 후문으로 들어가서 사람들과 함께 숨을 죽인 채 줄을 섰다가 차를 받는다. 모든 것이 달콤하리만큼 평온하게 느껴진다. 침묵은 놀랍게도 안도감을 준다.

운영자들은 우리에게 시선을 마주치지 말라고 지시했다. 연결되지 않는 것은 충격적일 정도로 엄청난 해방감을 선사한다.

나는 상상을 초월할 만큼 방대한 도자기들 중에서 찻잔 하나를 선택한다. 노란색이다. 이 명상센터에 태양이 떠오르지 않는다 해도 나는 기어코 나만의 태양을 만들어내리라. 김이 모락모락 피어나는 커다란 냄비 세 개 앞에 작은 팻말이 있다. 다르질링, 벵갈 스파이스, 베르가못 오일을 넣은 홍차. 오, 좋다. 내가 계속 마시고 싶었던 차다. 베르가못 오일로 하루를 시작하게 되다니!

차향이 다르다. 첫 맛은 램 코르마[양고기와 신선한 양파, 캐슈넛, 우유, 크림 그리고 향신료로 맛을 낸 인도식 커리]이고 끝 맛은 망고 라씨 같아야 하는데, 치킨 탄두리처럼 만족스러워야 하는데.

이 차는 친정 엄마가 뿌리는 '이브닝 인 파리'Evening in Paris 향수 같은 맛이 난다. 그래도 찻잔은 따뜻하고 지금 당장 내게 필요한 것은 그것뿐이다. 온기와 두 손에 쥐고 있을 수 있는 무언가. 종이 울린다. 다음 종이 울리면 우리는 명상실로 향한다. 반쯤 내려온 눈꺼풀을 억지로 밀어올리고 허기진 배를 움켜쥐면서 신발을 벗고 들어간다.

명상실의 길이는 미식축구장만 하고 폭은 아마도 9미터 정도 될 듯하다. 바닥에서 천장까지 닿은 유리창은 버건디색 벨벳 커튼으로 가려져 있다. 이쪽 벽에서 저쪽 벽까지 요가 매트가 세 줄로 놓여 있다. 개인 방석을 가져오지 않은 사람은 명상실 뒤로 모이라는 안내를 받는다. 욕심 나는 만큼 베개와 담요를 가져올 수 있다. 다만 그들이 **욕심**이라는 단어를 쓰지는 않았을 것 같다. 불교에서 **욕심**은 금지된다. 사실이 넓은 강당에 모인 120명의 사람들은 모두 욕망을 누르기 위해 이곳에 온 것이다. 나쁜 욕망. 외설적 욕망. 욕망이여,

물러가라. 비워냄이여, 오라. 평정심이여, 오라. 고차원 의식을 통해 내게 오라.

또다시 왜 내가 여기 있는지 자문한다. 또다시 나는 답한다. 내가 여기 있는 이유는 내 삶이 혼돈에 빠졌다는 것을 내가 알기 때문이다. 내가 여기 있는 이유는 나를 말라죽이고 있는 끊임없는 불안을 잠재우기 위해서다. 댄과 함께 있지 않을 때 사이렌 소리가 들리면 내가 아무리 밀어내도 결국에는 나를 집어삼키는 불안을. 빨간불이 번쩍이는 것을 본다. 우리 집에 가는 것이 틀림없다. 우리 집 현관으로 들어가고 있다. 내 아가를 영안실에 데려가고 있다. 내가 여기 있는 이유는 의사가 골프를 치러 갈 수 있도록, 내가 미용실에 갈 수 있도록 유도분만에 동의한 것이 미친 짓이었다는 사실을 내 창자가 늘 알고 있었기 때문이다. 내가 여기 있는 이유는 내 안 깊숙한 곳에 채워지지 않는 허기, 최첨단 명품 오븐으로도 채울 수 없는 구멍이 있다는 것을 알기 때문이다. 내가 여기 있는 이유는 내가 힘껏 도망치고 있다는 사실을 어렴풋이 알지만, 무엇으로부터 도망치는지 알아낼 용기가 없었기 때문이다.

명상실이 어둡다는 것이 마음에 든다. 그냥 낮잠을 자도 될 것 같다. 앉아서 자는 법을 배울 수 있을지도 모른다. 뭔가를 시작하기 직전에는 으레 그렇듯이 여기저기서 잔동작들이 튀어나온다. 담요를 정리하고 자세를 잡고는 목을 좌우로 꺾는다. 작은 종이 울리자 여전히 몇몇이 꼼지락거린다. 그러다 완전히 고요해진다. 나는 '초보를 위한 명상 수업'을 받게 될 것이라고 생각했다. 누군가 앞에 나와서 "자, 여러분, 먼저 오른쪽 다리를 구부려서 브이 자를 만드세요. 그다음에는…" 하는 식으로 설명하는 그런 수업 말이다. 나는 예전에 본 걸 흉내 내본다. 고개를 앞으로 떨어뜨렸다가 뒤로 잡아당긴다. 다리를 펴고는 이마를 무릎에 닿게 하려고 애써본다. 그러나 그런 수업은 없다는 것이 확실해지자 뭘 해야 할지 도통 모르겠다. 약 37초 동안 가만히 앉아 있는다. 그런데 엉덩이가 아파온다. 그래서 다른 사람에게 방해가 되지 않게 살살 움직여가며 더 편한 자세를 찾는다. 휴. 이게 더 낫네. 그런 다음 약 46초 동안 가만히 앉아 있는다. 그런데 발에 이상한 느낌이 든다. 그래서 아주 조용히 발의 위치를 바꾸고 다시 가만히 앉아 있는다. 약 30초 뒤에 내 무게 중심을 왼쪽 엉덩이로 옮긴다. 그러면 신경 쓰이기 시작한 마비 증상이 다소 완화될 것이라고 생각한다. 약 15초 동안은 괜찮다. 나는 감고 있던 눈을 뜬다.

모두 떠났다. 몸은 여전히 여기 있지만 말이다. 그들이 있던 자리에는 단단하게 굳은 아바타가 동상처럼 놓여 있었다. 그들은 숨도 거의 쉬지 않았다. 아무 움직임이 없었다. 나는 창피했다. 이 커다란 강당에 명상을 할 줄 모르는 사람은 내가 유일했으니까. 나는 머리를 움직이지 않고 눈알을 최대한 오른쪽과 왼쪽으로 굴려본다. 마찬가지다. 시야에 들어오는 것은 아주 진지한 명상자들뿐이다. 나는 내 숨소리가 너무 크지 않기만을 간절히 바라는 사기꾼이다. 그러다 내가 명상을 제대로 하는지 아닌지는 아무도 모를 것이라는 사실을 깨닫는다. 왜냐하면 그들은 여기에 없고, 그래서 나를 보고 있지 않으니까. 나는 남은 50분 동안 조용히 꼼지락거리며 왜 내가 고급반에 있는지 알아내려고 머리를 굴렸다. 아마도 이 수업이 이미 꽤 높은 경지에 오른 진지한 수행자를 위한 것이라는 설명을 내가 잘못 이해했거나 그 설명이 너무 작은 글씨로 적혀 있어서 놓친 게 틀림없다. 이 사람들은 자궁에서 나올 때부터 가부좌를 틀고 있었을 것이다.

마침내 종이 울리고 모든 사람이 천천히 지구로 돌아와 팔다리를 스트레칭하기 시작한다. 어떤 사람들은 여전히 명상에서 깨어나지 않았다. 정말로 명상에 진심인 사람들이다. 종소리도 못 들은 듯하다. 이 명상실에서 내내 이 고문이 얼른 끝나게 해달라고 기도한 사람은 아마도 나밖에 없을 것이다. 나는 사람들을 따라 스트레칭을 한다. 고개를 한 바퀴 돌리고 다리를 편 뒤 이마가 무릎에 닿도록 허리를 숙인다. 엉덩이를 주무른다. 자, 이제 베이컨과 달걀과 수제 감자튀김으로 푸짐한 아침식사를 먹을 준비가 되었다. 진짜 메이플 시럽을 곁들인 와플도 나쁘지 않다. 그런 다음에는 욱신거리는 허리 통증을 가라앉힐 목욕이 좋겠다. 그러나 푸짐한 아침식사는 없을 것이다. 나도 안다. 두부 몇 조각이 나온다. 강황가루로 노란빛을 띤다. 그래서 나보다 상상력이 뛰어난 사람이라면 달걀 요리를 먹는 척할 수도 있을 것이다. 나는 음식을 사랑한다. 그런데도 내 접시에 놓인 주황빛의 물컹한 물질과 조금이라도 비슷한 음식을 떠올릴 수가 없다. 물론 미소국도 있다. 그러나 나는 한 번도 미소국을 먹어본 적이 없었기에 내 눈과 코는 그냥 또 하나의 질 나쁜 차로 인식했다.

우리는 침묵 속에 식사를 하고, 나는 그 사실에 감사한다. 그렇지 않았다면 "이 역겨운 음식은 뭐죠? 다들 드라이브나 가요! 근처에 햄버거 가게가 있던데"라고 고래고래 고함을 질렀을 테니까. 나는 시선을 마주치지 않는다는 규칙에 매우 감사한다. 나는 마음을 나누고 싶지 않다. 다만 내 맞은편에 앉은 남자의 티셔츠가 문제다. 커다란 얼굴이 입을 쩍 벌리고서 비명을 지르고 있다. 조금 불편하다. 시선을 어디에 두어야 한단 말인가? 새싹채소나 바라봐야겠다. 그리고 나는 처음으로(이전에는 새싹채소의 모양을 관심있게 관찰한 적이 없었으므로) 알팔파 싹이 정자와 정말 닮았다는 사실을 깨닫는다. 작고 작은 초록빛 정자.

매일 밤 다르마 강연이 열린다. 잭 콘필드라는 수행자가 조지프 골드스타인이라는 수행자와 함께 '무대'에 오른다. 나는 두 사람 모두 **란츠먼**lantzmen, 즉 나와 같은 족속이라는 점에 주목한다. 나는 궁금해진다. 그들도 히브리어를 기계적으로 암기하고, 사원에 가서도 단 한 번도 경외감을 느끼지 못한 탓에 유대교에 환멸을 느낀 걸까. 그리고 지금 여기에서 두 유대불교도가 내가 생전 처음 듣는 이야기들을 하고 있다.

잭은 한 승려의 이야기를 들려준다. 승려는 불상이 바짝 말라서 금이 간 것을 보았다. 그는 손전등을 가져와서 그 틈새를 들여다보았다. 그 안에는 반짝이는 황금이 있었다. 알고 보니 이 낡고 보잘것없는 불상은 동남아시아에서 제작된

불상 중에 가장 크고 가장 빛나는 불상이었다. 반짝이는 예술품을 적으로부터 보호하기 위해 점토로 덮었을 것으로 사원은 추정했다. 잭은 이것이 곧 우리 이야기라고 말한다. 우리는 타고난 고귀함과 반짝이는 빛을 덮어버린다. 승려들이 칙칙한 점토 속 황금 불상을 잊었듯이 우리도 우리 내면에 무엇이 있는지 잊었다. 우리의 본질을 잊었다. 잭은 우리가 거의 언제나 보호막의 층위에서 행동한다고 말한다. 그것이 우리를 겨냥한 모든 상처로부터 스스로를 보호하기 위해 우리가 선택한 방식이다.

내가 무엇을 찾고 있었는지 모르겠다. 한 번도 내가 무엇을 찾고 있는지 시간을 내서 알아보지 않았다. 람 다스를 만나기 전까지는. 람 다스가 내가 여기에 있게 된 촉매제라는 것은 확실하다. 나는 조엘과 엄마로부터 이 지혜를 소화하고 흡수할 시간과 침묵이라는 엄청난 선물을 받았다는 것을 안다. 아마도 나는 내 본질과 연결되려고 여기에 왔는지도 모르겠다.

10일간의 워크숍이 끝난 뒤에 세상으로 돌아가기가 쉽지 않으리라는 것을 안다. 나는 말하지 않는 것에 익숙해졌다. 시선을 마주치지 않는 것에 익숙해졌다. 뜨거운 차를 마시는 새벽 일과를 기다리기 시작했다. 내 마음은 천천히 속도를 늦추기 시작했다. 그리고 물을 아끼자는 화장실의 작은 공지문에 동감하기 시작했다. 내가 조엘로 변하는 건 아닌지 모르겠다. 카풀을 하거나 냉동 생선튀김을 요리할 준비는 전혀 되지 않았는데. 나는 심지어 내 목소리를 쓸 준비도 되어 있지 않다.

집에 돌아간 나는 가족에게 훈계한다. 우리가 너무 많은 것을 소유하고 있고, 우리에게 필요한 것은 그릇 네 개와 젓가락 네 벌이 전부라고. 그런 다음 나는 집에서 TV를 추방하겠다고 선언한다. 그리고 아침, 점심, 저녁에 현미밥을 차리기 시작했다.

나는 천천히 움직이고, 조용히 말하고, 새벽에 일어난다. 과거에는 아이들이 아침에 일어나자마자 우리 침대에 뛰어들었다. 이제 아이들은 아침에 깨어나면 내가 베개 위에 다리를 포개고 앉아서 눈을 내리깔고 손바닥이 위로 가도록 손등을 허벅지에 올리고 있는 모습을 본다. 불쌍한 아홉 살 조시. 조시는 "정신적 지도자가 우리 엄마에게 한 말"이라는 제목의 에세이를 학교에 제출한다. 아이는 내가 곧 집을 떠날 거라고 믿는다. 아이 생각이 틀렸다고는 말하지 못하겠다.

느린 속도로, 그리고 의식적으로 발을 들어올리고, 그대로 있다가, 다시 내려놓는 걷기 명상법은 꽤 빨리 그 빛을 잃는다. 나의 새로운 현실, 조용하고 평화롭고 고요한 명상을 대체한 현실은 라살로드에 있는 사탕가게 힐러드를 매일 방문하는 것이다. "이모가 설탕 파우더가 뿌려진 이 튀르키예 젤리를 정말 좋아하시거든요." 내가 계산대의 점원에게 말한다. "중간 크기 상자로 주세요. 이모는 장미맛을 특히 좋아해요." 계산을 하고 가게를 나선 뒤 장미맛 튀르키예 젤리를 먹어치운다. 에스더 이모는 정말로 튀르키예 젤리를 좋아했을 것이다. 17년 전에 죽은 이모가 장미맛 튀르키예 젤리를 먹어봤다면 아주 좋아했을 것이다.

설탕 중독은 사회적으로 용인된 중독이다. 내가 술 도매상에서 보드카를 몇 병씩 사다가 갈색 종이봉투에 넣고 몰래 한 모금씩 홀짝홀짝 마시는 것도 아니지 않나. 아니면 그렇게 하고 있는지도? 나는 가느다란 파란 글씨가 적힌 깨끗한 하얀 상자에 당당하게 손을 넣는다. 젤리가 전부 사라지면 힐러드에 다시 가서 자기 절제력이 부족한 이모에 대한 농담을 던진다. 점원은 내가 다정한 조카라고만 생각할 것이다.

잭과 조지프와 다르마 강연은 여전히 내 안에 남아 있다. 그리고 나는 내 가족과 남아 있다. 가족들은 내가 매년 두 번씩 배리의 명상 수행 워크숍에 가는 것을 참아준다. 집에 돌아온 뒤에 때로는 몇 주 동안 명상을 한다. 몇 달 동안 명상을 멈출 때도 있다. 힐러드에 다시 갈 때도 있고, 내 몸에 설탕은 절대 집어넣지 않을 때도 있다. 그러나 나는 언제나 내 진정한 본질로 돌아가는 것을 잊지 않으려 노력한다. 내 진정한 본질의 핵심은 단순한 선함이고, 거기에는 설탕이 조금 뿌려져 있다.

<br>

길잡이
———

    직장, 가정, 연인을 떠날지 말지 고민했던 경험에 대해 쓰라.

## 11

무언가를 거부하면
그 안에 담긴 선물도 받을 수 없다

모든 자전적 에세이에는 대전환이 일어나는 순간이 있다. 그리고 그 순간이 스토리텔링에서 아주 중요한 역할을 한다. 그런 대전환이 없었다면 들려줄 이야기도 없었을 것이다.

　다음은 내 자전적 에세이에 나오는 대전환의 순간이다.

어느 눈 내리는 날 나는 워크숍에 참석하기 위해 보스턴으로 갔고 그날 밤은 내가 댄의 '보모' 역할을 할 차례여서 섬으로 돌아와야 했다. 댄은 아직은 인슐린 주사를 스스로 투여할 수 있었다. 쉽지는 않았지만. 오른손에는 떨림이 있는 반면 왼손에는 떨림이 없는 상태였는데, 나름 이리저리 궁리하고 실험한 끝에 떨림이 없는 왼손을 자신의 배에 얹고서 떨림이 있는 오른손이 떨리지 않도록 잡는 법을 찾았다. 그렇게 오른손으로 허벅지에 주삿바늘을 꽂았다. 매일 밤 댄이 스스로 주사를 놓을 때 주삿바늘이 정상적으로 들어갔는지 내가 항상 옆에서 지켜보기는 하지만, 아직은 댄이 충분히 혼자 할 수 있었다.

내가 정말 좋아하는 커다란 함박눈이 너풀너풀 내렸고, 나는 도심에 머물면서 눈 내리는 거리를 걷고 싶었다. 댄에게 전화를 걸어 오늘밤은 외박을 허락해달라고 양해를 구하고 싶었다. 나는 게리를 상대로 어떻게 말을 할지 연습했다. 댄이 폭발하지 않도록 살살 달래서 비니어드로 돌아가지 않아도 된다는 '허락'을 얻어내야 했다.

"변명하지 마. 용서를 구하는 듯한 말투도 쓰지 말고." 게리가 말한다. "그냥 '나 보스턴에 좀 더 있고 싶어. 오늘밤 혼자 있을 수 있겠니?'라고 말해. 간결하고 담백하게. 죄책감이 든다는 듯이 '엄마가 원래 눈을 정말 좋아하잖아. 부디 이해해줘'라고 하지 마. 네가 아픈 환자라서 엄마가 너무 미안하다 같은 식으로는 안 돼. 그냥 분명하고 단순하게 말해."

우리는 여러 번 역할극을 시도했고 나는 드디어 어느 정도 준비가 되었다는 생각이 든다. 호흡을 고른다. 전화를 건다. 연습한 대로 거의 완벽하게 해낸다. "오늘밤 혼자 있을 수 있겠니?"라고 말하자 댄은 "응, 혼자 있지 뭐, 염병할!"이라고 내뱉고는 덜컥 전화를 끊는다.

나는 돌아가지는 않지만, 마음이 괴롭다. 아들의 손이 미끄러져서 인슐린이 적정량 투여되지 않을까 봐 걱정한다. 의식을 잃어도 구급차를 부르지 못할까 봐 걱정한다. 지금까지 댄에 대해 걱정한 모든 것을 걱정한다.

게리는 댄이 나를 인질로 삼고 있다고 늘 말한다. 게리 말이 맞다. 댄은 나를 완전히 인질 취급하고 있다. 내 죄책감을 건드리면서 자신은 희생자 역을 자청하고, 나는 그 연기에 순순히 넘어간다. 그것도 매번.

다음 날 나는 첫 페리를 타고 곧장 댄의 집으로 간다. 그리고 우리의 병든 관계를 바꾸기 위한 첫걸음을 내딛는다. 나는 예전 같으면 상상도 못 할 행동을 한다. 문을 확 열고 들어간 나는 댄이 불평을 쏟아내기 전에 이렇게 선언한다. "아니, 오늘로 끝이야. 이런 막장 드라마는 그만 찍을 거야. 어젯밤만 해도 넌 이렇게 말했어야 해. 내가 '댄, 오늘밤 혼자 있을 수 있겠니?'라고 물었을 때 그냥 이렇게 말하면 됐다고. '아니요, 엄마. 안 될 것 같아요. 집으로 와주시면 안 될까요?' 그럼 나는 네가 **랑게르한스섬**이라는 단어를 다 발음하기도 전에 페리에 뛰어들었을 거야. 아니면 이렇게 답할수도 있었겠지. '네, 혼자 있을 수 있어요. 간만에 눈을 좀 즐기다 오세요'라고. 어젯밤처럼 나를 나쁜 사람으로 만드는 그런 수작은 이제 안 통해. 그게 우리한테 한 번도 도움이 된 적이 없는데도 늘 그래 왔지. **미친 짓**의 정의가 뭔지 아니? 같은 걸 반복하면서 결과는 달라지길 기대하는 거야. 이제 새로운 날이 열렸어. 제정신이 든 거지. 너에겐 내가 필요해. 하지만 날 괴롭히면 떠나겠어. 난 옆에 두면 좋은 사람이냐. 나랑 같이 보내는 시간에 감사하는 사람도 많아. 그걸 모른다면 네가 손해보는 거야."

댄은 말문이 막혔다. 나는 새로운 결심을 했다.

집으로 돌아오는 길에 여전히 흥분을 가라앉히지 못한 채 혼자 중얼거렸다.

그날 이후 댄은 **확 죽어버릴 테야**라는 대사를 읊는 걸 멈췄다. 내가 가면 예의 바르게 인사하기 시작했고 어떤 아침에는 반갑게 인사하기도 했다. 우리는 진짜로 재밌는 시간을 보내기 시작했다. 댄이 우울해질 때면 우리는 그가 얼마나 힘든 삶을 살고 있는지에 대해 이야기했다. 댄은 마침내 마구잡이로 화내는 것을 멈췄고, 나는 마침내 듣기 시작했다.

나는 뭔가 달라졌다는 것을 안다. 어느 날 댄과 나눈 대화에서 그런 변화를 느꼈기 때문이다. 나는 댄의 방으로 들어가 이렇게 말했다. "질문 하나 할게. 넌 걸을 수 없어. 포크도 못 쥐어. 골프공만 한 욕창도 생겼어. 이제는 음식을 제대로 넘기기조차 힘들어졌어. 난 정말 알고 싶어." 나는 한숨을 내쉬었다. "왜 하필 너인 걸까?" 댄은 이전에 보지 못했던 완전히 새로운 표정을 하고서 나를 바라본다. "내가 아니어야 할 이유가 있나요?"

"맙소사, 너 지금 완전히 현자 같았어!"

변화의 바람이 불기 시작했다. 그리고 그 바람은 너무나 신선하다!

의식이나 행동에 큰 변화가 일어나면서 당신이 그동안 거부하던 것을 받아들이고, 아주 오랫동안 당신을 괴롭혀온 걱정거리에 마침표를 찍었던 경험에 대해 쓰라. 그런 변화는 어떤 결과를 낳았는가? 특별한 결과를 얻지 못했다면 어떤 변화를 기대했는지에 대해 쓰라.

## 12

팬 달구기

어마 봄벡Erma Bombeck은 다른 사람의 말을 인용해 이렇게 말했다. "아이들은 와플과도 같다. 첫 번째 와플은 팬을 달구는 용도였다고 생각하고 버려야 한다."

자전적 에세이를 완성하고 나서야 그게 이번 생에 하고 싶었던 이야기가 아니라는 것을 깨달을 수도 있다. 그건 연습이었던 셈이다. 첫 번째 와플이었다. 팬을 달구는 용도였다.

내 첫 번째 와플의 제목은 '옴에서 오이로'Om to Oy였다. 콩가루처럼 여기저기 사방으로 흩어진 자전적 에세이였다. '옴에서 사방팔방으로' 같은 제목이 더 어울렸다. 그만큼 이상한 전개가 많았다. 그러나 덕분에 팬에 기름칠을 했다. 글쓰기 습관이 자리 잡았고, 그 결과물에 대한 미련을 버릴 수 있었다. 그래서 다행이기도 했다. 정말 형편없는 결과물이었으니까!


길잡이
___

두 번째 와플을 쓰라.

## 13

## 같은 이야기를 다르게 써보자

때로는 같은 이야기를 다르게 바꿔가며, 다섯 번을 써야 할
수도 있다. 모든 사람이 자신의 상처를 통해 그 이야기를 읽
기 때문이다. 교육자들이 남들과 다르게 학습하는 아이들을
어떻게 가르쳐야 하는지 연구하듯, 당신도 남들과 다르게 학
습하는 독자들을 위해 어떻게 글을 써야 하는지 연구해야
한다. 그리고 아마도, 운이 좋다면, 다르게 바꿔 쓰는 과정
에서 당신 자신의 관점도 바뀔 수 있다. 다음은 내가 내 경
험담을 가지고 실험한 예들이다.

1. 어느 날 조엘이 말한다. "댄이 일단 여자만 만나면 다 잘 될 텐데." 나는 폭발한다. "세상에!" 나는 소리를 지른다. "그런 걸로 모든 게 잘될 리가 없잖아! 당신은 아직도 현실 파악이 안 되는 거야?"

2. 조엘은 댄이 겪고 있는 모든 고통을 해결할 방책은 여자라고 생각한다. 화가 치민다. 정말이지 남자들이란!!!

3. 나는 댄의 불행이 그를 다른 사람에게 연민을 느낄 수 있는 사람으로 성장시키기를 기다린다. 댄이 아닌 다른 사람으로 변화시키기를. 우리 부부가 댄을 너무 감싸고 돌다 보니 댄의 머릿속을 가득 채운 생각은, 그리고 조엘이 유일하게 받아주는 생각은 "나를 행복하게 해줄 완벽한 여자는 어디에 있는가?"다. 어휴.

4. 또 다른 젊은 여성이 댄과 사랑에 빠진다면 그녀는 댄에게 관심과 애정을 쏟을 것이다. 그리고 그러면 댄이 성장할 수 없다는 것을 나는 안다. 댄은 앞으로도 계속 불평만 하면서 희생자 역할 전문 배우에 머물 것이다. 댄의 삶에 새 여성이 등장하는 것은 답이 될 수 없다!

5. 내가 틀렸을 수도 있다. 내가 모르는 뭔가를 조엘은 알고 있는지도 모른다. 에스트로겐이 방에 발을 들이는 순간 댄의 기분이 한결 좋아지는 것은 사실이다. 나는 댄의 내면이 자라기를 바랐지만, 그의 외면은 인정을 갈구하고 있는지도 모른다.

생각 하나, 핵심 주제 하나, 견해 하나를 다르게
바꿔가며, 다섯 번 다시 쓰라. 뭔가 달라지는 것
이 있는지 보자. 일단 당신이 달라질 것이다.

모든 사람이 스토리텔링 재능을
타고나지는 않는다

내게는 아들이 둘 있다. 한 명은 영화를 보고 나면 안방에
와서 영화의 핵심 플롯과 주인공을 단 두 문장으로 완벽하게
정리해서 전달한다. 그런 다음 영화의 한 장면을, 대사를 토
씨 하나 안 틀리고 말투도 똑같이 재현해가며 정확하게 연기
한다. 우리 부부는 아들의 연기에 웃고 또 감동받아 결국 영
화를 보러 간다.

　다른 사랑스러운 아들(비주얼 아티스트)도 영화를 보고
나면 안방에 와서 말한다. "이 영화 얘기를 꼭 해드리고 싶
어서요. 그러니까, 음, 한 남자가 있었는데요, 그 남자는….

음…. 그러니까 실은 어떤 여자에 관한 이야기인데요, 그 여자는요…. 아니다. 그게, 어떤 가족이 있었어요. 스위스에 살고 있었거든요. 아니, 스웨덴이었던 것 같기도 하고…. 그래서….”

우리는 부모다. 한 인간을 키워내면서 우리가 가장 걱정하는 건 그 아이의 자존감이다. 아이를 키우는 일은 아주 큰 책임이다. 아이에게 계속 회사를 다니라고 조언해야 할까? 작가나 영화제작자나 예술가가 되지 못할 거라고 말해줘야 할까? 아니면 아이가 스스로 깨달을 때까지 기다려야 할까? 그도 아니면 이 아이의 창의성은 다른 형태로 발현될 거라고 이해하고 받아들여야 할까? 우리는 기다렸다. 우리는 시간적인 여유가 충분한 그런 부모였다. 당신에게는 시간적인 여유가 없다. 곧장 본론으로 들어가야 한다. 그리고 그 본론은 당연히 흥미로워야 한다.

다음은 곧장 본론으로 들어가는 대신 한참을 돌아가며 이야기를 풀어나간 글이다. 그다음 글에서는 곧장 본론으로 들어간다.

당신은 이 사실을 모를 수도 있다. 적어도 나는 미처 몰랐다. 구글 검색을 하면 방문 기록이 전부 저장된다. 당신이 삭제하기 전까지는 말이다. 방문 기록을 그대로 두면 스마트폰 배터리를 잡아먹는다는 사실을 알게 된 후로는(다섯 살짜리 아이가 알려줬다) 계속 방문 기록을 삭제하고 있다. 그런데 어제 기록들을 삭제하다가 하나씩 읽어보기 시작했다. “천연

재료로 옷 염색하는 법"에서부터 "올/캐시미어 여성용 후드 점퍼", "부시의 쌍둥이 딸들", "에이브 중고서점"까지.

결국 빨간색 후드 점퍼를 샀고, 빨간색이 나한테 어울리지 않는다는 것을 알게 되었다. 중고책을 사는 이유는 사람들에게 선물하기 위해서다. 밑줄이 그어져 있고, 커피 얼룩과 잉크가 번진 흔적이 있는 그런 책을 받는 걸 그들이 좋아하는지는 모르겠지만 말이다.

독일 낭만주의자들은 이런 말을 했다. "당신이 무엇을 간절히 바라는지 말해주면 나는 당신이 어떤 사람인지 말해주겠다." 내 구글 검색 목록만 보면 한 사람이 아니라 여러 사람의 검색 목록처럼 느껴질 것이다. 내 친구 중 한 명은 다중인격장애를 앓고 있는데, 처음 그 얘기를 들었을 때는 이렇게 생각했다. **뭐야, 누구나 다 그렇지 않나? 그게 왜 장애로 분류되는 거지?**

친구는 이렇게 설명했다. "맨해튼 5번가에 있는 아름다운 내 아파트에서 아침을 맞이할 때면 나는 다 큰 어른이야. 집을 나설 때는 도어맨에게 아이들은 잘 지내냐고 안부도 묻지. 하지만 심리치료실에서는 바닥에 누워서 엄지손가락을 빨고 있어. 두 돌 된 아기거든. 택시를 타고 집에 돌아올 때는 뱃사람처럼 택시 기사한테 욕을 해대지. 불쌍한 택시 기사 아저씨." 이 딱한 친구는 인격이 하도 여러 갈래로 분열되어 있어서 나는 그녀를 만날 때마다 내가 어떤 인격과 이야기하고 있는지 정확하게는 알지 못했다. 물론 그녀가 두 돌 된 아기라면 그건 알아챌 수 있을 거라고 생각한다. 정신과 의사가 되어 다중인격을 지닌 사람과 같은 공간에 있으면 매우 흥미로울 것 같다. 나라면 결국 그중 한 명을 집에 데려오게 되지 않을까?

내 검색 목록이 워낙 다채롭고 중구난방이어서 나는 재미로 남편에게 검색 목록을 보여달라고 했다. 남편의 검색 목록은 이랬다. "라이트 형제", "마이클 무어《인간들의 행성》Planet of the Humans", "엄청나게 복잡한 운동화 해부학", "탄소 중립 바이오세라믹 돔 주택."

절로 이런 질문이 튀어나올 것이다. 관심사로만 봐서는 도저히 이해가 안 되는데, 두 사람은 도대체 어떻게 부부가 되었나요?

좋은 질문이다. 서로 다른 두 사람이 만나서 어떻게 부부가 되는 걸까? 이것은 수사학적 질문이기도 하다. 짧은 글 하나로는 답할 수 없는 질문이다.


자, 다음 글에서는 핵심을 향해 똑바로 나아갔다.


당신은 이 사실을 모를 수도 있다. 적어도 나는 미처 몰랐다. 구글 검색을 하면 방문 기록이 전부 저장된다. 당신이 삭제하기 전까지는 말이다. 기록들을 삭제하다가 방문 기록을 하나씩 읽기 시작했다. "천연재료로 옷 염색하는 법"에서부터 "울/캐시미어 여성용 후드 점퍼", "부시의 쌍둥이 딸들", "에이브 중고서점"까지.

독일 낭만주의자들은 이런 말을 했다. "당신이 무엇을 간절히 바라는지 말해주면 나는 당신이 어떤 사람인지 말해주 겠다.” 내 구글 검색 목록만 보면 한 사람이 아니라 여러 사 람의 검색 목록처럼 느껴질 것이다. 내 친구 중 한 명은 다 중인격장애를 앓고 있는데, 처음 그 얘기를 들었을 때는 이 렇게 생각했다. **뭐야, 누구나 다 그렇지 않나? 그게 왜 장애 로 분류되는 거지?**

내 질문에 답하는 기사를 읽었다. 그 기사에 따르면 다중 인격장애가 있는 사람들은 각기 다른 인격이 전부 별개로 존 재한다. 나 같은 대다수 평범한 사람들은 우리 내면의 모든 존재들을 통합해서 그런 여러 측면들이 건강하게 공존하는 복합체로 살아간다.

내 검색 목록이 워낙 다채롭고 중구난방이어서 나는 재 미로 남편에게 검색 목록을 보여달라고 했다. 남편의 검색 목록은 이랬다. “라이트 형제”, “마이클 무어《인간들의 행 성》”, “엄청나게 복잡한 운동화 해부학”, “탄소중립 바이오세 라믹 돔 주택.”

절로 이런 질문이 튀어나올 것이다. 관심사로만 봐서는 도 저히 이해가 안 되는데, 두 사람은 도대체 어떻게 부부가 되 었나요?

남편과 사귄 지 8개월 정도 되었을 때 예능 프로그램《시 드 시저 TV》Sid Caesar TV의 재방송을 함께 봤다. 우리 둘 다 바닥을 뒹굴면서 미친 듯이 웃었다. 그렇게 나는 우리 두 사 람의 연결고리를 찾았다. 우리의 공통 모국어는 웃음이었다. 부부가 된 지 50년도 더 지났지만, 괴로우나 즐거우나, 미우나 고우나 우리를 지탱한 것은 웃음이었다.

　얼마 전 우리는 작약 모종을 샀다. 집에 오는 길에 나는 작약 재배 설명서를 읽었다. 남편을 보면서 나는 이렇게 말했다. "여기 3년은 지나야 꽃이 핀다고 나오는데?" 우리는 한동안 침묵에 빠졌다. 남편이 말했다. "저런."

　우리는 웃었다.

길잡이
———

　　　　같은 주제의 글을 두 번 쓰라. 처음 쓸 때는 곧장
　　　　본론으로 들어가지 말고 빙빙 돌려 말하면서 쓸
　　　　데없는 내용을 계속 덧붙이라. 그다음 글에서는
　　　　곧장 본론으로 들어가자.

(15)

## 독자가 책을 읽을 때
## 당신은 그 자리에 함께 있지 않다

명심하자. 비 오는 날 독자가 난로에 불을 피우고 폭신한 소파에 파묻혀 직접 끓인 애플사이다 한 잔을 막 비웠을 때 당신은 그곳에 없을 것이다. 독자는 자신이 읽고 있는 장면에서 어떤 냄새가 났는지 알 수 없다. **당신이** 정확한 단어로 묘사해줘야만 알 수 있다. 이불색이 파란색이라고 묘사해야 비로소 독자는 그 색을 볼 수 있다.

다음은 샌프란시스코 지진을 다룬 캐럴 에드거리언Carol Edgarian의 역사소설 『베라』Vera에서 발췌한 내용이다. 이 짧은 글만으로도 이야기 속에 나오는 두 소녀가 어떤 일을 겪었는

91

지 생생하게 느낄 수 있다. 베라의 생각을 서술한 부분이다.

도시 생활에 필요한 가장 기본적인 것들이 다시 복구되기까지 몇 달이나 걸릴까. 수도꼭지를 틀면 물이 나오고, 케이블카가 낮게 윙 소리를 내며 운행하고, 학교에 등교해 무서운 수녀님들과 하루를 보내던 생활로 언제나 돌아가게 될까. 앞으로 몇 주 동안은 가스도, 전기도 공급받지 못할 것이다. 전화도 먹통일 것이다. 보급품 배급 줄에 서서 받는 단 한 잔의 물을 제외하면 물도 구할 수 없을 것이다. 샌프란시스코 시민들이 과거의 수렵채집 생활로 돌아가는 데는 1분도 채 걸리지 않았다. 불을 피워 요리를 하고, 코트로 몸을 휘감은 채 잠을 청하고, 양동이나 구덩이에서 볼일을 본다. 법과 규범 체계를 비롯해 이 사회를 복구하려면 기초부터 다시 시작해야 할 것이다.

어떤 글은 독자가 등장인물과 함께 바로 그 자리에 있는 것처럼 느끼게 한다. 아래 글이 훌륭한 예시다. 내가 정말 좋아하는 작가인 제인 란셀로티Jane Lancellotti가 아직 집필 중인 원고에서 발췌했다.

나중에 자신의 아파트에서 벤은 자신이 수집한 레코드판 중에서 소수만이 아는 귀중한 음반을 하나 꺼내서 틀었다. 내 기억력의 한계로 지금까지 기억하는 건 그것이 아프리카계 미국인의 음반이었고 가수가 엄청난 언어적 재능을 발휘했다는 것뿐이다. 그는 전혀 이 세상 것 같지 않으면서도 너무나 인간적인 목소리를 들려주었다. 벤은 그 노래의 멜로디에서 느껴지는 인간적인 면모에 위안을 받는 것 같았다. 나는 내 안에서도 인간적인 면모가 자라고 있다고 여전히 그를 설득할 수 있다고 생각했지만, 잠이 두 손으로 나를 꽉 움켜쥐고는 끌고 내려갔다. 나는 결국 잠에게 굴복했다. 우주를 향해 홀로 노래하는 아프리카인의 목소리가 위층으로 퍼져나가는 가운데 벤의 가슴 위로 내 팔이 툭 떨어졌다.

당신의 팔은 벤의 가슴 위로 툭 떨어지지 않았지만, 당신의 귀는 멀리서 들려오는 목소리를 듣는다. 잠이 당신을 움켜쥐고서 끌고 내려가는 것이 느껴진다. 왜냐하면 작가의 단어 선택이 완벽했기 때문이다.

길잡이
───

독자가 당신이 묘사하는 대상을 최대한 많은 감각을 통해 느낄 수 있도록 생생하게 글을 써보자.

## 16

통찰

통찰을 얻었다면 무심히 넘기지 말자. 찰나의 광명, 완벽한 각성을 선사받은 것이니까.

그것은 상상의 산물이 아니다. 제3의 눈이 0.0001초 동안 열린 것이다. 당신 머리가 어떻게 된 것이 아니다. 그 통찰은 신성한 지혜라는 선물이다. 그 귀중한 기회를 흘려보내지 말자. 의심하지도 말자. "왜 하필 내게?" 하고 의문을 품지 말고 내 아들 댄처럼 "내가 아니어야 할 이유가 있나?"라고 생각하자. 그리고 그 통찰을 꼭 붙들고서 곧장 글을 쓰자. 그러지 않으면 휘발되어버릴 테니까. 그 당시에는 너무나 심오한 통찰이어서 **이런 걸 잊을 리가 있겠어?**라고 생각하겠지만 내 말을 명심하라. 그런 것조차도 잊어버리는 것이 사람이다.

왜 글을 쓰는가, 왜 다른 사람들에게도 글을 쓰라고 권하는가 같은 질문을 자주 받는다. 내가 글을 쓰는 이유는 내가 무슨 생각을 하고, 어떤 감정을 느끼고, 어디에서 막혀서 앞으로 나아가지 못하는지를 알기 위해서다. 게다가 운이 좋으면 새로운 통찰을 얻어서 치유의 길로 나아갈 수도 있다.

내 온라인 글쓰기 강좌에서 가장 최근에 낸 글쓰기 주제는 다음과 같았다. "나는 …가 터무니없을 정도로 많다." 한 여성은 "나는 정원 가꾸기에 관한 책이 터무니없을 정도로 많다"라고 썼다. 또 다른 수강생은 "나는 구두가 터무니없을 정도로 많다"라고 썼다. 도자기 동물 소품을 어마어마하게 많이 수집했다는 사람도 있었다.

당연히 나도 내가 낸 주제로 글을 써야만 한다. 다음은 내가 쓴 글이다. 나는 이 글을 쓰면서 중요한 통찰을 얻었다.


내게는 크리스마스 조명이 터무니없을 정도로 많다. 벽난로를 크리스마스 조명으로 꾸몄다. 거실 벽에도 매달았다. 부엌 입구에도 둘렀다. 크리스마스 조명은 이리저리 방향을 틀어가며 내 작은 집의 거의 모든 벽면을 가로지른다. 집 밖에도 있다. 이 나무에서 저 나무로 이어지면서, 마당 입구 전체와 주차장으로 들어가는 길 전체를 밝힌다.

처음에는 크리스마스 트리 숍이라는 가게에서 크리스마스 조명을 샀다. 조명이 가득 담긴 상자 하나에 1달러밖에 안

했다. 그다음에는 한 대형 철물점에서 아름다운 구리선으로 연결된 크리스마스 조명을 팔기 시작했다. 은은한 주황색 빛을 내는 아주 작은 전구들이 하얀 전구들보다 훨씬 마음에 들었다.

그렇다면 나는 왜 이렇게 크리스마스 조명에 집착하는 걸까? 이런, 안 돼, 낸시. 그런 질문은 하지 말자. 어린 시절 크리스마스를 즐기는 사람들이 너무나 부러운 나머지 상처로 남은 고통스러운 경험담을 들춰내지는 말자. 매년 12월 25일이면 날이 밝자마자 모든 동네 아이들이 바깥으로 쏟아져 나와 영혼을 울리는 구호를 외쳐댔지. **뭐 받았어? 뭐 받았어?** 그리고 너는 이렇게 답해야만 했지. "난 유대인이라서…" 하루에 하나씩 받는 여덟 개의 차치키tchotchke, 즉 자질구레한 소품 따위가 멋진 썰매나 새 피겨스케이트와는 상대도 안 된다는 것은 말해 뭐 하겠는가. 그러니 그런 이야기는 하지 말자. 그냥 터무니없을 정도로 많은 내 크리스마스 조명에 만족하고 그런 이야기는 이제 잊자. 실제로도 나는 다 잊었다. (한 백 번쯤 그에 대해 글을 썼으니까.) 자, 이제 글쓰기가 얼마나 도움이 되는지 알겠는가?

시가는 시가일 뿐이다. 내가 크리스마스 조명을 그토록 좋아하는 이유는 크리스마스 조명이 좋기 때문이다.

그러나 더 큰 문제가 남아 있다. 나는 그 조명들을 1년 내내 켜둔다는 것이다.

불쌍한 남편. 나는 남편을 에너지 파수꾼이라고 부른다. 남편은 최대한 상냥한 말투로 왜 우리가 집에 없을 때조차도 그 조명들을 계속 켜두느냐고 물었다. 그때마다 나는 마당의 풀과 나무들이 불빛을 필요로 하기 때문이라고 답한다. 고양이들도 불빛이 필요하다. 집도 불빛이 필요하다고.

남편은 내게 전기요금 청구서를 보여준다. 청구서에 따르면 우리는 지난 한 달 동안 950킬로와트를 썼다. **킬로와트든, 킬로그램이든 그런 게 중요한가**라는 생각만 든다. 남편은 말한다. 물론 우리는 세탁기도 쓰고, 건조기도 쓰고, 냉장고도 쓰고, 온수기도 쓴다. 그리고 당신 말대로 조명 자체는 전기를 많이 소비하지 않는다. 그러나 사소해 보이는 것들도 쌓이면 크다.

고백하건대 실은 나도 조명을 꺼보려고 노력했다. 정말이다. 그런데 그럴 수가 없었다.

최근에 우리 집을 돌아보면서 스스로에게 물었다. **왜 이 조명들을 켜두는 걸까?** 풀과 나무를 위해서가 아니라는 것을 안다. 고양이들은 불빛이 있는지 없는지 전혀 관심이 없다는 것도 안다. 우리 집이 내게 "1년 내내 크리스마스 분위기를 내줘서 고마워요"라고 말한 적도 없다. 코트를 걸치고 마당으로 나간 나는 진짜 이유를 찾기 위해 더 깊이 파고들었다. 왜 내가 전기를 절약하지 않고 남편의 뜻을 무시하고 있는지. 그래서 그 이유에 대해 글을 썼다. 그리고 운 좋게 통찰을 얻었다.

나는 늘 주변의 시선을 신경 쓰는 집에서 자랐다. 우리 집 인테리어는 우리 가족의 편의가 전혀 고려되지 않았다. 오로지 사람들이 우리 집을 나서면서 우리 가족에 대해 이렇게 말하게 만드는 것이 목적이었다. "와, 이 집 사람들은 정말 고상한 취향을 가졌는걸." 정확하게 그런 말은 아니었더라도 모든 것이 우리 엄마가 듣고 싶어 한 그런 말을 염두에 두고 배치되고 꾸며졌다.

그래서 지금의 나는 내가 없을 때 누군가가 우리 집에 와서 이렇게 예쁜 불빛이 반짝이는 것을 보면서 … (아주 긴 침묵) 뭐? 나에 대해 더 좋은 인상을 가지게 될 거라고? 부끄럽게도 답은 '그렇다'다. 그래서 나는 조명들을 하나씩, 하나씩 껐다. 그렇게 하면서 어리석다고는 할 수 없지만 더 이상 내게 중요하지 않은 인정 욕구의 스위치를 끄는 일을 조금이나마 진척시켰다.

하늘이 깜깜해야 별을 볼 수 있듯이 때로는 우리 집이 깜깜해야 내가 교훈을 볼 수 있다.

그리고 다음은 작가이자 엄마인 몰리 후리한이 내 워크숍에 참가했을 때 이 주제로 쓴 글이다.

나는 터무니없을 정도로 많은 (…) 육아서를 갖고 있다. 임신했을 때는 무엇을 먹어야 하는지, 아기를 어떻게 재워야 하는지, 아기를 카시트에 어떻게 태워야 하는지. 예의 바른 아이로 키우는 법, 유대인으로 아이를 키우는 법, 거친 아이 다루는 법. 말 안 듣는 아이 키우는 법, 불안한 아이 키우는 법, 부모로서 아이의 말에 귀 기울이는 법. 아들이 태어났을 때 나는 이 책들이 초콜릿이라도 되는 것처럼 마구 흡입했다. 조나스는 아기 때 하루에 열여덟 시간씩 잤다. 나는 조나스가 저녁 먹기 전까지 세 번에 걸쳐 길게 낮잠을 자는 게 얼마나 큰 복인지 몰랐다. 나는 내가 읽은 수면 관련 육아서 덕분이라고 자랑하면서 속으로 친구들을 평가했다. 경쟁심에 불타서 혹시 그들이 아기가 울 때마다 수유를 한다든지, 낮잠을 카시트에서 재운다든지 하는, 내가 책에서 읽은 흔한 실수들을 저지르고 있지는 않은지 열심히 그들의 이야기를 들었다. 문제는 이미 내가 나 자신의 엄격한 기준에 갇혀버렸다는 것이다.

아들과 두 살 터울로 딸을 낳았을 때, 그리고 딸이 낮잠을 거의 자지 않았을 때, 나는 비로소 그런 착각에서 벗어날 수 있었다. 지금 아이들은 열한 살, 열세 살이다. 설거지를 할 때 에어팟을 끼고 『부모를 위한 자기연민』*Self-Compassion for Parents* 오디오북을 틀어놓는다. 이 책의 요지는 완벽하지 않은 자신을 있는 그대로 받아들이라는 것이다. 나는 나도 모르게 아이들에게 자기 그릇은 자기가 치우는 거라고 고함을 친다. 완벽함은 꿈일 뿐이다. 그러나 펼쳐든 메뉴는 온통 맛있어 보이는 것들로 가득하고, 나는 여전히 허기를 느낀다.

**터무니없다**라는 단어가 이미 모든 것을 말해준다. 당신이 집착하는 것에 유머와 겸손을 더하면 무엇을 얻을 수 있을까? 일상의 괴로움에 대한 통찰이다. 여기서 내가 발견한 아이러니가 있다. 내 선한 의도가, 즉 육아서를 몽땅 사들이고 읽어서 완벽한 부모가 되는 법을 체화하겠다는 목표가 실은 내 아이들에게 집중하는 것을 방해하고 있었다. 육아서를 읽고, 인터넷을 검색하고, 자료를 다운로드하기만 했지, 그것을 실

천하지는 않았다. 그러나 글을 쓰면서 깨닫게 되었다. 내게
는 책을 덮고 내 본능과 직감을 믿는 것이 어려운 일이라는
것을. 현재에 충실하라는 조언은 책에도 나온다. 그러나 내가
그 조언을 실천하지 못하게 가로막는 것이 무엇인지를 알아내
기 위해서는 글을 써야만 했다.

나는 나쁜 부모가 되는 것이 너무나도 두렵기 때문이다.


**길잡이**

인생을 바꾼 통찰 또는 인생을 바꿀 만한 통찰에
대해 쓰라.

## 17

## 때로는 무언가가 부서질 때
## 우리의 이야기가 시작된다

삶은 결코 아무도 모르게 흐르지 않는다. 삶이 파도처럼 밀려왔다 쓸려간다. 때로는 노리스터[북대서양 서부의 종관 규모의 온대 저기압으로 북동쪽에서 불어오는 바람의 방향에서 따온 명칭이다]의 파도처럼 엄청난 기세로 몰려와 거품을 일으키며 부서지기도 한다. 당신의 이야기와 나의 이야기는 삶에 관한 것이다. 삶은 늘 단순하거나 순조롭지 않다. 다음 글은 내 자전적 에세이에서 발췌했다. 내가 평화롭고 달콤한 곳에 있다가 갑자기 멱살을 잡혀서는 준비되지 않은 현실로 내동댕이쳐졌을 때의 이야기다.

일요일 아침이다. 남편과 사랑을 나누기에 안성맞춤인 아침이다. 남편은 내게 대마초를 넘긴다. 나는 한 모금 빨고 돌려준다. "어른이 되어서 대마초를 피울 때 가장 좋은 점은, 부모님한테 들킬까 봐 더 이상 걱정하지 않아도 된다는 거야." 나는 잠시 말을 멈추고 연기를 들이마셨다가 아주 큰 구름을 내뿜는다. "우리가 부모니까!" 우리는 낄낄거리면서 웃는다.

남편 조엘과 나는 삼십대에 대마초를 피우기 시작했다. 우리는 50년대에 십대였다. 우리에게 주어진 마약 관련 자료라고는 《리퍼 매드니스》Reefer Madness가 유일했다. 이 영화에 따르면 마약을 하는 순간 창문 밖으로 뛰어내리게 된다. 그래서 내가 첫째를 낳고 옛 제자 중 한 명이 대마초 세 개비를 선물이라고 들고 왔을 때 나는 길길이 날뛰었다. "나가!" 나는 고래고래 소리를 질렀다. "도대체 너는 생각이 있는 애니?!" "애러니 선생님. 이게 선생님 삶을 바꿀 거예요. 그냥 여기 신발장 위에 두고 갈게요." 제자는 말했다.

그로부터 2개월이 지났을 때 남편은 내게 말했다. "그러지 말고, 한번 피워보자." "절대 안 돼." 내가 땍땍거렸다. "이미 신경이 예민해질 대로 예민해졌다고. 당신이나 피워보든가. 당신은 나보다는 느긋한 편이잖아." 그래서 남편은 그 대마초에 불을 붙였다. 그리고 그에게 한 번도 일어난 적이 없는 뭔가가 일어났다. 남편은 손가락으로 내 머리카락을 빗어 내렸다. 나를 지그시 바라봤다. 나지막하게 속삭였다. 우리는 아주 천천히 사랑을 나눴다. 그래서 나는 마침내 그와 속도를 맞출 수 있었다. 나중에 나는 이렇게 말했다. "당신, 앞으로는 이걸 매일 피워야겠어."

내가 용기를 내기까지는 이삼 주가 더 걸렸다. 그러나 제자의 말이 맞았다. 대마초는 우리 부부의 삶을 바꿨다. 우리 부부는 원래 술을 좋아하지 않았다. 우리 부모님은 거실 작은 찬장에 위스키 한 병을 보관했다. 매년 새해 전날 부모님은 작은 유리잔을 채운 다음 건배를 하고 들이켰다. 술병은 다시 작은 찬장으로 돌아가 나머지 364일을 그 안에서 보냈다. 조엘의 아버지는 정말 맛없는 와인을 직접 담가 매 식사 때마다 큰 유리잔에 한 잔씩 마셨다. 대마초는 우리가 데이트를 하는 주말 밤에 다른 세계로 넘어가는 의식이 되었다. 대마초 가격은 1온스[약 28그램]에 15달러였고, 1온스를 사면 1년을 갔다.

나는 라디오를 만지작거리면서 섹시한 음악을 찾아본다. 조엘은 특별한 음악을 필요로 하지 않는다. 조엘이 나를 끌어당기고, 이제 섹스에 '적합한' 음악을 찾는 일은 그다지 중요하지 않다는 생각이 든다. 그래서 클래식 음악이 흐르도록 놔둔다.

우리는 서로의 몸을 아주 잘 안다. 우리는 한 팀이 되어 수중발레를 하고, 서커스 곡예를 한다. 나는 에스더 윌리엄스[미국의 수영선수이자 영화배우]가 되고, 조엘은 카라마조프 가家의 3형제 역을 전부 맡는다. 두려움도 없고, 타이밍은 정밀하다.

클리블랜드 오케스트라(보스턴 팝스 오케스트라일 수도)가 〈윌리엄 텔 서곡〉을 연주하는 동안 우리는 한 음 한 음 따라가며 그 곡과 하나가 된다. 오케스트라가 크레센도로 짜릿한 절정에 도달하는 바로 그 순간 우리도 짜릿한 절정에 도달한다. 그때(라이브 공연의 녹음이라는 것을 우리가 어떻게 알았겠는가?) 우레와 같은 박수갈채가 쏟아진다. 나는 뛰어올라 전라를 뽐내며 눈에 보이지 않는 열정적인 청중을 향해 허리 숙여 인사한다. 중이층석에 있는 청중들을 향해 감사 인사를 하고, 박스석에도 그리고 발코니석에도 손을 흔든다. 그리고 싸구려 좌석을 향해서도 허리를 깊이 숙이며 인사를 건넨다. 나는 깔깔 웃으면서 활짝 열린 남편의 달콤한 품속으로 쓰러진다.

우리는 어쩜 이렇게 운이 좋을까? 코네티컷주 웨스트하트퍼드, 영화 제목 그대로 "변함없는 자들의 마을"The Land of Steady Habits이라고 불리는 '평범 나라'의 수도에서 살고 있는데 말이다. 우리가 살고 있는 곳은 즉흥적인 행위가 불법이고, 내가 로라 애슐리 브랜드의 옷을 입지 않았다는 이유로, 감히 내 곱슬머리를 차분하게 정리하지 않았다는 이유로 경멸 어린 시선을 받기도 하는 곳이다. 그런데도 나는 그 어디에서보다 지금 여기에서 내 평생 가장 행복한 순간을 보내고 있다.

지금은 1990년이다. 스물한 살인 첫째아들 조시는 라크로스 선수 장학금을 받으면서 위스콘신주 리펀대학교의 3학년생으로 즐겁게 생활하고 있다. 열아홉 살인 댄은 연애 중이며, 뉴욕주에 있는 바드대학교를 다니고 있다. 입학 첫날 바드대학교 총장은 신입생들을 둘러보면서 이렇게 말했다. "우리 학교가 여러분의 제1지망 대학교는 아니었겠지만, 여러분은 우리의 제1지망 지원자들이었습니다." 나의 댄이 그런 말을 들은 것은 그때가 처음이었다.

그리고 우리의 친구들이 빈둥지증후군으로 우울감에 시달릴 때, 우리는 드디어 우리 부부 둘만 남은 것을 축하하고 있었다. 무엇보다 옆방에서 공포정치를 펼쳤던 아들 댄으로부터 해방되었다. 댄은 생후 9개월에 소아 당뇨병 진단을 받았고, 이후 우리는 내내 아들의 인질로 살고 있었다.

전화벨 소리가 우리의 단상에 끼어든다. 댄이다. 댄은 절대 말을 돌려서 하는 법이 없다. "엄마." 댄이 불쑥 말한다. "제 성기가 제대로 서질 않아요."

너무 갑작스러운 말이라 기가 막힌 타이밍이라는 생각을 할 새도 없다. "그게 무슨 말이니?" 내가 묻는다.

"말했잖아요. 벌써 2주째 서질 않는다고요."

"제이미는 어딨어?" 내가 묻는다.

"옆에 있어요." 댄이 말한다. 댄의 여자친구가 전화기를 넘겨받아 말한다. "애러니 아줌마, 안녕하세요." 나는 "집으로 오렴, 둘 다. 뭐가 문제인지 같이 알아보자"라고 말한다. 그리고 이렇게 덧붙인다. "걱정하지 마." 그러나 나는 몹시 걱정한다. 사지의 말단들. 댄은 거의 19년째 당뇨병을 앓고 있었다. 이런 일이 절대 일어나지 않게 해달라고 빌고 또 빌었다. 그런데 일어났다. 내 기도는 응답받지 못했다.

아이들이 그날 밤 집으로 왔고, 나는 언제나 해결사이므로 이렇게 말한다. "필요하다면 집이라도 팔아야지. 해결할 거야." 월요일, 아침이 밝자마자 남편은 아이들을 예일뉴헤이븐병원에 데리고 간다. 의사인 친구 바버라가 신경과 명의에게 연락해 진료예약을 해줬다. 세 사람이 돌아왔을 때는 늦은 시간이었다. 나는 그때까지 서재에서 글을 쓰고 있었다. 댄의 표정이 어두웠다. 그는 내 책상 위에 소책자 하나를 툭 던진다. 노인 커플이 나오는 표지에는 단 하나의 단어가 크고 굵은 글씨체로 박혀 있다. **발기부전**? 물음표는 커다랗고 퉁퉁한 짙은 남색으로 그려져 있다. "감히 그 의사놈이 팔십대 노인들이 표지에 나오는 책자를 댄에게 내밀게 해?" 내가 조엘에게 소리를 질렀다. "저런 단어가 박힌 걸? 댄은 열아홉 살이야, 겨우 열아홉 살이라고!"

"낸시, 낸시. 진정해." 사람 좋은 남편이 말한다. 남편의 낯빛은 댄보다도 더 어두웠다. "내가 뭘 할 수 있었겠어?" "뭘 할 수 있었겠냐고? 그놈을 쏴버렸어야지."

우리는 다른 의사와 진료예약을 한다. 이번에는 나도 함께 나선다. 의사가 불안증이 원인이라고 말한다. 심리적인 것이라고 한다. 아직 젊지 않은가. 생각보다 흔한 일이다. 우리는 댄이 소아 당뇨병을 앓고 있으며, 그전까지는 성기능에 아무 문제가 없었다는 말을 스물일곱 번째 반복한다. 혹시 댄의 병이 원인은 아닐까?

의사는 그건 아니라고 잘라 말하고는 댄을 수면클리닉에 등록한다. 클리닉에서는 플라스틱 고리 같은 모니터링 장치를 댄의 음경에 씌우고는 얼마나 자주 발기를 하고, 얼마나 단단해지고, 발기 상태가 얼마나 오래 지속되는지를 기록한다. 하룻밤을 클리닉에서 보낸 댄을 데리러 갔을 때 의사가 내린 진단명은 스트레스였다. 의사는 우리가 아들의 성생활에 관여할 정도로 아들의 사생활을 존중할 줄 모르는 극성 부모라고 단정한다.

댄은 다시 학교로 돌아가고 봄학기가 시작된다. 댄이《다리 위에서 본 풍경》View from the Bridge 공연 준비로 한창 바쁠 때 우리 가족과 아주 가까웠던(특히 댄과 친했던) 지인이 자살했다는 소식이 들려온다. 우리는 네 시간을 운전해 애넌데일온허드슨으로 가서 댄에게 직접 소식을 전하고 함께 장례식에 참석한다.

장례식이 끝난 뒤 댄은 학교로 돌아가 공연을 무사히 마쳤고, 심지어 1학년도 별탈없이 무사히 보낸다. 그러나 2학년으로 올라가면서 손 저림을 불평하다 학년이 시작된 지 얼마 안 된 추수감사절 연휴 전에 자퇴를 한다. 댄은 첫사랑이 사는 콜로라도주로 이사하겠다고 말한다. 몸도 안 좋은데 낯선 곳으로 가는 것에 내가 반대하자 댄은 손 저림은 이제 사라졌다고 나를 안심시킨다. 만약 다시 손 저림 증상이 나타나면 바로 응급실로 가겠다고 약속한다. 댄은 차를 끌고 덴버로 가면서 주 경계를 넘을 때마다 공중전화에서 전화를 걸었다. 그리고 매번 다른 인물이 되어 다른 노래를 불러준다.

"여보세요, 엄마. 그래, 나 빅 보퍼Big Bopper야. 내가 뭘 좋아하는지 알지. 샹티 레이스와 예쁘장한 얼굴. 낮게 묶은 포니테일이 흔들리고…." 너무나 행복한 목소리여서 나도 긴장을 푼다. 댄이 혼자인 것이, 내 영향력에서 완전히 벗어난 것이 다행이라고 생각한다. 댄은 덴버에 도착한 지 3일 만에 화재경보기 판매사원으로 취직한다. 댄은 그 일을 너무나 좋아한다. 연기를 해야 할 일이 많고 세련된 장비를 시연해 보이는 일이 신나기 때문이다. 판매 수당을 받는데, 얼마 안 가 꽤 괜찮은 수입을 올린다.

그로부터 한 달 뒤 어느 날 밤 댄이 전화를 건다. 아들의 말을 알아들을 수가 없다. 댄은 웅얼거리고, 우리는 마침내 댄이 한창 영업을 하던 중에 갑자기 말을 할 수 없게 되었다는 것을 알게 된다. 고객은 댄이 술에 취했다고 생각했다. 수치스럽고 창피한 마음에 그는 고객의 집을 나와서 우리에게 전화를 건 것이다. 댄은 우리에게 올 필요 없다고 강하게 말한다. 우리가 달려가면 댄을 어린애 취급하면서 자립을 방해하는 것이 되는지 판단하기가 어렵다. 일단 우리는 집에 머문다. 전화기 옆에 딱 붙어서.

댄의 친구가 댄을 덴버종합병원에 데려간다. 그곳에서 MRI와 CAT 스캔을 찍는다. 다음 날 오후 늦게 전화가 온다. 나는 마당에 있다. 마당 벤치에 앉는다. 수화기 너머의 의사가 말한다. "안타깝지만 아드님께 뇌졸중이 왔어요."

나는 나무의 순을 본다. 아주 느린 속도로 거의 다 피어오른 연한 연두빛이 의사의 말을 튕겨낸다. 의사의 말이 간간이 들려오지만 전부 다 들리는 것은 아니다. 나는 이렇게 말한 것 같다. "감사합니다. 댄이 거기 있나요? 댄과 통화할 수 있을까요?" 수화기를 넘겨받은 댄이 좀비 영화의 주연 오디션을 보는 것 같은 소리를 낸다. 나는 댄에게 당장 출발하겠

108

다고 말한다. 의사에게 다시 전화가 오고 나는 진료예약을
한다.

알고 보니 뇌졸중이 아니었다. 요추천자 검사 결과 댄의
병명은 다발성경화증이었다.

"이게 훨씬 나은 진단이에요." 의사가 말한다. 나는 다발
성경화증이 뭔지 전혀 모른다. 내 머릿속에 떠오르는 것이라
고는 제리 루이스Jerry Lewis가 휠체어를 타고 있는 아이들과
함께 있는 장면뿐이다[미국의 유명 코미디 배우인 고故 제리
루이스는 1966년부터 2010년까지 매해 노동절마다 근위축
증협회를 위한 TV 모금 방송의 진행자로 출연했다]. 다발성
경화증과 근육위축증을 전혀 구분하지 못했기 때문이다. 나
는 도대체 어떻게 이게 더 낫다는 것인지 이해할 수가 없다.
비행기를 타고 덴버에 도착하자마자 신경과 진료예약을 한
다. 의사는 댄의 뇌에 있는 플라크 사진을 보여준다. 그날 밤
조엘이 말한다. "플라크가 얼마나 많은지 봤어? 안 좋아, 낸
시. 아주 안 좋은 것 같아."

나는 어땠느냐고? 나는 사진은 쳐다보지도 않았다. 감정
보청기의 스위치를 켜기를 거부했다. 내 귀에는 **플라크**가 들
리지 않는다. **안 좋아**가 들리지 않는다. **아주 안 좋아**가 들리
지 않는다.

이때가 명치를 정통으로 강타한 새 커브볼에 우리가 아주
다르게 접근하기 시작한 지점이다. 집에 돌아온 우리는 도서
관으로 가서 다발성경화증을 다룬 책을 모조리 읽는다. 다발
성경화증은 중추신경계 질환이다. 신경섬유를 감싸고 있는

보호막을 공격해서 뇌와 나머지 신체 부위 간의 소통에 문제를 일으킨다. 병이 생기는 원인은 알려지지 않았다. 치료제가 없다. 맙소사. 이게 무슨 날벼락인가? 모든 **것이 완벽하게 순항하고 있다**고 생각했는데.

수많은 기사를 샅샅이 뒤지다가 독일의 한스 니퍼 박사를 찾아낸다. 그는 다발성경화증 환자를 대상으로 최신 연구를 진행하고 있다. 실험은 식단을 중심으로 이루어지고 있다. 나는 말한다. "조엘, 독일로 가자. 아주 좋은 성과를 내고 있는 사람이 있어. 특히 진단 초기에 더 효과가 좋대." 조엘이 말한다. "낸시, 기둥뿌리를 뽑으라고 할지도 모르는 엉터리 의사를 만나러 독일까지 날아갈 생각은 없어." 나는 말한다. "기둥뿌리를 뽑으라면 뽑아야지. 가야 해, 조엘. 가야 된다고. 이렇게 빌게." 조엘이 말한다. "아니, 안 갈 거야. 우리는 기둥뿌리가 없어. 기둥도 없잖아. 만약 그 치료법이 정말 효과가 있다면 모든 신경과 의사, 다발성경화증 환자와 그 가족들이 그 사람에 대해 모를 리가 없잖아, 안 그래?" 나는 말한다. "아니, 모를 수도 있어." 조엘이 말한다. "독일까지 가는 비행기값만 해도 큰돈이야. 거기 가서는 또 얼마나 머물러야 하는데? 우리 일은 어쩌고." 나는 말한다. "무슨 말을 하는 거야? 지금 일이 중요해? 이것보다 더 중요한 일이 어디 있어." 나는 더 세게 주장하지 못한다. 나도 니퍼 박사가 엉터리인지 아닌지 알지 못한다. 그래서 우리는 가지 않는다.

웹MDWebMD도, 구글도, 테드 강연도 없던 시절이다. 그래서 나는 힐러healer란 힐러는 다 찾아본다. 다발성경화증에 관한 책을 모조리 사들인다. 전문가라는 사람에게는 무조건 연락을 한다. 모든 허브의 효능을 평가한다. 모든 보조제를 조사한다. 사촌이 다발성경화증 환자인데 힐러를 찾아서 카자흐스탄으로 갔다는 사람의 지인들의 이야기를 전부 수집한다. 독일 바이에른 알프스에는 한국인 의사가 운영하는 스파가 있다고 했다. 그런데 무조건 6년을 머물러야 한다. 혹시라도 댄이 철저한 채식을 실천하면서 동물성 지방을 전혀 먹지 않는다면. 그냥 명상만 하더라도. 증인이 많지는 않지만 다발성경화증을 고쳤다는 새로운 명상 기법에 대해 듣는다. 산소를 단 한 모금도 들이마시지 않아야 한단다. 댄을 잘 설득해봐야지.

길잡이

　　당신의 삶에 엄청난 영향을 끼친 전화 통화에 대해 쓰라.

## 18

당신의 이야기는 많은 변곡점에
맞닥뜨리게 될 것이다.
즐거움에서 고통으로, 그리고 다시…

우리 모두 그런 경험이 있다. 때이른 안도의 한숨을 내쉬는
때가. 안도하며 크게 한숨을 내쉬었던 순간들이 너무나 많
다. 그리고 그로부터 딱 2초 후에 커다란 화물차에 치인다.
충돌로 인한 잔해를 깨끗이 정리한 뒤에 우리는 그때 한숨
을 내쉬기에는 너무 일렀다는 것을 깨닫는다. 다음은 내 자
전적 에세이에서 발췌한 글이다.

### 로드아일랜드 방문기
댄은 프랜차이즈 미용실인 슈퍼컷의 로드아일랜드주 내려갠

싯점 헤어스타일리스트를 짝사랑하고 있다. 뉴포트에 사는 사촌 버트가 자기 집에 놀러 오라며 벌써 수백 번도 더 우리를 초대했다. 내가 버트 집에 가는 길에 미용실에도 들를 수 있겠다고 말을 꺼내자, 댄이 가겠다고 말한다. 꽤 오래전부터 나는 팔굽혀펴기를 연습했다. 나 혼자서도 낡은 볼보 웨건의 자전거 거치대에 휠체어를 걸 수 있게 말이다. 그래야 남편이 없어도 댄과 둘이 여행을 다닐 수 있을 테니까. 댄이 가자고만 하면 언제든지 나설 수 있도록 만반의 준비가 되어 있어야 했다.

본토로 나가는 페리에서 우리는 각자 거쳐온 직업을 번갈아 대면서 시간을 보낸다. 댄이 "에이번 예로반 식당의 접시 닦이"라고 말한다. 나는 "캐츠스킬에 있는 스티븐스빌 호텔 웨이트리스"라고 말한다. 댄은 "하트퍼드 플랭크 스테이크하우스의 부주방장"이라고 말한다. 나는 "월드페어 나이트클럽의 고고 댄서"라고 말한다. 댄은 "심스버리 미술학원의 누드 모델"이라고 말한다. "뭐? 너 누드모델 했었어???" "네." 그래서 나도 고백한다. "그렇구나. 그런데 실은 나도 누드모델을 했었어. 그러면 서로 같은 걸 했으니까 이건 빼는 건가?" 댄이 말한다. "아니요, 두 배로 쳐야죠." 우리는 계속 이어나간다. 나는 "거실에서 아이들에게 연기를 가르치는 연극 코치"라고 말한다. 댄이 "거실에서 아이들에게 연기를 가르치는 연극 코치의 조수"라고 말한다. 그리고 우리는 그 끔찍했던 경험을 회상한다. 나는 열세 살이던 댄에게 책임감을 가르치는 동시에 스스로 성취감을 느낄 수 있는 기회를 주고 싶었다. 그러나 유독 한 아이가 하도 말을 안 들어서 우리 둘 다 그 애의 목을 조를 뻔했다. 아이는 누가 무슨 말만 하면 그 말을 앵무새처럼 따라 했고, 어떻게 해도 그만두지 않았다. 아이 엄마에게 수강료를 돌려주자 그녀는 제발 아이를 받아달라고 애원했다. 아마도 그 두 시간이 아이 엄마가 평화롭게 지낼 수 있는 유일한 시간이었을 것이다.

우리는 계속 직업을 읊는다. 그러다 내가 이렇게 말한다. "너도 네 또래치고는 이력이 꽤 쌓였구나. 아주 성실한 일꾼이거나 한 가지 일에 충실하지 못하거나 둘 중 하나겠지." 우리는 웃음을 터뜨렸다. 우리 둘 다 후자라는 것을 알기 때문이다.

탁 트인 도로로 나온 우리는 WHJY 94.1에 주파수를 맞추고 라디오 볼륨을 높인다. 목청이 터져라 노래를 부른다. **진정해, 진정해, 네 바퀴 소리에 스스로 미쳐버리지 않게.** 이글스는 그 화창한 아침에 자신들이 나를 위해 어떤 일을 하는지 짐작도 못 할 것이다.

나는 댄에게 그 헤어스타일리스트의 어떤 점이 좋은지 묻는다. "나보다 똑똑하고 나보다 재밌어요." 댄은 헤어스타일리스트의 외모에 대해서는 아무 말도 하지 않는다. 그래서 나는 기쁘다. 댄이 이제 철이 드나 보다. 로드아일랜드주로 막 넘어갔는데 댄이 말한다. "화장실에 가고 싶어요."

"조금 참으면 안 될까?" 내가 묻는다. "10분만 더 가면 미용실에 도착하는데."

"안 돼요! 지금 당장 가야 한다고요!"

댄은 몸을 비비 꼬면서 괴로운 듯 신음소리를 낸다. 나는 제일 먼저 만난 갈래길을 타고 왼쪽으로 돈다. 좁은 흙길이 묘지로 들어간다. 공원에 차를 세우고 차 밖으로 뛰쳐나와서 댄 쪽 차문을 열고 말 그대로 댄을 끌어내린다. 댄을 차에 기대 세운다. 망설임 없이 바지 지퍼를 내린다. 댄의 음경을 꺼낸다. 이번이 처음이다 보니 음경을 충분히 꺼내지 못한다. 오줌이 바지를 적신다. 그리고 나도.

댄을 다시 차에 태웠을 때는 분위기가 완전히 가라앉아버렸다. 우리 둘 다 부끄러움에 휩싸였을 뿐 아니라, 이제 티파니를 보러 갈 수 없게 되었다.

버트네 집에 도착한다. 버트가 댄에게 갈아입을 옷을 준다. 그러나 버트는 키가 작다. 키가 188센티미터인 댄은 《아담스 패밀리》The Addams Family의 러츠 같다. 그것도 틱틱거리는 러츠. 여행은 엉망이 되었다. 내가 할 수 있는 게 없다. 우리는 그 집에서 하룻밤을 잔다. 다음 날 나는 집에 가는 길에 티파니한테 들르자고 말한다.

"나 같은 병신한테 관심이나 있겠어요?" 댄이 말한다. 원래의 댄으로 돌아왔다. 우리는 터미널로 가서 페리를 타고 비니어드로 돌아왔다. 라디오는 내내 침묵했다.

길잡이
___

모든 것이 괜찮았는데 눈 깜짝할 새에 엉망이 되었던 경험에 대해 쓰라.

## 19

## 우연을 그냥 지나치지 마라

디팩 초프라는 우연과 운명을 통합해 '동시성운명'synchro-
destiny이라고 명명한다. 그는 이것을 통해 우리가 우주의 근원
적 지성을 자각할 수 있다고 말한다. 초프라는 자신이 우주
의 춤이라고 부르는 것을 우리가 찬미할 때, 삶에 리듬이 있
다는 것을 믿을 때, 그리고 그 리듬과 조화를 이루며 살아갈
때 우리가 바라는 모든 것이 저절로 이루어진다고 말한다.

따라서 우연이 우연처럼 보일지라도, 실제로는 당신이 그
순간에 충실하면(말이 쉽지, 말처럼 쉬운 게 아니라는 걸 나
도 안다) 그런 우연들이 온전히 당신을 지지하기 위해 설계

된 작은 기적들이라는 것을 깨달을 수 있다.

다음은 1980년대에 NPR 라디오 프로그램에서 방송된 내 글이다.

## 증거는 어디에나 있다
### : 입을 다물고 눈을 열면 보일 것이다

나는 늘 수다스러웠다. 내가 아주 어린 시절부터 우리 부모님은 외식을 하고 집에 늦게 돌아올 때마다 화를 내면서 내 방으로 뛰어들어 왔다. 내가 아직 안 자고 있다고 생각했기 때문이다. 하지만 나는 잠든 채로 침대에 앉아서 **말을 하고 있었다**고 한다. 듣는 사람도 없는데 말이다.

나는 수다쟁이 집안 출신이다. 우리는 상대의 말을 무시하고 말을 했다. 그저 목소리를 더 크게 내기만 하면 누군가가 들어줄 확률이 높아진다고 생각했다. 그러나 이 무리에는 남의 말에 귀 기울이는 사람이 아무도 없었으므로 누군가가 뭔가를 들어줄 일은 없었다.

시인인 내 친구는 이렇게 말했다. "작가가 갖춰야 할 가장 중요한 덕목은 경청이야. 그런데 말을 하고 있으면 들을 수 없지." 그래서 나는 남의 말에 귀 기울이는 사람이 되려고 진심으로 노력하기 시작했다. 의식적으로 남의 말을 들으려고 노력했다. 어느 날 밤 남편과 나는 차를 몰고 보스턴 매사추세츠애비뉴를 지나가고 있었다. "당신이 도와줘야 할 일이 있어. 내가 파티나 저녁식사 자리에서 말을 하고 있거나, 아니면 친한 친구 단 한 명만 있는 자리라 하더라도, 아니면 당신

117

과 있을 때라도 내가 말을 하고 있으면 나한테 주의를 줘. 그리고 우리가 공식 행사나 모임에 갔을 때 내 입술이 계속해서 움직이고 있다면 나한테 비밀 신호를 보내. 저 멀리서 소리를 지르거나 하지는 말고. '여보, 그 경청이란 걸 연습하기에 좋은 기회야'라고 슬쩍 알려주는 거지. 윙크를 하거나 고갯짓을 해. 다른 사람은 모르게, 조용하게. 나 혼자서는 도저히 안 되더라고. 그냥 어느샌가 말을 하고 있어. 왜냐하면 말을 하는 게 내게는 너무 쉽고, 또 거기에 너무 익숙하니까. 담배 피우는 것과 같아. 습관이야."

나는 차가 16킬로미터 정도를 달리는 동안 숨도 쉬지 않고 떠들어댔다. 그러다 빨간 신호에 걸렸다. 내 오른편에 멕시코 음식점이 있었는데 밝은 형광빛 간판에 그란데 보카Grande Boca(수다쟁이)라고 적혀 있었다. 우리는 5분 동안 쉬지 않고 큰소리로 웃었다.

다음도 우연의 좋은 예다.

나는 3년 동안 회중파교회 성가대에서 테너 파트로 노래했다. 그런데 댄이 아프기 시작했고 점점 더 상태가 나빠지자 나는 슬펐고, 점점 더 슬퍼졌다. 그래서 성가대를 그만두었다. 나는 산책을 하고 있었고, 이렇게 생각했던 걸로 기억한다. "이런 게 우울증이겠지."

"나는 절망에 빠졌어." 나는 아무도 듣지 않는 혼잣말을 했다. "가벼운 기분, 그 열린 기분, 가슴이 뻥 뚫리는 그 높은 곳으로 날아오르지 못하고 있어. 갇힌 기분이야. 그러니 하느님." 내가 말했다. "나는 지금까지 여러 기적들을 경험했어요. 진짜 기적은 아니지만, 당신이 정말 존재한다는 것을 알려주는 그런 것들요. 그런데 지금은 아무것도 없네요." 나도 이게 내 평생 가장 어리석은 대화라는 것을 안다. 그때 당신이 내 머릿속으로 들어왔거나 내 혼잣말을 엿들었다면 아마도 눈알을 굴리면서 아무래도 정신과 치료를 받아보는 게 좋겠다고 조언하고 싶었을 것이다. 그러나 나는 이런 대화를 나눌 사람이 없었다. 나는 생각했다. **증거가 필요해요. 사소한 거라도 좋아요. 내게 상기시켜주세요.** "수년간 저는 매 순간 증거를 봤어요. 그런데 지금은 씨가 말랐네요. 저를 포기하신 건가요? 아니면 제가 하느님을 포기한 걸까요? 전부 댄 때문인 건 알아요. 하지만 그냥 작은 우연 같은 것만이라도 던져주세요." 그때 아주 기묘한 생각이 내 뇌를 뒤흔들었다. 그리고 나는 말했다. "제가 비유대인 교회 성가대에서 노래를 하는 것 때문에 저한테 화가 난 건 아니죠?" 순식간에, 그로부터 1,000분의 1초가 지났을 때, 화나지 않았다고 말하는 데 걸리는 딱 그만큼의 시간이 지났을 때 내 눈앞에 나무가 나타났다. 폭풍우에 쓰러진 나무였는데, 다른 나무에 기대어 있었고 그 모습이 마치 … **십자가** 같았다! 나는 턱 숨이 막혔던 것 같다. 나는 하늘을 올려다봤다(나는 하느님이 하늘에 계시다고 세뇌되어 있다). 그리고 말했다. "좋은 증거네요. 이걸로 됐어요. 저 정신 차렸어요." 그리고 실제로도 정신을 차렸다.

동시성운명에 대해 알게 된 지금은 그것이 무엇이었는지 안다. 결코 우연이 아니었다.

경청은 다른 모든 것과 마찬가지로 어렵다. 연습이 필요하다. 우리 남편은 훌륭한 청자다(내게는 아주 잘된 일이기도 하다, 하하). 경청은 사랑의 한 방식이다. 앤 라모트Anne Lamott는 이렇게 썼다. "사랑은 와이어 드럼 브러시[탄력 있는 철사 뭉치를 자루 끝에 붙인 작은 금속 빗자루 모양의 드럼스틱으로, 브러시 스틱이라고도 하며 재즈 연주에 흔히 사용된다]의 속삭임 같은 것이다. 모든 사람이 생계를 해결해야 하고 가족을 위해 일해야 하지만, 경청은 선택의 영역이다. 더 열심히 들을 수 있도록 노력하겠다고 의식적으로 결심해야 한다."

우와. 앤 라모트는 사랑이다.

길잡이

> 당신의 일상에서 동시성운명을 찾아보자. 눈을 크게 뜨라. 귀를 열라. 현재에 머물고 매 순간에 충실하라. 동시성운명을 찾았다면 그것에 대해 써보자.

## 20

전문가가 되지 마라:
전문가가 되라


당신이 아는 것들이 있다. 그런 것들에 대해 쓰라. 당신의 잠
재의식이 아는 것들이 있다. 그런 것들을 믿으라. 당신이 알
지 못하는 것이 아주 많다. 그런 것들에 대해 쓰기 전에는
자료조사를 하라. 아는 척할 생각은 꿈에도 하지 마라. 당신
이 전문가 행세를 한다는 것을 우리는 알 수 있다. 당신이 모
르던 것을 그 자리에서 알게 되었다고 솔직하게 말하면 독자
는 당신과 함께 뭔가를 배울 기회를 얻는다. 당신은 전문가
가 아니다. 학생이다. 독자는 바보 취급당하지 않을 때 진심
으로 공감할 수 있다. 당신의 약점은 독자에게 파트너가 되

어달라고 제안하는 초대장이 된다.

어젯밤 나는 줌으로 진행된 생일파티에 참석했다. 우리는 '회의실'에서 돌아가면서 자기소개를 했다. 우리는 자신을 지칭할 때 어떤 대명사를 사용하는지 밝혀달라는 요청을 받았다. 처음 받아보는 요청은 아니었다. 작년에 다른 줌 회의에서 정치자금 모금인으로 교육받을 때 가장 처음 받은 요청도 그것이었다. 그때 나는 도대체 뭘 하라는 건지 짐작조차 못했다. 그 일이 있은 직후 아주 가까운 친구가 앞으로는 자신을 가리키는 대명사로 "그들"they을 사용할 거라고 선언했다. 나는 "응?"이라고 말했던 것으로 기억한다. 그녀는 이렇게 말했다. "낸시, 어떤 사람들은 남자 또는 여자 둘 중 한쪽에만 온전하게 속하지 않아. 어떤 젠더에도 속하지 않는 사람이 있어. 젠더가 바뀌는 사람도 있고. 우리가 바라는 것은 그런 걸 존중해달라는 것뿐이야." 나는 이해가 되었지만, 대화 중에 계속 틀리게 말했고, 그들은 그때마다 내 실수를 바로잡았다. 처음에는 언어를 항해하는 일을 너무 복잡하게 만드는 것처럼 느껴졌다. 감정의 문제가 아니었다. 문법이 문제였다. 어떻게 '그들'이 온다고 말하란 말인가, 한 명만 오는데? 나는 친구에게 더 나은 대안은 없는지 물었다. 그들은 나를 따라 웃었고, 나도 일단은 아무런 판단도 내리지 않기로 했다.

우리가 사는 곳과 그곳에 어떤 원주민이 거주하는지도 소개해야 했던 어젯밤 파티에서 접속을 끊은 뒤 나는 늙은이가된 것 같았다. 아주 멋진 의미에서의 늙은이다. 우리가 얼마나 멀리 왔는지 돌아보게 되었기 때문이다. 그리고 요즘 세대가 어떤 것을 중시하는지에 대해서도 생각해보게 되었다.

내가 동성애자를 처음 본 것은 1954년이었다. 당시 나는 중학교 1학년이었다. 학교가 끝나면 모두들 맥스웰 드러그에서 아이스크림을 띄운 루트비어와 감자칩을 사먹으면서 시내버스를 기다렸다. 가게의 한쪽 벽면 전체가 거울이었고, 그 거울 앞에는 등받이 없는 회전의자가 나란히 놓여 있었다. 나는 한 소녀 뒤에 서 있었고, 거울에 비친 소녀의 모습이 아주 또렷하게 잘 보였다. 나도 모르게 뚫어지게 쳐다보고 있었는지, 소녀가 뒤를 돌아보면서 독기를 품은 목소리로 이렇게 말했다. "뭘 보는 거야?" 나는 이렇게 말할 수 없었다. "너는 지금까지 내가 본 사람들하고는 달라서 보고 있었어." 이렇게도 말할 수 없었다. "너는 여자애인데, 남자애처럼 보여." 내가 그렇게 말할 수 없었던 이유는 그 애의 기분을 상하게 할까 봐 걱정이 돼서, 또는 그 애가 어떤 말로 나를 공격할지 몰라서가 아니었다. 내게는 하고 싶은 말을 하는 데 필요한 어휘 자체가 없었기 때문에 아무 말도 할 수가 없었다.

나는 자라면서 **페길라**feggilah라는 이디시어 단어를 들어서 알고 있었다. 여성스러운 남자아이를 가리키는 단어다. 때로는 나지막한 목소리로 조심스럽게 사용되기도 했지만, 단 한 번도 경멸하는 투로 쓰인 적은 없었다. 그냥 뭔가를 설명하는 단어 같았다. 열세 살의 내가 처한 이 상황은 이전에는 접해보지 못한 완전히 다른, 새로운 상황 같았다.

123

그러나 남들과 다르다고 놀림받는 일 자체는 결코 새로운 것이 아니었다. 나는 또래보다 키가 커서 키다리 피에로, 고무인간 랭키 루나, 스트레치 같은 별명을 얻기도 했다. 아이들이 나를 정말 괴롭히고 싶을 때는 더러운 유대인이나 카이크kike[니그로처럼 유대인을 비하하는 명칭]라고 불렀다. 아이들이 돌을 넣은 눈덩이를 던지기도 해서 방과 후에 집으로 걸어가는 길은 종종 공포스러운 고난의 길이 되기도 했다. 안경 쓴 아이, 다리를 절뚝거리는 아이, 통통한 아이, 부모가 이혼한 아이 등 뭔가 남들과 다른 아이들은 한시도 경계를 늦춰서는 안 되었다.

시간이 모든 상처를 치유하는 것은 아니다. 그러나 패러다임 전환에는 시간이 관여하지 않으려야 않을 수가 없다. 나처럼 나이가 들면, 현재 내가 감사하며 누리는 연령대가 되면 그동안 그런 패러다임 전환을 많이 목격하게 된다. 작은 예를 하나 들어보자. 비행기에서 흡연을 하던 우리는 어쩌다 그렇게 단기간에 회사 건물 밖에서 추위에 바들바들 떨면서 담배를 피우게 되었을까? 그리고 원주민? 어른이 된 뒤에 하워드 진Howard Zinn의 『미국 민중사』A People's History of the United States를 읽고서야 그런 표현이 내 의식에 입력되었던 것 같다.

어젯밤 파티 참석자의 대다수는 젊은 사람들이었다. 접속을 끊은 뒤에 내가 그들 나이였을 때 어떤 것을 중시했는지에 대해 생각했다. 내 곱슬머리가 얼마나 싫은지. 민트초코 아이스크림은 한 스푼당 몇 칼로리인지. 내 지리학 노트를 빌려간 귀여운 남자애가 전화를 걸어올지. 정말이지 부끄럽다.

또한 요즘 젊은이들이 (예전의 나는 내가 **요즘 젊은이들** 같은 표현을 쓰게 되리라고 상상이나 했을까?) 더 앞으로 나아갈 수 있도록 가르쳐야 하는 과제를 우리 늙은이들이 부여받았다는 것을 (처음은 아니지만) 깨달았다. 나는 내가 가르치는 사람이라고 생각했고, 또한 내가 언제나 배울 준비가 되어 있다고 생각했다. 그러나 최근 들어 내가 가르침 받는 것을 늘 좋아하는 것은 아니라는 것을 느끼게 된다.

우리 조부모 세대는 자동차, 전화기, 텔레비전, 여자 의사, 소아마비 백신, WPA[야구 통계 수치], 핵폭탄, 제트기, 트랜지스터 라디오, 항생제의 발명, 그리고 **미스**와 **미세스** 대신 **미즈**의 사용(조부모 세대의 그들이라고 할 수도 있으리라)을 목격했다.

그러니 만약 내 할머니와 할아버지가 그런 모든 변화에 적응할 수 있었다면, 당연히 나도 움찔하지 않고 '그들'이라고 말하는 법을 배울 수 있다. 내 동료 인류에 대한 존중으로 스트렁크와 화이트가 『문체의 기본』*The Elements of Style*[1918년 윌리엄 스트렁크 주니어가 쓴 영어 문체에 관한 책. 이후 영미권 대표 작가들의 애서로 꼽히면서 이 분야의 고전으로 자리 잡았고, 1959년 동화작가 E. B. 화이트의 개정판이 '스트렁크와 화이트'라는 별칭으로 불리면서 여전히 영어 글쓰기의 기본서로 큰 사랑을 받고 있다]에서 제시한 '완벽해 보이는 문법'에 대한 내 사랑을 극복해야만 한다.

적어도 나는 내가 지금 사는 곳에 어떤 원주민이 거주하는지 알고 있었고, 그 사실을 자랑스럽게 알렸다. 왐파노아

그족Wampanoag.

안타깝게도 나는 여전히 민트초코 아이스크림이 한 스푼
당 몇 칼로리인지 신경 쓰고 있다.

길잡이
───

비주류적인 요소를 적용한 글이나 통찰 또는 교
훈적인 정보가 들어간 글을 쓰라.

## 21

## 금기시되는 주제를 회피하지 마라

댄이 아직 자신의 두 발로 걸어다닐 때 나는 댄의 영상을 찍기 시작했다. 되돌아보면 아주 훌륭한 선택이었다. 나는 나의 공포와 댄의 분노 사이에 카메라를 집어넣었다. 댄의 에고는 엄청나게 컸고, 댄은 바드대학교에서 연기를 전공했다. 따라서 우리가 협력해서 영상을 찍는 것은 자연스러운 전개였다. 나는 댄에게 찍으면 안 되는 게 있는지 물었고, 댄은 그런 건 없다고, 다 찍으라고 했다. (요로감염증이 대동막판으로 이동하는 바람에) 댄이 심장수술을 받고 집으로 돌아온 날 댄의 여자친구 세라가 댄을 침대에 눕혔고, 나는 이 장면을 찍었다. 댄은 마치 시체 같았다. 눈이 쑥 들어가고 뼈가 앙상하게 드러나서 세라의 맑갛고 빛나는 아름다움과 극명한 대비를 이뤘다. 세라가 댄을 침대 위로 옮기다가 말했다. "아, 어떡해! 소변주머니가! 휠체어에 걸렸어요!" 세라는 어찌어찌 댄을 안아 올린 채로 소변주머니를 침대 위로 던졌다. 그리고 나는 이 모든 장면을 카메라에 담았다.

그 주말에 하트퍼드에서 갤러리를 운영하는 친구의 전화를 받았다. 내게 갤러리에서 강연을 해달라고 했다. 나는 말했다. "절대 못 해요. 계속 울기만 할걸요. 아들이 아파요. 별로 재밌게 이야기할 수 없을 거예요. 말씀은 고마워요." 그런데 갑자기 이런 생각이 들었다. 잠깐만. 댄을 촬영한 50시간 분량의 필름이 있잖아. 그 영상을 20분 분량으로 편집할 사람을 구하고, 댄과 함께 무대에 올라 그 영상을 보여주면 어떨까. 모두들 댄에게 박수갈채를 보낼 테고, 댄도 마침내 자신의 삶이 아무런 의미가 없지는 않다는 걸 알게 될 거야. 자신이 스승이라는 것을 보게 되겠지. 사투를 벌이고 살아나간다는 것이 정말로 어떤 것인지를 다른 사람들에게 보여주는 스승. 나는 댄에게 내 생각을 말했고, 댄도 그렇게 하자고 했다.

내 워크숍 수강생 중에 뉴욕대학교 영화학 대학원을 졸업한 젊은 여성이 있었다. 나는 그녀에게 전화를 걸어 20분 분량으로 영상 편집을 해줄 수 있는지 물었다. 엄청나게 화려한 편집이나 서사는 필요 없다고 했다. 그냥 댄의 이야기를 대형 스크린에서 보여줄 수 있으면 된다고 말했다. 그녀는 하겠다고 했다. 그녀가 내게 돌려준 아름다운 20분짜리 영상에는 세라가 "아, 어떡해! 소변주머니가! 휠체어에 걸렸어요!"라고 말하는 장면이 잘려 있었다. 왜 그 장면을 뺐는지 묻자 그녀는 이렇게 말했다. "댄이 창피하게 생각할 것 같았고, 또 그걸 보는 사람들도 불편할 것 같아서요."

글쓰기 수업에서 이 이야기를 들려줄 때 나는 늘 이렇게 마무리한다. "소변주머니가 바로 이야기예요! 소변주머니를 잘라내지 마세요!"

## 똥이 환풍기(아니면 적어도 변기)를
## 맞히기를 바란다면

시도해본 것들. 변비 완화제 콜라스, 미라랙스, 둘코이스, 트룰란스. 각종 대변 연하제들. 아마씨. 프룬. 대추. 섬유질이 풍부한 식품.

댄은 더 이상 자신의 장을 움직일 수 없게 되었다. 우리는 약국의 변비약 코너에서 구할 수 있는 건 모두 시도했지만 실패했고, 처방약도 받았지만 역시나 실패했다.

조엘, 나, 댄은 함께 해결책을 마련한다. 우리 중 한 명이 말한다(누구였는지는 기억이 안 난다). "들어간다!"

댄의 화장실은 호텔 화장실 같은 장애인용 보조 시설이 갖춰져 있지 않다. 그러나 조엘이 욕조를 반으로 절단해서 댄이 곧장 샤워기 앞으로 들어갈 수 있게 개조했다.

먼저 우리는 댄의 옷을 벗긴다. 그런 다음 댄을 샤워 의자에 앉힌다. 샤워 의자는 거의 휠체어나 마찬가지다. 다만 앉는 자리에 동그란 구멍이 나 있다. 어차피 홀딱 젖을 걸 알기 때문에 우리 부부도 옷을 전부 벗는다. 세 사람이 모두 샤워기 앞에 모이면 머리 위로 떨어지는 물줄기 속에서 나는 성인이 된 아들 엉덩이에 그 어떤 엄마도 가본 적이 없을 정도로 바짝 다가가서 쪼그리고 앉는다. 그런 다음 (심장이 약한 사람은 여기서 그만 읽는 것이 좋겠다) 아들의 항문으로 손가락을 집어넣는다. 그동안 코미디 센트럴Comedy Central[미국의 코미디 전문 방송국] 같은 내 남편이 독백의 첫 관문(이중적 의미를 갖는 표현을 쓴 것을 양해 바란다)을 시작한다.

"딕 체니, 자네 거기 있는 거 아네. 얼른 나오게. 나오시게나. 도널드 럼스펠드도 거기 있다고? 이리 나와, 이 변태들아. 어서 나오라고."

댄은 웃기 시작한다. 너무 세게 웃어서 변이 흘러나온다. 우리는 또 한 번 흥행에 성공한다. 나는 마개를 뽑는 작업을 하고 조엘은 노래하고 춤추는 배우 역할을 한다. 보드빌 Vaudeville[1890년대 중반부터 1930년대 초까지 미국에서 유행했던 버라이어티쇼의 일종. 무용수와 가수를 비롯해 배우와 곡예사, 마술사 등이 출연해 각각 별개의 공연들을 펼친다]은 우리 듀오 앞에서는 명함도 못 내밀 것이다.

나는 남의 눈에 우리가 어떻게 비칠까를 늘 걱정하는 가정에서 자랐다. 엄마가 우리에게 슬립온 형태의 페니 로퍼를 신기지 않았던 것을 기억한다. 옆집 로젠탈 부인이 저 집 여자는 딸들이 평발이 되든 말든 개의치 않는다고 생각할까 봐 그런 것이다. 그래서 우리는 발바닥의 아치를 탄탄하게 받쳐

주는 스포츠화인 새들 슈즈를 신었고 로퍼는 단 한 번도 신어보지 못했다.

"남들이 나를 어떻게 생각하는지는 내가 신경 쓸 일이 아니다"라는 문장을 들었을 때 내 인생이 바뀌었다.

자전적 에세이를 쓸 때 남들이 어떻게 생각할지 걱정하면 그로 인해 침묵하게 된다. 멈추게 된다. 구속당하게 된다.

그리고 그렇게 쓴 책은 평범하고 안전하고 더할 나위 없이 지루할 것이다.

내면의 로젠탈 부인에게 코끼리용 마취제를 쏴라. 그러면 얌전해질 것이다.

길잡이

———

당신의 사적인 일을 알리고 싶지 않은 사람이 있는가? 그 사람에게 짧은 편지를 쓰라. 그 일에 대해 당신이 원하는 만큼, 최대한 또는 최소한으로 전달하라.

금기시되는 주제에 관한 글을 쓰라.

## 22

기록하기, 기록하기, 기록하기.
제발 일기를 쓰라

오늘 1994년에 쓰인 낡은 방문록을 찾았다. 나는 참지 못하고 곧장 우리 집에 머문 사람들이 남긴 글을 훑어보았다. 첫 글은 비니어드에 정착하기로 한 결정에 대해 내가 쓴 글이었다. 그 글을 읽기 전에 누군가가 비니어드에 정착하기로 결심하고 이사했을 때 어땠냐고 물었다면 나는 이렇게 답했을 것이다. "오, 아주 좋았어요." 그리고 스스로도 그 말을 믿었을 것이다. 역사는 승자에 의해 쓰여지고 그래서 나는 그 이사가 쉬운 과정이었다고 판단한 것 같다. 나는 기억하지 못했다. 두렵고, 망설여지고, 이사에 확신이 없었다는 것을.

이 방문록을 간직하지 않았다면 당시에 내가 정말로 어떤 감정을 느꼈는지 알 수 없었을 것이다. 당신의 이야기를 쓰고 싶다면 당신의 여정을 기록해야 한다. 그래야 그것을 곱씹고 글로 쓰고 치유할 수 있다. 일기에는 날짜를 꼭 기입하라! 왜냐하면 보라, 그때의 망설임과 두려움은 다 어디로 갔단 말인가? 내 세포 어딘가에 여전히 꽁꽁 숨어 있을 거라고 확신한다. 절여지고 있는 것이다. 그런 감정을 글로 써서 해방시켜야 한다. 캐럴라인 미스의 말대로 생생한 자전적 에세이가 곧 생물학이다.

### 길잡이

일기장을 펼쳐 들고 어느 것이든 좋으니 일기 하나를 골라서 그 기록을 확장하라. 일기장이 없다면 당장 마련하라. 몰스킨 일기장은 비싸지만 거기에 일기를 쓰면 작가가 된 기분이 들 것이다.

133

## 23

## 당신은 기자가 아니다

**사실만 쓰세요, 부인.** 그것이 저널리즘이다. **누가**Who, **무엇을**What, **언제**When, **어디서**Where, **왜**Why. 우리는 이것이 모든 이야기가 답해야 하는 기본 질문인 5W라고 배운다. 물론 이 질문들은 모두 중요하다. 하지만 자전적 에세이에서 특히 중요한 것은 사실에 대해 사람들이 느낀 감정, 그 사실에 대한 사람들의 반응이다.

다음은 신간 잡지에 실린 내 글이다. 지속 가능한 삶에 대해 썼다.

내가 지금까지 본 것들 중에 가장 아름다운 청첩장을 받았다. 봉투의 글씨는 손으로 썼다. 물을 조금 쏟았을 때 잉크가 번졌기 때문에 손으로 썼다는 것을 알 수 있었다. 두꺼운 카드지를 사용한 청첩장 자체에는 결혼식이 열리는 장소인 성을 흑백으로 직접 그려 넣었다. 나는 구글 검색으로 우리가 머물게 될 호텔을 찾아보고는 침을 질질 흘리고 있다. 결혼식이 고급스럽고 우아하다는 이유로만 가고 싶은 건 아니다. 예비 신랑을 정말 아끼기 때문에 가고 싶은 거다. 신랑이 될 아이를 아주 어렸을 때부터 봐왔고 늘 그 아이가 마음에 들었다. 아이의 부모도 정말 좋은 사람들이다. 그 집 딸들도 정말 사랑스럽다. 예비 신부도 아주 마음에 든다. 게다가 결혼식은 프랑스에서 열릴 예정이고 나는 프랑스에 한 번도 가본 적이 없다.

물론 내가 프랑스에 한 번도 가본 적이 없는 건 당연하다. 당신도 지금쯤은 알고 있다시피 나는 에너지 파수꾼과 결혼했지 않은가. 남편은 비행기가 얼마나 많은 이산화탄소를 배출하는지 늘 설명한다. 남편이 떠들어대는 수많은 불평불만 중에서 늘 귓등을 스쳐서 튕겨나가는 잔소리 중 하나다. 그 귀가 언제나 내 귀인 것은 아니지만 내게 선택권이 있는가? 이 순간을 즐기는 수밖에. 그리고 이 순간은 황홀하다.

바깥 기온은 영상 15도. 칠마크에서 완벽하게 화창한 봄의 한복판에서 맞이한 일요일 아침이다. 에너지 파수꾼과 나는 난로 옆에 앉아서 건강한 것에 감사하고, 또, 그냥, 삶에 감사한다.

나: 우리는 정말 운이 좋아!

조엘: 그래.

잠시 과거를 회상하다가

조엘: 그런데 말이야, 당신은 장작을 너무 많이 써.

나: 알아. 그리고 당신이 이 가정과 세계의 양심 노릇을 하느라 애쓰는 것도 알아.

조엘: 문제는 장작이 타면서 내뿜는 연기가 공기를 오염시킨다는 거야. 수은, 일산화탄소, 온실가스, 불안정한 유기화합물, 질소산화물. 미세먼지, 일산화탄소는 말할 것도 없고 말이야. 아마도 내가 전혀 들어보지 못한 화학물질도 수백 개나 더 나올걸.

나: 그래, 그래, 알았어. 하지만 나도 이론이 있어. 과학적 근거는 없지만, 언젠가는 과학이 충분히 발달해서 그런 걸 해결할 방정식이 나올 거야.

조엘: 알아. 당신의 쾌락 이론 말이지. 당신이 정오에 뙤약볕에 나가 앉을 때 쓰는 이론이잖아. 지나친 쾌락이 오히려 당신을 피부암으로부터 보호한다는. 이 경우에는 영 적용하기 힘들 것 같은데.

나: 그래, 같은 이론 맞아. 하지만 더 잘 설명할 수 있을 것 같아. 당신도 모든 것이 에너지라는 데 동의하지?

조엘: 그런 셈이지. 질량은 에너지로 변환될 수 있고, 에너지는 질량으로 변환될 수 있으니까. $E=mc^2$을 봐. 거기에 다 나와 있잖아.

나: 이런, 당신 또 시작이다. 나는 $E=mc^2$을 아무리 봐도

**거기 다 나와 있다**는 게 무슨 말인지조차 모르겠다니까. 하지만 내 이론으로 돌아가자. 우리가 누리는 쾌락, 그러니까 어디 보자, 당신이 내게 장작에 대해 잔소리를 하기 전까지 우리가 누린 쾌락, 이 따뜻하고 안락하고 아름다운 난롯불에서 얻은 쾌락은 우리에게 에너지를 주고, 우리는 그 에너지를 최종적으로 밖으로 돌려보내겠지. 그래서 우리가 다음에 하는 모든 것이 지금 우리가 경험하고 있는 이 기쁨으로부터 나온다고. 그러니 나는 장작으로 난롯불을 피우는 것이 그로 인해 우리와 지구에 미치는 해로운 영향을 실제로 상쇄하고 있다고 믿어.

조엘: 무슨 말인지 알아.

나: 잘됐네. 그러니까 당신은 그런 쾌락을 사치라고 부른다는 거 알지만, 그런 쾌락을 빼버리면 남는 것은 로봇이야. 감각도, 감정도, 마음도, 진보도 없는 텅 빈 자동장치가 정화된 공기 속을 돌아다니는 거지.

조엘: 하지만 공기 오염은 공기 오염이야.

나: 쾌락주의를 말하는 게 아니야. 우리 자신의 만족만을 위한 쾌락이 아니라고. 책임감 있게, 사랑을 베푸는 존재로 살면서도 이따금씩 도락을 즐기는 걸 비난해서는 안 된다는 거야.

조엘: 그게 나쁘다는 게 아니야. 나도 난롯불을 좋아해. 단지 모두가 조금씩만 자제하면 어떨까 하는 거지. 메탄가스를 줄이기 위해 육식을 줄인다든가, 물을 절약한다든가, 바보처럼 덩치만 큰 차를 몰지 않는다든가…. 비록 그런 일은

일어나지 않겠지만 말이야.

　나: 진정하세요, 어르신. 사람들이 큰 차를 모는 것을 무작정 막을 수는 없어. 자신들이 얼마나 큰 해를 끼치는지 모르는 상태에서는 말이야. 그리고 그런 차를 바보 같다고 부르면 안 되지. 그 차를 모는 사람들을 바보라고 부르는 것과 뭐가 달라. 당신은 그냥 짜증이 나는 거야. 내가 당신을 만난 이후 내내 이 아름다운 푸른 구슬이 죽어가는 걸 지켜봤으니까. 이제 지긋지긋한 거지. 그러니 사람들을 비난하는 대신 가르쳐줘.

　조엘: 그게 문제야. 이미 늦었어. 이미 늦었다고.

　우리 남편이 하나만 알고 둘은 모르는 무식한 사람처럼 느껴질 것이다. 그건 아니다. 지난주에 우리 부부의 친구가 고장난 토스터를 들고 찾아왔다. 남편은 두 시간에 걸쳐 그 토스터를 고쳤다. 친구가 별로 비싸지 않은 새 토스터를 살 수도 있었는데 말이다. 남편은 사립 기숙학교 콩코드 아카데미에서 자원봉사도 한다. 발명이나 특허와 관련된 아이디어가 있는 학생이 궁금한 것을 질문하면 언제든 그 학생과 함께 답을 찾아본다. 그리고 손주들에게 사랑을 듬뿍 주는 최고의 할아버지다. 게다가 나는 한때 1년 내내 크리스마스 조명을 낮이고 밤이고 켜두기도 했었다. 그리고 나는 프리우스가 아닌 볼보를 몬다. 누군가 어딘가로 비행기를 타고 간다고 말할 때마다 남편은 곧바로 매일 상공에 수만 대의 비행기가 떠 있다고 지적한다. 그러고는 아무 말도 하지 않는다.

　비행기가 집 위를 날아가면서 우리의 대화를 방해한다.

남편은 하늘을 올려다보며 절망에 찬 목소리로 말한다. "매일 상공에 수만 대의 비행기가 떠 있다는 거 알아? 매일 말이야, 낸시. 보잉747이 공중에 떠 있으려면 초당 가솔린 1갤런이 필요해. 로건 공항에서 랙스 공항까지 가는 비행기는 약 1만 8,000킬로그램의 이산화탄소를 배출한다고!"

그는 이제 두 손에 머리를 파묻고 있다.

"너무 늦었어. 이미 너무 늦었다고."

나는 지구를 너무나도 걱정하는 이 남자를 사랑한다. 그리고 이 우아한 축하 행사에 가고 싶어 안달이 난 나 자신이 미워진다. 두 손에 머리를 파묻은 내 불쌍한 남편을 바라본다. 나는 아름다운 청첩장을 집어들고 지난주 신문 사이에 밀어넣는다.

지금은 이 얘기를 할 때가 아닌 게 분명하다. 하지만 버리지는 않겠다.

적어도 아직은.


길잡이
────

신문기사 하나를 골라 사적인 에세이로 바꿔 써보자.


139

## 24

책으로 출간되기를 기대하지 마라:
책으로 출간되기를 기대하라

이것은 당신 머릿속 깊숙이 간직해야 하는 가장 중요한 사항
중 하나다. 실은 앞쪽에 내놓아야 하는 것일 수도 있다. 마
케팅 부서가 보기에 당신은 그다지 독특하지 않을 수 있다.
내가 아는 한 편집자는 자신이 훌륭하다고 생각한 원고를 가
지고서 이십대 세 명(전부 남자였다)과 미팅을 했다. 그들의
평은? "왜 오십대 여성이 소설가로 데뷔하겠다는 거죠?"

하지만 늘 연령과 성별과 배경과는 상관없이 새로운 작가
가 베스트셀러 작가로 떠오른다. 그리고 모든 산업이 경쟁이
치열하지만, 내 경험상 출판 산업이 그나마 가장 상냥하다.

다만 명심하자. 책을 세상에 내놓는 것이 당신의 목표라면 그냥 실천하라. 큰 액수의 계약금을 제안받을 수 있을지는 당신이 결정할 수 있는 문제가 아니다. 당신은 글을 쓰고, 우주가 당신의 여정을 결정하게 두라.

길잡이

홍보 담당자의 입장에서 당신 책을 핫케이크처럼 잘 팔리는 베스트셀러로 만들 홍보 자료를 쓰라.

## 25

치마, 셔츠, 재킷에는
주머니를 항상 양쪽에 달라

불경에는 이런 말이 있다. 내면을 들여다봐라. 네 안에 부처
님이 계신다.

　기독교에서는 이렇게 말한다. 천국은 네 안에 있다.

　히브리의 현자는 이렇게 말한다. 주머니 하나에는 **내가 세
상이다**라고 쓴 쪽지를 넣어두라. 그리고 다른 주머니에는 **나
는 아무것도 아니다**라고 쓴 쪽지를 넣어두라. 두 쪽지를 모
두 보면서 균형을 잡으라.

메모 한 장에는 **내가 세상이다**라고 쓰고 다른 한 장의 메모에는 **나는 아무것도 아니다**라고 쓴 다음 안전한 장소에 보관하라. 종종 두 메모를 꺼내서 읽거나 당신 책상에서 잘 보이는 곳에 두라.

고독

반드시 고독한 시간을 확보하자. 옷장 안, 사무실 구석, 동
네 도서관 뒤쪽에 작은 공간을 마련해야 할 수도 있다. 정적
의 시간을 일정 분량 섭취하지 못하면 어느 수준 이상의 앎
에 도달할 수 없다. 일정 시간 홀로 고립되어야만 자신이 무
엇을 모르는지, 그리고 자신이 쓰는 책이 진정으로 어떤 이
야기인지를 알 수 있다.

『지금 이 순간을 살아라』*The Power of Now*가 700만 부 이상
팔린 뒤 뉴월드라이브러리 출판사 대표 마크 앨런Marc Allen
은 저자 에크하르트 톨레에게 책의 인기 비결이 무엇이라고

생각하는지 물었다. 톨레는 이렇게 답했다(정신을 집중해서 잘 들으라). 나는 모든 문장이 지금 이 순간에 모습을 드러내기를 기다렸다.

나 같은 경우에는 거절을 표현하는 노no라는 말을 연습하면서 지금 이 순간을 살아가는 법을 배우기 시작했다. 단 두 개의 글자로 이뤄진 단어다. 소리 내어 말하기가 어려울 리 없다. 그러나 내게는 어려운 일이다. 그 말을 입 밖으로 내뱉는 것 자체가 어렵다. 그 말에는 상대가 있다는 사실 때문이다.

이런 증상은, 당신도 그렇겠지만, 기저귀를 차고 있을 무렵부터 시작되었다.

노는 부정적인 의미를 담고 있었다. 안 돼! 난로를 만지면 안 돼. 안 돼! 공원에서 막 뛰어가면 안 돼. 안 돼! 물 가까이 가면 안 돼.

노의 의미가 **안 돼**라는 금지에서 완곡한 거부를 의미하는 **사양할게요**로 확장되었다. 콩 더 줄까? 어빙 삼촌 집에 놀러 갈래? 빨간 막대 사탕을 주는 친절한 치과 의사 보러 갈까?

현재 내가 느끼는 거절에 대한 불안증은 코로나 봉쇄 조치로 몇 달간 고립되어 있는 동안 내 세포 속에 도사리고 있던 내면의 은둔자를 발견한 것과 관계가 있다.

코로나 이전의 나를 묘사하는 표현들의 목록 제일 위에 있는 것은 **마당발**일 것이다.

나는 사람을 좋아한다. 파티를 좋아한다. 시끌벅적한 분위기를 좋아한다. 음악을 좋아한다. 저녁식사를 좋아한다.

모임을 좋아한다. 사람들과 함께 먹는 걸 좋아한다. 이야기하고, 웃고, 토론하고, 논쟁하고, 노래하고, 춤추고, 그냥 내 동료 인류와 함께 있는 것이 좋다.

그런데 봉쇄 초기 몇 달 동안 집에 머물면서 내 자아와 함께 있는 법을 배운 이후로 뭔가가 변했다. 알고 보니 나는 혼자 지내는 것을 좋아했다. 특히 나를 놀라게 한 것은 시간이었다. 시간이 아주 사랑스럽게 늘어졌다. 그보다 더 놀라운 것은 내가 정적을 좋아했다는 사실이다.

나는 늘 독서가였다. 그러나 사방에서 나를 끌어당겼으므로 기사, 단편소설, 심지어 책을 읽기 시작했다가도 어찌된 영문인지 끝내지를 못했다. 여기저기 정신이 팔린 채로 지내는 것이 내 삶의 방식이었다. 나는 단 한 번도 불평하지 않았다. 행복했기 때문이다. 고장나지 않았는데 굳이 고칠 필요는 없지 않은가?

그런데 조금 고장이 났었는지도 모르겠다. 왜냐하면 아무 계획도, 기대도, (내가 늘 환영하는) "여보세요, 아무도 없어요?"라고 큰 소리로 외치며 현관문을 활짝 열고 들이닥치는 사람도 없는 1년을 보내는 동안 나는 책들을 끝까지 읽었을 뿐 아니라 글도 쓰고 그냥 속도 자체를 늦췄기 때문이다.

가끔 스승의 지도하에 명상을 한다. 스승의 이름은 물리인데, 그는 지금 이 순간을 살아가는 데 주의력을 집중시켜야 한다고 말한다. 모든 생각에 대해 걱정하지 마라. 알아차리기 위해서 어떤 노력을 하거나 어디로 가야 하는 것이 아니다. 특별히 가야 할 곳이란 없다. 특별히 해야 할 일이란 없다. 그저 존재한다는 자연스러운 느낌이 전부다. 오직 알아차리는 데 집중하라. 어떤 생각의 줄기를 따라가지 마라. 그냥 이 순간 여기에 있으라.

나는 오랫동안 명상을 했다. 그중 몇 년은 명상을 하려고 **노력**하는 데 보냈다. 몇 년은 실제로 명상을 했고, 명상 중에 내가 고용할 단골 출장 뷔페의 메뉴를 정하면서 몇 해를 보내기도 했다. …단골 출장 뷔페도 없으면서 말이다.

그러나 갈 곳도 없고, 나를 방해할 사람도 없었던 지난 한 해 동안 나는 더 자주 앉아 충동적인 생각이 나를 통과해서 지나가도록 내버려뒀다. 그리고 물리의 가르침대로 알아차리기 시작했다.

내가 알아차린 것은… **모든 것**이었다.

나는 시간을 내서 새 모이통에 날아오는 새들의 습성을 관찰했다. 이전에는 새 모이통에 먹이를 주면서도 정작 찾아온 손님들을 실시간으로 관찰해야겠다는 생각은 하지 못했다. 새들의 특수한 위계 관계, 의식, 개성을 파악하지 않았다. 큰어치는 공격적이다. 머리 꼭대기에 있는 관모는 새의 상태에 따라 달라진다. 흥분하면 관모가 쭈뼛 곤두선다. 다른 큰어치들과 함께 모이를 먹을 때는 머리에 납작하게 붙는다. 때로는 옆으로 뻗기도 한다. 그건 뭘 의미하는지 아직 큰어치들에게서 전해 듣지 못했다.

박새는 **치카디디디**라고 말한다. 그러나 고양이가 가까이에 있을 때는 그 뒤에 **디**를 더 많이 붙인다. 아마도 불안함을 나타내는 소리임에 틀림없다. 나는 "물감이 마르는 것을 지켜보는 것과도 같다"는 표현이 뭔가가 지켜봐야 할 만큼 중요하지 않다는 의미라고 생각했다. 그러나 지금은 그것이 알아차리는 것, 즉 훨씬 더 중요한 활동을 의미한다고 생각한다.

이 새로운 삶에서 나는 남편과 같은 방에 마주 앉아 두 시간 동안 말 한마디 섞지 않고 있다. 우리 두 사람 다 자신만의 세계에 푹 빠져 있다. 이것은 내가 그 존재조차 몰랐던 마법이다. 나는 늘 말을 해야만 한다고 생각했다. 이제 나는 고개를 들고서 아무도 자기를 보지 않는다고 생각할 때의 조엘은 어떤 모습인지를 본다.

광적으로 부엌을 통제하고 싶어 하는 내 마음은 그 공간을 이 남자와 공유하는 데 굴복했다. 또한 표고버섯과 파스닙을 구별할 수 있을 것이라고는 상상도 못 한 이 남자가 부주방장과 뒷정리 담당 이상의 역할을 할 수 있다고 믿게 되었다. 우리는 나란히 서서 요리한다.

너무나 많은 이들에게 악몽이었던 것으로부터 너무나 많은 선물이 나왔다.

내 안에는 감사하는 마음도 채워졌지만 또한 두려움도 점점 더 커진다. 4월의 비니어드에 지금만큼 길에 차가 많은 적도 없었던 것 같다. 비니어드에 정착하기 위해 더 많은 사람들이 이사를 왔지만, 그것은 사람들을 만나고 사교활동에 참여하고 싶은 마음을 부추기는 유혹으로밖에 느껴지지 않는다. 우리가 새로운 세계로 나아가는 동안 기존의 나와 새로운 나가 서로 일종의 균형을 유지하며 공존할 수 있을지 아직은 잘 모르겠다.

　한 손 위에 새로운 나를 올려놓고 들여다보면 그녀는 어디로도 가고 싶어 하지 않는다. 다른 한 손 위에 기존의 나를 올려놓고 들여다보면(우리에게 두 손을 만들어주신 하느님께 감사를 올립니다) 그녀는 이런 생각을 한다. 누군가 디너파티에 나를 초대하지 않는다면 "왜 나는 안 불렀지?" 하고 섭섭한 마음이 들 것이라고. 그런데 다시 생각해보면 그 어디로도 가고 싶지 않은 사람을 굳이 초대할 이유가 있을까?

　나는 **노**no라고 거절하는 법도 연습하고 있지만, 동시에 제한된 분량의 **예스**yes를 현명하게 배분할 방법도 찾고 있다.

길잡이
―――

　　고독에 대해 어떤 감정을 느끼는지 짧은 글을 써보라. 고독한 시간을 보내다가 다시 사회로 돌아가면 어떤 감정을 느낄지에 대해서도 쓰라(나는 이 글을 코로나 사태가 서서히 진정되는 시점에 썼다).

## 27

관점

우리의 기억은 왜곡된다. 우리는 과거의 일들을 실제로 벌어진 그대로가 아니라 우리가 느낀 대로 기억하는 경향이 있다. 다음 이야기는 실제 상황을 관련자들이 다르게 기억할 수도 있음을 보여준다.

아들 댄은 내 속을 뒤집어놓는 법을 잘 알았다. 우리는 꽤 보수적인 동네로 이사했다. 이곳에서는 모든 집이 잔디를 깔끔하게 가꾸고, 집 앞에 주차된 차들도 하나같이 새 차처럼 반짝거렸다. 우리는 낡은 고물차 두 대를 소유했고, 현관문의 페인트칠은 벗겨지고 있었다. 남편과 나 둘 다 일을 하다

보니 우리 부부에게는 모든 나무에서 떨어진 모든 낙엽을 갈퀴로 하나도 남김없이 모아서 버리는 것이 우선순위가 아니었다. 이웃 한 명이 낙엽을 담는 비닐 봉투를 들고 와서 "여기에 낙엽을 모으시면 돼요"라고 말했을 때도 그렇게 말해줬다. 우리가 이사 왔을 때 과일 파이를 들고 와서 인사하거나 뒷마당에서 와인 파티를 열어주는 사람은 없었다. 그래서 내가 이웃들을 집으로 초대해 우리가 꾸리고 있는 따뜻한 가정생활을 공개하면 히피 커플에 대한 그들의 두려움을 없앨 수 있을 거라고 생각했다. 솔직히 말하면 우리는 어느 정도는 히피족이기는 했다. 그 당시 나는 『온 지구 카탈로그』 *Whole Earth Catalog*[스튜어트 브랜드Stewart Brand가 1968년과 1972년 사이에 연간 2~3회 발행한 미국의 반문화 잡지이자 제품 카탈로그]에 나오는 모든 말을 귀담아들었다. 암은 커다란 산업이 될 것이고, 그래서 일부러 치료제를 개발하지 않을 것이다. 특정 과일을 특정 채소와 절대 같이 먹지 마라. 같이 먹으면 서로의 영양적 효과를 상쇄하는 효소가 분비되기 때문이다. (당시 내 건강의 최대 적인) 질염을 완치하는 방법은 항생제가 아니다. 서양톱풀과 미역취를 섞은 다음 냉장고에 넣어두고 매일 그 혼합물로 감염 부위를 씻어라.

그래서 우리는 그날 모였다. 우리 집 부엌의 둥근 옻나무 식탁 앞에 허리를 꼿꼿이 세우고 앉은 여자 네 명에게 내가 직접 구운 생강 스콘과 창틀에서 키운 야생 민트차를 대접했다. 그때 열세 살 아들이 중학교에서 돌아와 곧장 냉장고로 달려갔다. 아들은 냉장고 문을 열자마자 나를 돌아보더니 노란 액체가 들어 있는 커다란 유리병을 가리키면서 말했다. "엄마, 이거 생강차예요, 아니면 엄마 가랑이 염증에 바르는 그거예요?" 그렇게 모두가 알게 되었다.

적어도 그것이 내가 기억하는 그날의 일이다. 댄에게 묻는다면 아마도 그날 벌어진 일에 대해 완전히 다르게 서술할 것이다. 아마도 손님들이 댄의 질문을 이해하지 못했다거나 댄이 무슨 말을 하는지 듣지 못했다거나, 심지어 자신은 그런 말을 한 적이 없다고 할 수도 있다.

댄이 열네 살 때에는 이런 일도 있었다. 우리는 귀빈을 초대했다. 이 말인즉슨 그 손님들이 내가 좋은 인상을 남기고 싶은 상류층 사람들이었다는 뜻이다. 나는 생화를 사는 데 엄청난 돈을 쓴 것으로 기억한다. 최고급 치즈를 샀고, 남편에게 집 안 구석구석 진공청소기를 돌리게 했다(남편이 나보다 더 잘한다). 다른 건 몰라도 그 사람들에게 우리가 아주 정갈한 사람들로 인식되길 바랐다. 귀빈들이 도착했고, 모든 것이 순조롭게 흘러가고 있었다. 댄이 오기 전까지는 말이다. 댄은 188센티미터의 키로 감당할 수 있는 최대치의 분노를 발산하고 있었고 내가 이 사교 행사 때문에 신경이 곤두서 있다는 것을 알았다. 댄은 친구와 거실로 들어와 목소리를 최대한 올려서는 친구에게 이렇게 말했다. "적어도 너희 엄마는 네가 두통이 있다고 하면 '애들이 무슨 두통이니'라고 말하진 않잖아." 나는 손님들의 얼굴을 살폈다. 그들이 경악한 건지, 신의 가호 덕분에 못 들은 건지 알 수가 없었다.

나중에 나는 내 반항아에게 말했다. "그게 무슨 끔찍한 말이니! 엄마가 그렇게 말했다고?" 그즈음 댄은 다시 해맑은 아이로 돌아와 있었고, 아마도 중얼거리듯 이렇게 내뱉은 것 같다. "뭐, 어쨌거나 딱 한 번 그렇게 말씀하시긴 했어요." 나는 그런 말을 하지 않은 것 같지만 그건 내 입장이다. 댄이 자신의 자전적 에세이를 쓰기로 한다면 그 나쁜 엄마에 대해 얼마든지 마음껏 써도 된다.

당신은 어떤 이야기를 들려줄지, 어떻게 들려줄지 선택할 수 있다. "나는 이렇게 기억한다. 아마도 이런 식이었던 것 같다"라고 말할 수 있다. 당신은 법정에 선 것이 아니다. 진실만을 말하겠다고 선서하지도 않았다. 당신의 삶이다. 당신의 관점이다. 당신의 진실이다.

길잡이

똑같은 이야기를 한 번은 당신의 관점에서, 다른 한 번은 완전히 다른 사람의 관점에서 쓰라. 글에 등장하는 두 사람이 서로의 말을 제대로 알아듣지 못한다고 가정하고서 두 개의 관점을 동시에 적용한 글을 쓰라.

## 28

애도

자전적 에세이에 가족이나 친한 친구나 사랑하는 반려동물
의 죽음에 관한 이야기가 들어갈 수도 있다. 애도에 관한 글
을 쓰기란 어렵다. 보편적인 주제로 독창적인 글을 쓰는 것
은 만만치 않은 도전 과제다. 되도록 구체적이면서도 진실되
게 쓰는 것이 도움이 된다. 맥스 포터Max Porter의 소설『슬픔
은 날개 달린 것』Grief Is the Thing with Feathers에는 이런 글이 나
온다.

나는 그녀가 너무 그리운 나머지 맨주먹으로 30미터 높이의

추모비를 세우고 싶었다. 그녀가 하이드파크의 커다란 돌의
자에 앉아서 풍경을 감상하는 모습이 보고 싶었다. 지나가는
사람들이 전부 내가 그녀를 얼마나 그리워하는지 이해할 수
있도록. 내 그리움이 얼마나 물리적인 것인지도. 그녀를 향
한 그리움은 너무나도 커서 거대한 황금 왕자상, 콘서트홀,
1,000그루의 나무, 호수, 9,000대의 버스, 100만 대의 자동
차, 2,000만 마리의 새 이상이다. 도시 전체가 그녀를 향한
내 그리움이다.

포터는 **애도**라는 단어를 단 한 번도 쓰지 않지만, 그의 상
실감이 절절하게 느껴지지 않는가?

나는 언니가 죽은 뒤에 시를 썼다. 언니는 유방암을 진단
받고서 치료를 받았지만, 재발했고 극심한 통증에 시달렸
다. 언니는 내 정신적 지주이자 가장 친한 친구였다. 그래서
언니가 "이제 끝낼래. 나는 다음 모험을 떠날 준비가 됐어"라
고 말했을 때 언니가 진심이라는 것을 알았다. 언니가 죽음
을 전혀 두려워하지 않고 자신이 우주의 춤을 이해했다고 믿
는다는 사실에 경외감이 들었다. 처음에 언니가 자신의 장례
식을 계획하고, 음악을 선곡하고, 화장장을 고를 때 나는 그
용기에 감탄했다.

그러나 언니가 죽은 뒤에 나는 한쪽이 찌그러진 탁구공처
럼 이리저리 엉뚱한 방향으로 튀어올랐다. 화도 내다가, 왜
언니가 끝까지 최선을 다하지 않았는지 원망도 하다가, 그
래, 언니는 정말, 정말, 정말로 두렵지 않았던 거야, 대단해

라고 생각했다. 다음은 내가 그 당시에 쓴 시다.

신의 밤 속으로
얌전히 떠나겠다는 당신의 선택을
내가 평온한 마음으로 받아들였다는
생각을 하자마자
내 창자 속에서 거센 바람이 일어
**그래서 이제 어쩌라고 허리케인이**
내 뼈들의
배수로를 타고 쏟아져 내려
파열을 달랠
친구들의 시는
필요 없어
내 배를 채울
메밀죽은
필요 없어
**저기 그녀가 있다고 말하는**
황홀한 석양은 원하지 않아
그 시속 160킬로미터의 돌풍은
내 뇌의 집행기능을
(연결망들을) 잿더미로 만들어
그리고 내 모든 세포의 송전탑은 폭발했어
나는 이 고통이 필요해
나는 이 부서진 심장이 필요해

나는 이 기상이변이 필요해

안 그러면

내가 어떻게 알겠어?

**당신** 언니가 죽었을 때

어떻게 해야 하는지를


다음은 내 수제자 필립 하워드가 애도에 관해 쓴 시다.


안녕하세요, 내 이름은 애도입니다

그리고 나는 환영받지 못하는 손님처럼 왔습니다

처치 곤란한 귀찮은 탄원자

좀처럼 떠날 생각이 없는 미운털 박힌 삼촌

당신의 피드에 기약 없이 고정된 마음에 안 드는 게시물

당신이 피를 흘려도 개의치 않는

마취제가 없는 외과 수술의


다음은 작가 로라 렌츠Laura Lentz가 애도에 대해 쓴 글이다. 그녀는 영웅 서사를 다룬, 작가들을 위한 워크북 『스토리퀘스트: 작가, 영웅, 여정』STORYquest: The Writer, the Hero, the Journey 의 저자다.


나는 어릴 때 애도를 목격했다. 내 친구 중에 부모나 형제자매를 잃은 애들이 많았지만, 나는 그 경우가 아니었다. 나는 유치원 선생님을 잃었다. 유치원 선생님이 아들을 잃었기 때

157

문이다. 자기 엄마가 가르치는 반에서 바로 내 앞에 앉아 있던 다섯 살짜리 남자아이였다.

나는 매일 그 애의 관심을 끌려고 그 애가 앉아 있는 의자를 발로 찼다. 왜냐하면 나는 오빠만 둘이었고, 그게 내가 오빠들의 관심을 끄는 방법이었기 때문이다. 나는 브라이언을 웃게 만들었다. 브라이언을 위해 종이를 오려서 다른 종이에 붙이거나 핑거 페인트로 작품을 만들어서 선물했다.

가끔 브라이언은 뒤를 돌아보면서 활짝 웃었다. 이제는 더 크지 않을 작은 얼굴에 어울리지 않게 활짝 웃었다. 끔찍한 운명의 장난으로 이 다섯 살짜리 남자아이는 파란색 자전거를 타다가 도로에서 교통사고를 당했다. 그렇게 순식간에 내 평생 최고의 선생님과 함께하던 내 일상이 산산이 부서졌다. 그 일이 있기 전까지 선생님은 얇은 면 원피스 안에 자신의 마음을 감추는 법이 없었고, 사랑과 포옹을 아낌없이 내주었었다. 그해가 끝날 때까지 내 앞자리는 내내 비어 있었다.

그 당시에는 사별을 겪은 사람을 상담해주는 곳이 없었다. 내 기억으로는 조용히 담배에 불을 붙이고 갈색 담배 연기 자국으로 물든 천장을 향해 믿을 수 없는 소식을 내뿜은 것은 확실히 우리 엄마였다. 우리 아빠는 애도가 입을 커다랗게 벌린 채 문 앞에 서 있는 괴물인 것처럼 밀쳐내는 사람이었으니까.

우리 아빠의 애도 방식은 자물쇠와 연장을 동원해 괴물이 못 들어오도록 문을 단단히 걸어 잠그는 것이었다. 아빠가 엄마의 슬픔을 치유하는 방식은 엄마를 위해 뭔가를 만들거나 스패너를 꺼내서 느슨해진 모든 것을 단단히 조이는 것이었다.

몇 년 전 자신이 사랑해 마지않는 도시를 떠나 시골로 오는 과정에서 엄마가 느낀 상실감이 드디어 엄마를 따라잡은 것도 그해의 일이었다. 건설업자가 엄마의 반대에도 불구하고 우리 땅에서 나무들을 파헤쳐 간 뒤로 엄마는 매일 울었다. 나는 매일 유치원에 가서 끝없는 대체 교사 행렬과 빈 앞자리를 마주해야 했다. 나는 내 철제 도시락통에 애도를 담아 등원하고 하원했다.

나는 애도 학교의 조기 입학생이 되었고, 애도를 짊어지는 법을 일찌감치 배웠다. 아빠는 철로의 목재와 흙을 들고 와서 우리 땅에 엄마를 위한 커다란 정원을 만들었다. 엄마가 꽃씨와 꽃뿌리를 땅속에 심을 수 있도록.

최근에 책상을 정리하면서 나는 50년도 더 전에 유치원 마지막날 학부모들이 받은 누렇게 바래고 찢어진 인쇄물을 발견했다. 거기에는 이런 문구가 적혀 있었다. "올해는 우리 모두에게 힘겨운 한 해였습니다."

그 문구를 보자 지금 이 순간 이 세계가 견뎌내고 있을 모든 애도에 대해 생각하게 되었다. 그리고 그런 애도와 나란히 걸으면서 상실감에 젖어 슬퍼하고 있는 이들을 향해 세상의 빛으로 돌아오라고 손짓하는 모든 즐거움과 희망에 대해서도 생각했다.

나는 오늘 당신에게 우리 누구에게나 빈 앞자리가 있다는 것을 말해주려고 이 글을 쓰고 있다. 우리는 누구나 우리에게 각인된, 지금은 영영 떠난 사람들을 그리워한다.

죽음에 의해서건, 그들을 먼 바닷가로 휩쓸고 간 애도의 파도에 의해서건 우리가 사랑하는 사람들이 왜 떠나야 했는지 누가 이해할 수 있겠는가?

내가 확실하게 아는 것은 이것이다. 그리고 이것이 우리가 이 세상에서 배워야 하는 것이기도 하다. 우리가 필멸하는 존재라는 것을 받아들이고, 우리가 사랑하는 사람, 사랑하는 집, 사랑하는 땅을 떠나보내는 법을 배우고, 해수면 상승과 기후 변화를 숭상해야 한다.

우리를 지구에 존재하게 만든 큰 계획이 우리로 하여금 사랑하고 포기하는, 또 사랑하고 포기하는 법을 배우게 하는 것이라면? 그것도 작게가 아니라 크게 사랑하고, 우리 몸 안에서 매일 서로를 사랑하고… 그러다 서로 헤어지게 되었을 때, 그 몸을 초월해 사랑하는 법을 배우게 하는 것이라면?

우리에게는 시공간의 한계를 초월해 애도와 사랑을 표현하는 새로운 단어가 필요하다. 아마도 우리는 세포 단위로 서로를 매일 다시 만들어내는지도 모른다. 기억을 통해서, 이야기를 통해서, 예술을 통해서.

사랑하고 떠나보내는 이런 경험에는 새로운 소리, 새로운 단어, 새로운 노래에 맞는 새로운 음이 필요한지도 모른다.

우리는 모두 하나의 합창단에 속해 있다. 목청을 열고 우리의 부서지고 회복하는 심장을 서로 연결할 준비가 된 합창단 말이다.

애도에 관한 노래, 시, 산문을 한번 써보라.

## 29

당신의 감정을
있는 그대로 드러내라

자전적 에세이에서는 행간에 진실을 숨길 수 없다. 그렇게 하고 싶다면 아주 버거운 감정들을 먼저 처리해야 한다. 내 워크숍 참가자의 대다수는 여자다. 그러나 어쩌다 한 번씩 남자도 참가한다. 한 남자는 처제에게서 워크숍 수강권을 선물로 받았다. 그는 이 워크숍이 시간 낭비라고 생각했다. 아버지와 적어도 한 번쯤은 제대로 된 대화를 나누고 싶어 하는 딸이 보내서 참가한 남자도 있었다. 아들에게서 이 워크숍 수강권을 선물받은 어머니가 너무 감동적인 경험을 했다면서 워크숍 수강권을 아들에게 다시 선물한 사례도 있었다.

어쨌거나 이런 남자들은 흔히 처음에는 워크숍을 다소 깔보는 자세로 임한다. 그런데 정확한 이유는 모르겠지만 그들은 유독 한 과제를 수행할 때 완전히 무너져내린다. 흐느껴 울면서 감정을 다 드러낸 채로 그날 수업을 마친다. 워크숍에 참가하기 전에는 시멘트를 발라 꽁꽁 묻어두었던 마음이 모습을 드러낸다. 그 과제는 "우리 아버지가 내게 한 번도 해주지 않은 말은 …이었다"다.

이 주제로 글을 쓸 때 수백 명의 남자들이 "아버지가 나를 사랑한다는 말"을 빈칸에 집어넣었다. 나는 어머니들과 누나·여동생들과 딸들로부터 감사 카드를 받았다. 심지어 그 남자들에게서도 감사 카드를 받아봤다. 그들은 감정과 나약한 면을, 그리고 사랑을 겉으로 표현하지 못하는 아버지 밑에서 자라면서 얼마나 괴로웠는지 인정한 덕분에 삶이 바뀌었다고 말한다. 이런 남자들 다수는 이런 말을 덧붙였다. "아버지가 당신만의 방식으로 저를 사랑하셨다는 걸 압니다. 하지만…."

길잡이

"우리 아버지가 내게 한 번도 해주지 않은 말"이라는 제목으로 짧은 글을 한 편 쓰라.

163

## 30

흐르는 피를 종이에 옮기라

"흐르는 피를 종이에 옮기라." 잡지 『노스이스트』*Northeast*에서 나를 담당하는 편집자 래리 블룸이 해준 말이다. 블룸은 내 작가 활동에서 가장 소중한 지지자이자 멘토 중 한 명이다. 그에게 뉴욕에서 내가 방금 어떤 일을 당했는지 말하자 그는 "당장 집에 가서 글을 쓰세요"라고 말했다. 그러나 뉴욕이라는 대도시에서 작가로서 얻은 첫 일자리에서 해고당했다는 사실에 상처 입은 나는 한창 수치심과 패배감에 젖어들고 있는 참이었다. 나는 이렇게 대꾸했다. "불가능해요. 깊은 상처를 받았다고요. 지금은 아무것도 쓸 수가 없어요."

블룸은 말했다. "집으로 가서 글로 써요." 나는 말했다. "래리, 나는 못 해요. 아직 너무 생생한걸요." 그는 내 등을 떠밀었다. 나는 그 손을 밀쳐냈다. 마침내 나는 집으로 갔고 "첫째 날, 둘째 날…" 기법을 적용함으로써 그 일을 글로 옮길 길을 찾았다. 그렇게 나는 글을 쓰기 시작했다. 그리고 글을 완성한 나는 비극의 한복판에 있을 때 그것에 대해 쓰는 것이 얼마나 강력한 힘을 발휘하는지 깨달았다.

현재라는 시간 속에서 현재 시제로 글을 쓰는 것에는 어떤 힘이 있다. 나중에 그 글을 읽으면 페이지에서 피비린내가 난다. 글 자체는 썩 훌륭하지 않을 수 있다. 손을 좀 봐야 할 것이다. 그러나 당시에 느낀 감정만큼은 생생하게 살아 있을 것이다. 만약 시간이 어느 정도 흐를 때까지 기다린다면 그 감정을 잊거나 감정이 바랠 수 있다. 힘든 시기에 글을 쓰라. 기괴한 시기에 글을 쓰라. 두려운 시기에 글을 쓰라. 개인적인 전환기의 한복판을 지나가고 있을 때 글을 쓰라. 불확실한 시기에 글을 쓰라. 그리고 무엇보다 깊은 상처를 받은 시기에 글을 쓰라.

다음은 내가 그때 쓴 글이다.


## 리어 여왕

나는 또렷한 가을 석양을 받으며 매디슨애비뉴를 따라 걷고 있다. 손으로는 초밥을 집어 먹고 있다. 얼굴에는 웃음이 가득하다. 초밥은 내가 가장 좋아하는 음식이고, 이런 날씨가 내가 가장 좋아하는 날씨고, 이 거리가 내가 뉴욕에서 가장 좋아하는 거리이기 때문이다. 내가 일으킨 현재 진행형의 이 쿠데타를 축하하는 친구들의 꽃다발이 내 책상에 놓여 있기 때문이다. 내가 웃는 이유는 내 책상이 있기 때문이다. 그리고 곧 주급이 들어올 것이고, 나는 이 거리의 작은 가게 한 곳에 들러서 실제로 뭔가를 구매할 것이기 때문이다.

나는 화려한 여성 잡지의 편집자다. 실무진 전용 여자 화장실의 비밀번호를 받았다. 전담 비서도 있다. 치과 치료**뿐만 아니라** 정신과 치료도 보장되는 보험을 제공받고 있다.

"당신이 우리를 구했어!" 인터뷰를 마치고 전화를 걸었을 때 재정 상태가 바닥에 가까워진 남편이 수화기에 대고 소리를 질렀다. "당신은 정말 대단해. 아름답고. 뭘 어떻게 한 거야?"

"나는 아무것도 하지 않았어." 내가 말했다. "**바셔르트** bashert, 운명이었어." 이디시어를 사용했던 할머니라면 그렇게 말했을 것이다. 어릴 때 우리 집에서 **바셔르트**는 하느님의 불완전한 설계를 전부 설명해주는 포괄적인 단어로 사용되었다.

이 모든 것이 어떻게 시작됐는지 처음으로 돌아가보자. 여름이었고, 나는 웨스트하트퍼드에 있는 후텁지근한 우리 집 부엌에 앉아 있었다. 화요일이었다. 나는 내가 무조건 합격할 거라고 생각한, 그리고 절대 하고 싶지 않다고 생각한 기간제 교사직에 지원한 결과를 알려줄 전화를 기다리고 있었다. 나는 수화기를 들고 뜬금없이 『리어스』*Lear's*에 전화를 걸었다. 『리어스』는 지금까지 내가 투고한 원고가 두 번 실린 여성 잡지였다.

잡지계에 도는 악랄한 소문에 따르면 『리어스』는 노먼 리어에게 소박맞은 아내가 이혼 합의를 해주는 대가로 받은 것이라고 했다. 『리어스』는 오십대 여성을 은유적으로 표현한 "어제 태어나지 않은 여성들을 위한" 세련된 잡지임을 내세우고 있다. "사람을 구하고 있어요." 발행인란에 세 번째로 이름이 오른 편집장이 말했다. "라인 에디터가 필요하거든요." "제가 할 수 있어요!" 내가 지른 비명이 수화기를 뚫고 들어갔을 것이다. 속으로는 전화를 끊자마자 라인 에디터가 뭔지 알아봐야 한다는 것을 알았다. "이력서랑 그동안 쓴 글들 가지고 오세요." 그녀가 말했다. 우리는 목요일 오전 11시에 만나기로 약속했다.

정형시인 소네트처럼 이력서에도 정해진 형식이 있다. 그러나 소네트와 달리 이력서는 시의 일부에 불과하다. 이력서는 목록이고, 그 목록에 나열된 경력들은 서로 연결되어야만 하며, 권한과 책임이 점점 커졌다는 사실을 보여줘야 한다.

"1973~1975년 통밀과 쌀겨에 크게 관심을 가졌다", "바느질은 못하지만 천에 대해 잘 안다", "자녀를 캘리포니아주에 있는 디즈니랜드에 데려간 적은 없지만 캘리포니아주의 트리니티 영화관에서 데이비드 린치 감독의 《이레이저헤드》 Eraserhead를 보여줬다" 같은 건 넣을 수 없다. 또한 직장을 너무 자주 옮긴다든지, 한 번에 세 군데에 취직해서 일을 한다든지, 약 10년 동안 일을 안 한 구간이 있으면 안 된다. 실은 이력서 여기저기에 일을 안 한 구간이 여러 번 들어 있으면 안 된다.

　나는 모든 히피 관련 일들은 뭔가를 가르치는 이력으로 바꿔서 가장 아래로 보내고, 실제 교사 경력은 중간에 넣고, 내가 생각해낼 수 있는 모든 문학 관련 경력을 가장 위에 썼다. 두꺼운 고급 종이에 이력서를 출력해놓고는 내 경력이 이토록 화려해 보일 수 있다는 것에 놀란다.

　신원 확인 절차를 통과한 나는 한껏 치장한 몸을 이끌고 655매디슨애비뉴 건물에 있는 이사진의 사무실 구역으로 당당하게 들어갔다.

　뉴욕은 무자비한 거울이다. 기차에서 내리는 순간 내 머리는 부스스해지고, 내 허벅지에는 셀룰라이트가 생기고, 내 피부에는 뾰루지가 나고, 내 스커트는 너무 치렁치렁해진다. 뉴욕에만 오면 내 패션 감각이 순식간에 10년은 뒤처진 게 된다. 빅애플[뉴욕시의 별칭]에서 나는 너무 익은 서양배가 된다.

　편집장은 친절하고 여유가 있었다. 내 긴장을 풀어주면서 자신들이 사람을 구하고 있고, 내게 그 일을 맡기고 싶다는 암시를 준다. "가져온 걸 봅시다." 그녀가 웃으면서 말한다. 나는 빌린 가죽 서류가방에 손을 넣어 내 글이 실린 잡지 『노스이스트』를 꺼내 건넨다. 에이즈 검사를 예약하고 두려움에 떨면서 모욕적인 검사를 받은 경험담을 서술한 글이었다. "아니, 아니." 그녀가 고개를 세차게 흔든다. "당신이 에이즈 검사를 받았다는 사실을 프랜시스가 알아서는 안 돼요. 다른 건 없어요?"

나는 작년 8월호 『굿 하우스키핑』*Good Housekeeping*을 꺼낸다. 우리 집 개에 대해 쓴 글이 실렸다. 그녀는 페이지를 휘리릭 넘기더니 앞으로 돌아가 표지를 한 번 보고 잡지를 펼쳐 멋진 사진을 보고, 다시 표지로 돌아가 지그시 바라본다. 표지에는 누군가의 할머니처럼 보이는 사람의 헤드샷과 함께 "머핀, 머핀, 머핀"이라는 헤드라인 기사 제목이 인쇄되어 있었다.

"프랜시스가 당신이 『굿 하우스키핑』에 기고했다는 사실을 알면 안 돼요." 그녀가 심각한 표정으로 말한다. "제 주변에도 그런 미국 중산층용 잡지 나부랭이를 읽는 사람은 없더라고요." 나는 힘주어 말한다. 내 이중성에 죄책감을 느낀다. 『리어스』와 달리 『굿 하우스키핑』은 어제 태어난 여성들을 위한 잡지, 그래서 잘 구운 블루베리 머핀이 멋진 성적 판타지 못지않게 매력적이고, 당연히 유전자 접합을 잘 설명한 글만큼이나 중요하다고 믿는 여성들을 위한 잡지다. 내 단골 치과 대기실 탁자에도 『굿 하우스키핑』이 버젓이 한 자리를 차지하고 있다. 그러나 한순간에 나는 『굿 하우스키핑』에 대해 프랜시스가 느끼는 경멸을 기꺼이 체화한다.

"다른 건요?" 그녀가 묻는다.

나는 다른 기고문 몇 편과 아이보리색 종이에 출력한 이력서를 건넨다. 그녀는 만족한 듯 고개를 끄덕이며 "이제 프랜시스를 만나러 갑시다. 타이밍도 완벽해요. 오늘 프랜시스는 기분이 좋거든요."

프랜시스 리어의 사무실은 마치 할리우드 영화 세트장 같

169

다. 60번가를 내려다보는 커다란 창문, 바닥 전체를 덮은 모로코 양탄자, 폭신한 소파들, 여기저기 널린 아름다운 모델들의 커다란 흑백사진들, 권위가 풀풀 풍기는 책상. 프랜시스는 통화 중이었다. 책상 뒤에 서 있는 그녀는 몸집이 작고, 사무적으로 보였다. 그 누구의 지시도 따르지 않는 여자라는 것은 확실히 알 수 있었다.

프랜시스 리어라는 실제 인물에 대한 내 사전 지식은 그녀를 집중적으로 다룬 잡지 『스파이』*Spy*의 기획기사에서 나온 것이다. 그 기사는 너무나 추잡하고, 무자비하고, 웃기지도 않아서 나는 그 기사를 읽자마자 행여나 프랜시스를 만나게 된다면 무조건적인 사랑을 줘야겠다는 마음이 절로 들었다. 또한 프랜시스가 직접 써서 자신의 잡지에 실은 두 편의 기고문을 통해 알게 된 것들도 있다. 한 글에서 그녀는 조울증에 대해 썼고, 다른 글에서는 "나는 유머감각 없이 태어났다. 나는 유머를 구사할 줄 모르고, 유머를 이해하지도 못한다. 다른 사람들이 다 웃는데 나만 안 웃고 있을 때면 무대에 오르는 것보다 청중이 되는 것이 어려운 일일 수도 있겠다는 생각이 든다"라고 고백했다. 나는 그녀의 고통이 느껴졌고 그녀가 어떤 사람인지 궁금해졌다. 마지막으로 나는 프랜시스의 전 남편인 노먼 리어가 하트퍼드의 위버고등학교를 졸업했다는 사실을 알고 있다(우리 엄마가 졸업한 학교다).

악수를 하는 그녀의 손이 내 손 안에서 너무나 작아 보이고 그녀 자신도 너무나 작아 보여서 나도 모르게 "당신은 정말 작군요!"라는 말이 튀어나온다. 프랜시스가 발끈했고, 나는 나처럼 너무 빨리, 너무 한꺼번에 키가 자란 사람만이 "작다"라는 말을 칭찬으로 여긴다는 사실을 깨닫는다. 나는 분위기가 싸늘해진 것을 느끼면서 다시 점수를 따야 하는 그 짧은 찰나에도 나를 꾸짖는다. "그런 의미가 아니라." 나는 말한다. "잡지계에서 당신의 존재감이 워낙 크잖아요. 당연히 키가 2미터는 훌쩍 넘을 거라고 생각했어요." 프랜시스의 표정이 풀리면서 미소로 바뀐다. 책상 앞으로 나오더니 한 번 앉으면 영영 떠나기 싫을 것이 분명한 소파 중 하나로 나를 이끈다. 나를 가까이 앉히더니 내 눈을 지그시 바라보면서 말한다. "당신은 왜『리어스』에서 일하고 싶은가요?"

나는 준비가 되어 있었다. "『리어스』가 처음 생길 때부터 함께했던 것 같아요. 『리어스』가 노력하고 성장하는 것을 지켜봤거든요. 이 잡지가 무엇을 필요로 하는지 압니다."

"뭐가 필요하죠?" 프랜시스가 묻는다.

"유머예요." 내가 답한다. "당신들은 조금 힘을 뺄 필요가 있어요. 잔뜩 화가 난 느낌이랄까요. 화가 너무 많아요." 나는 그녀가 미개척 시장을 잘 짚어냈다고 말한다. 미국 여성들이 자신들을 위한 잡지, 자신들의 문제를 다뤄줄 잡지를 기다리고 있었다고, 다만 이제는 조금 균형을 잡을 때라고 말한다. "질문 하나 해도 될까요?" 내가 묻는다. "그럼요." 프랜시스가 내 질문을 기다린다. "데이비드 딘킨스David Dinkins에 대해서는 어떻게 생각하세요?" 이날은 딘킨스가 뉴욕 시장으로 선출된 다음 날이었다. "그러게요." 프랜시스가 말한다. "저는 늘 정치에 관심이 많았거든요. 젊을 때는 시민운

171

동에도 적극적이어서 5번가에서 시위행진을 벌이기도 했답니다. 모든 시위에 참여했어요. 그러나 이 잡지를 맡은 후로는 시간이 없네요. 요즘은 정치가 어떻게 돌아가는지 전혀 몰라요."

"당연한 거예요." 나는 말한다. "이 잡지가 당신의 아기인 셈이잖아요. 아기를 돌보고 키워야죠."

프랜시스는 놀란 눈으로 날 보면서 말한다. "당신은 도대체 누구죠?" 나는 그녀를 보면서 행간을 채울 기회가 왔다고 생각한다. 내 이력서에 의미를 덧붙일 기회. 그러나 프랜시스가 내가 누구인지 정말로 알고 싶은 건지는 잘 모르겠다.

우리는 이런저런 것들에 대해 이야기한다. 잡지 일과 관련된 이야기는 거의 없다. 프랜시스가 말을 하다 멈추고 손을 뻗어 내 이마 위로 흘러내린 머리카락을 부드럽게 뒤로 넘긴다. "예쁜 눈이 가려지잖아요." 나는 프랜시스의 손길이 닿았다는 게 마음에 든다. 손을 내미는 걸 두려워하지 않는 사람을 위해서라면 기꺼이 일할 수 있다.

"캡션, 타이틀, 데크 뽑을 줄 알죠?" 프랜시스가 가볍게 툭 던진다. 캡션과 타이틀이 무엇인지는 알지만 내게 데크란 주택에 설치하는 그 데크를 의미한다. 평소에 나는 뭔가를 모르면 모른다고 솔직하게 말하는 편이다. 그러나 내 머릿속에서 작은 속삭임이 들린다. "**지금 여기서는 정직이 미덕이 아니야.**" 그래서 나는 침을 꿀꺽 삼키고 고개를 끄덕인다. 죄책감으로 인해 내 인중에 땀이 고이기 시작한다. 『리어스』에 대해 조금 더 이야기를 나눈 뒤 프랜시스가 말한다.

172

"그래서 당신이 나를 위해 뭘 할 수 있다고 생각해요?" 나는 내가 가장 잘하는 것과 이 잡지에 가장 필요한 것이 무엇인지 생각한다. "당신을 웃게 만들 수 있어요." 프랜시스는 곧장 말한다. "당신을 곁에 두고 싶어요. 당신과 함께 브레인스토밍을 하고 싶어요. 당신과 일하고 싶어요. 가서 연봉 협상을 하세요." 눈 깜짝할 사이에 나는 편집장의 사무실로 돌아와 내 상상을 뛰어넘는 액수를 제안받는다. 편집장은 강조한다. "금방 70이 될 거예요." 70번가를 말하는 걸까? 나이인가? 70, 그리고 0 세 개가 붙는다? 달러로? 나는 갑자기 어른이 되어야 한다.

"직함도 있나요?" 나는 묻는다. "엄마가 친구들에게 자랑하고 싶어 하실 것 같아서요."

"프랜시스는 당신을 위해 아예 직함을 새로 만들었어요." 그녀가 격앙된 목소리로 말한다. **출판 사업 총괄 사장**이 머리에 떠오른다. **전 세계 여성 문제 CEO? 리어 여왕?**

그녀는 이어서 말한다. "월요일 아침 미팅에는 새로운 아이디어 열 개를 가져와요. 그리고 우리가 원고 청탁을 하면 좋을 유명 작가 열 명의 목록도 가져오세요. 당신에게 할당된 예산으로 그 작가들에게 점심을 대접하게 될 거예요." 내가 죽어서 천국에 온 건 아닐까? 마거릿 애트우드Margaret Atwood와 마야 안젤루Maya Angelou와 점심을 먹는다고? 마이클 도리스Michael Dorris와 루이스 어드리크Louise Edrich와 마주 앉는다고? "소금 좀 주시겠어요, 마이클. 그래서 말인데요, 루이스…."

173

편집장은 내가 만나야 할 사람이 한 명 더 있다면서 곧장 편집주간, 즉 발행인란의 두 번째 줄에 나오는 마이라 애플턴의 사무실로 나를 데려간다.

나는 날아다니고 있다. 애플턴은 머리에서 김을 내뿜고 있다. 멋진 레이온 체크셔츠와 정장바지를 입은 애플턴은 내 또래다. 프로다. "그래서, 프랜시스와 무슨 얘기를 했죠?" 다짜고짜 묻는다. 프랜시스와의 인터뷰가 전통적인 의미에서의 면접 인터뷰가 아니었다는 것을 나도 안다. 그래서 나는 조금 더듬거린다. "음…. 정치, 자료조사, 유머에 대해 얘기했어요."

"데크, 타이틀, 캡션 뽑을 수 있어요?" 애플턴이 날카롭게 묻는다. 또다시 나왔다.

"제가 강점이 있는 분야는 아니에요." 나는 크게 침을 꿀꺽 삼킨다.

"우리는 그걸 할 수 있는 사람이 필요해요." 애플턴이 딱 잘라 말한다.

"배울게요." 내가 밝은 목소리로 말한다.

"그건 배울 수 있는 게 아니에요. 할 수 있거나 없거나, 둘 중 하나라고요." 애플턴이 질렸다는 듯 말한다.

내가 일자리를 따낸 게 아닐지도 모른다는 생각이 들기 시작한다. 프랜시스의 사무실에서의 장면은 다 내 머릿속에서 만들어낸 허구인지도 모른다. 이게 그 압박 면접이라는 것일 수도 있다. 내가 적대적인 상황에 잘 대처하는지 시험하고 있는 걸까. 그러다 한순간에 이해가 된다. 이 여자의 권한이 침범당했다. 고용은 애플턴의 업무였던 것이다. 자리에 앉으면서 이런 불편한 진실을 깨달은 나는 프랜시스가 애플턴의 권한을 무시하고 충동적으로 일을 처리한 것이 이번이 처음은 아니라는 생각이 들었다. 애플턴은 계속해서 공격하고 나는 계속해서 움츠렸다.

"아이가 있다고 들었는데요." 애플턴이 퉁명스럽게 말한다. "당장 여기로 이사할 수 있나요? 애들은 어떻게 하고요?"

나는 주저하지 않고 받아친다. "집을 팔 거예요." 마침내 애플턴이 미소를 보인다. 애플턴은 왜 자신들이 나를 정규직으로 고용해야 하는지 묻는다. 프리랜서 작가인 내게 앞으로도 그때그때 원고를 받아서 실으면 되는데 말이다. 나는 그녀에게 내가 방금 전까지도 마트에서 『리어스』의 독자들과 함께 계산대 앞에 줄을 서고 있었다고 말한다. 나는 독자들이 무엇을 원하는지 안다. 그 독자들은 자신들이 입지도 못할 옷을 셰릴 티그스 같은 여배우가 입고 포즈를 취하는 것을 보고 싶어 하지 않는다. 콘브레드의 재료를 직접 준비해서 굽고 싶어 하지 않는다. 더 이상 훈계는 듣고 싶어 하지 않는다. 그들은 아름다운 사람들이 아니라 진짜 사람들의 이야기를 읽고 싶어 한다. 그들은 주요 이슈에 대해 알고 싶어 하지만, 또한 웃을 수 있는 이야기도 읽고 싶어 한다.

애플턴이 내 말에 귀를 기울인다. "그래서 당신이 우리에게 뭘 해줄 수 있다고 생각하나요?" 마침내 조금 누그러진 애플턴이 묻는다.

나는 오전에 있었던 마법 같은 순간이 내가 머릿속에서 만들어낸 허구가 아니라는 것을 안다. 그래서 도박을 한다. "이런 말을 하면 뉴에이지 철학이 떠오르시겠지만, 저는 제가 『리어스』에 화합을 가져올 수 있을 거라고 생각해요." 『리어스』는 직원 물갈이가 자주 이루어지는 것으로 유명하다. 나는 내가 그걸 바꿀 수 있다고 진심으로 믿는다.

애플턴은 웃음을 터뜨리더니 내게 새로 기획한 칼럼, 「200단어」(아주 짧은 인물 소개)와 「리어스의 여성상」(미국 전역의 여성들을 대상으로 한 긴 인터뷰 기사)을 맡기겠다고 말한다. "어때요?" 애플턴이 묻는다. "「리어스의 여성상」을 쓰는 건 정말 재미있을 것 같아요." 그러나 "「200단어」는 정말 짧네요. 진짜 핵심만 뽑아야 한다는 거잖아요. 하지만 도전해봐야죠." 애플턴은 손을 내밀어 나와 악수하면서 『리어스』에 합류한 것을 환영한다고 말한다. 다음 주에 있을 오전 9시 미팅 시간에 보자고 덧붙인다.

나는 흠잡을 데 없이 단정하게 차려입은 안내 직원 앞을 지나가면서 이렇게 말한다. "제가 엘리베이터를 타고 내려가는데 기계가 고장났을 때의 소음과 새해맞이 행사장에서 날 법한 소리를 뒤섞은 것 같은 소리가 들리면 그건 제가 너무 기쁜 나머지 팔짝팔짝 뛰면서 비명을 지르고 있는 거예요."

뉴욕으로의 이주를 준비할 기간은 고작 한 주 하고도 사흘밖에 주어지지 않았다. 이 충동적인 선택의 부정적인 측면, 예컨대 오로지 명성과 돈을 좇아 지금까지 내가 일군 모든 걸 두고 떠나야 한다는 사실에 집중하면 나는 이 결심을 실행에 옮기지 못할 것이다. 이것이 내가 진짜 어른이 될 기회, 큰 도시로 나가서 큰돈을 벌고, 진짜 권력을 얻을 기회 (그리고 실제로 권력을 손에 넣으면 그 권력을 남용하지 않겠다고 속으로 맹세한다)라는 사실에만 집중하면 짐을 쌀 수 있을 것이다.

나는 친구에게 우리 집에 들어와 살면서 고양이와 개를 돌보고 화분에 물을 주고 우편물을 보관하고 몰딩을 관리해달라고 부탁한다. 집도 버림받으면 그런 티를 내기 때문이다. 댄은 트래거네 집에서 지낼 것이다. 조시는 이미 대학교로 떠났다. 조엘은 임시로 필라델피아에서 일하고 있다. 그런 다음 나는 도서관에 가서 『리어스』의 과월호를 찾아 공부하기 시작한다. 아이디어와 작가 목록을 만들고, 또다시 아이디어와 작가 목록을 만든다. 그런 다음 언니네 집으로 가서 대기업 출근용 옷을 모조리 빌려 온다. 그런 다음에는 짐을 싸고 빅애플로 떠난다. 뉴욕에 사는 친구가 내가 집을 찾을 때까지 몇 달 동안 방 하나를 내주기로 한다. 첫 출근 전날 저녁 남편과 나는 콜럼버스애비뉴에서 토마토소스가 들어가지 않은 블론드피자를 먹는다. 우리는 걸어서 친구의 아파트로 돌아간다. 남편은 내 리넨 정장을 다시 한번 다려준다. 나는 그날 밤 잠을 청하려고 애쓴다.

## 첫째 날

오전 9시 미팅에서 내가 작성한 목록을 발표하는 것 외에도 나는 『리어스』가 근교에 사는 삼십대 여성들을 대상독자로 삼아야 한다고 제안하기로 한다. 그들도 어제 태어나지 않은 여성이고, 현재 근교의 삼십대 여성을 대상으로 발행되는 잡지도 없다. 그러나 오전 미팅이 없다. 오전 11시쯤 한 남자 사무직원이 커다란 검은 가죽 표지의 책자를 들고 오더니 의자 부분을 펼친 다음 내 사무실에 넣을 가구를 고르라고 말한다. 정오 무렵 기획편집자가 찾아와 자기소개를 하고 내가 쓰게 될 「200단어」 칼럼의 자료를 건넨다. "그냥 파일에 있는 메모를 확인하세요. 곧 인쇄에 들어갈 12월호에서 형식을 확인한 다음에 이 두 여자에 관한 칼럼 두 편을 쓰세요. 미안하지만 아직 당신 컴퓨터는 없어요. 그냥 타자기를 쓰세요." 그렇게 말하고 사무실을 나간다. 사무직원 중 한 명의 말에 따르면 「200단어」의 첫 번째 칼럼이자 유일한 칼럼을 쓴 편집자는 지난주 월요일에 해고됐다.

타자기의 여백 설정 탭이 고장나 있다. 그래서 여백 설정 탭 없이 여백을 일정하게 만들면서 타자를 치느라 거의 하루가 다 간다. 나는 점심을 먹으러 나가지 않는다. 혹시라도 미팅 일정이 조정되었는데 내가 몰라서 놓치게 될까 봐 걱정되었기 때문이다. 나는 「200단어」 칼럼 두 편을 완성한다. 그러나 기획편집자가 퇴근해서 그녀의 사무실에는 불이 꺼져 있다. 나는 언제 퇴근해야 하는지 몰라서 저녁 7시 30분까지 기다린다. 이제 두통이 찾아오지만 96번가까지 가는 내내 내 얼굴에서는 미소가 떠나지 않는다.

### 둘째 날

작가/편집자 낸시 애러니를 환영한다는 공지를 전달받는다.

그래서 내 직함이 무엇인지 알게 된다. 또 다른 공지가 내 책상에 도착한다. 1월호에서 내게 배정된 작업이 적혀 있다. 「200단어」 칼럼 네 편을 써야 한다. 1월호의 인물은 프랑스의 샹송 가수 이브 몽탕, 시민운동가인 목사 제시 잭슨, 이탈리아 자동차 회사 피아트의 회장인 조반니 아넬리, 그리고 영화배우 멜 깁슨이다.

나는 책임편집자의 사무실을 찾아간다. 이 여성잡지의 책임편집자는 남자다. 나는 그에게 이 사람들을 인터뷰해야 하는지 아니면 다른 기사를 참고하면 되는지 묻는다. "뭐, 만날 수 있으면 만나봐요." 나는 하루 종일 전화통을 붙잡고 프랑스 파리에 있는 이브 몽탕의 소속사와 통화한다. 소속사는 일본에 있는 이브 몽탕과 전화 인터뷰 약속을 잡아준다. 제시 잭슨의 측근들은 그와 만나는 건 불가능하다고 말한다. 나는 그가 이동할 때 12블록 정도만 그 차에 동승하게 해달라고 사정한다. 그렇게 그를 직접 만나면 머리가 아닌 가슴으로 칼럼을 쓸 수 있을 것 같다. 그들은 한번 알아보고 연락을 주겠다고 답한다. 멜 깁슨은 어딘가에서 영화를 찍는 중이라고 한다. 마감 기한까지는 연락이 닿지 않을 것이다. 피아트사의 홍보 담당자는 조반니가 미국 방문 예정이고 전 세계의 피아트 판매왕들을 위해 월도프 호텔 루프탑에서 성대한 파티를 연다고 말한다. 마침 그날이 이번 주 목요일이다. 홍보 담당자는 느끼한 이탈리아 억양으로 이렇게 말한다. "당신은 정말 매력적인 사람인 것 같으니 초청장을 전달하라고 얘기해두죠."

기획편집자가 클리블랜드의 시민운동가와 워싱턴D.C.의 판사인 두 여성을 다룬 내 「200단어」 원고를 들고 나를 찾아온다.

"12월호 「200단어」 칼럼 봤어요?" 그녀가 묻는다.

"네."

"그래도 다시 보세요. 이건 아니에요."

그녀가 내게 원고를 돌려준다. 나는 12월호 「200단어」 칼럼을 다시 읽는다. 형식은 잘 지킨 것 같다. 나는 두 여성에게 전화를 걸어 직접 인터뷰를 하기로 한다. 인터뷰 결과물은 만족스럽고 나는 원고를 다시 쓰기 시작한다.

탕비실에서 점심 대신 팝콘을 먹는데 갑자기 여자들이 떼로 몰려와서 나를 에워싼다. 그중 한 명이 악수를 청하면서 나를 크게 환영한다. 나머지는 침묵한다. "안녕하세요. 제 이름은 제인 왓슨이에요." 일단은 그녀를 그렇게 부르기로 하자. "당신은 낸시 애러니죠? 새로운 편집자."

나는 미소로 답하고 고개를 끄덕인 뒤 다시 팝콘을 먹는다. 그런데 다른 사람이 묻는다. "어디 출신이에요?"

"코네티컷주요."

"그게 아니라 어느 잡지에서 일하다 왔느냐고요."

"아무 잡지에서도 일하지 않았어요." 나는 순진하게 답한다.

"그렇군요." 한 명이 겨우 충격에서 벗어나 말한다. "그전에는 어떤 일을 했는데요?"

나는 여전히 이곳 분위기를 다 파악하지는 못했지만 그 침묵이 너무나 컸기 때문에 마침내 눈치챈다. "아무 잡지에서도 일하지 않았어요"는 틀린 답이었다. 정답이 하나는 아니었다. 『엘르』*Elle*라고 했으면 괜찮은 답이었을 것이다. 그곳에 모인 모든 사람이 내가 무슨 일을 했었는지 궁금해하며답을 기다리고 있다. 호기심에 찬 얼굴들을 보면서 나는 갈등한다. (당연히 아주 강한 롱아일랜드주 억양으로) "크라운쇼핑센터에서 쇼핑도 하고, 아몬드를 갈릭버터에 볶기도 하고, 카풀도 했죠"라며 《새터데이 나이트 라이브》의 한 장면을 패러디하고 싶은 마음과 내가 운 좋게 들어온 초짜, 사기꾼이라는 것을 고백하고 울음을 터뜨리고 싶은 마음이 충돌한다. 그 자리를 박차고 나오고 싶은 유혹을 느낀다. 그러나나는 농담을 한다. "당신들 정말 그럴듯한 답을 기다리고 있는 것 같은데, 뭐가 좋을까 생각해볼게요. 3시 20분에 다시여기로 모이세요." 그런 다음에 그 자리를 박차고 나온다. 일단 등 뒤로 사무실 문을 닫자 슬퍼진다. 그들이 그런 가십거리에 굶주려 있는 것도 슬프지만, 카풀이 그들에게는 전혀중요한 것이 아니라는 사실이 그보다 더 슬프다.

### 셋째 날

월도프 호텔 파티 초대장이 도착한다. 편집장 오드린이 프랜시스의 사무실로 나를 자랑스럽게 데려간다. "말씀드려요!"오드린이 환하게 웃는다. "어서, 말씀드리라니까요." 마치 내가 복권에라도 당첨된 것 같은 분위기다. 면접 이후 프랜시스를 처음 만난다. "어떻게 한 거예요?" 프랜시스가 비명을지른다. "이탈리아에서 가장 섹시하고 가장 부유한 남자의 연회에 초대받다니!"

"뭘 입고 가죠?" 내가 고민한다.

"머리는 어떻게 할 건가요?" 프랜시스가 농담을 한다. 아주 잠깐 동안 나는 다시 한번 프랜시스의 지성소 한복판에서 선택받은 자들의 온기를 느낀다.

나는 이브 몽탕의 「200단어」 칼럼을 쓴다. 두 여성에 관한 칼럼을 다시 제출한다. 제시 잭슨을 인터뷰할 수 있을 것 같지 않아서 제시 잭슨의 「200단어」 칼럼을 쓰기 시작한다. 나는 점심을 먹으러 밖으로 나간다. 왜냐하면 방금 전 프랜시스가 나를 고용한 것이 가장 똑똑한 결정이었던 것처럼 굴었고 나는 진정한 뉴요커가 된 기분이 들었기 때문이다. 잡지사 주변을 돌면서 지금까지 생산되고, 서술되고, 판매되고, 설계되고, 입력되고, 출력되고, 기록된 모든 창의적이고 의미 있는 것들이 모여 바쁘게 돌아가는 허브에 내가 속해 있다는 생각을 하니 절로 미소가 지어진다. 여기서는 카푸치노를 주문했을 때 "죄송합니다. 에스프레소 머신이 고장나서요. 인스턴트 생커커피는 어떠세요?"라는 답이 돌아오는 일은 없다.

나는 선팅된 커다란 유리문을 다시 밀고 들어오면서 혼잣말을 중얼거린다. "나는 여기서 일해요." 엘리베이터를 타고 **내 사무실로** 간다.

편집주간이 얼굴만 빼꼼히 내밀면서 묻는다. "어때요?"

"아주 순조로워요. 근데 컴퓨터가 있으면 좋겠어요. 이 타자기는 정말 오래된 모델이라서요. 사실은 고장도 났고요."

"직접 타자 칠 필요 없어요." 그녀가 말한다. 그 사실을 몰랐다는 게 바보 같다. 밤늦게까지 일할 때는 운전기사가 집에 데려다주는데, 타자기가 여백 설정이 안 되면 당연히 대신 타자를 쳐주겠지. 그것도 모르다니.

## 넷째 날

검은색 울 미니드레스와 내 유일한 하이힐 한 켤레를 가방에 넣고 출근한다. 파티에 가기 전에 사무실에서 옷을 갈아입을 계획이다. 파티는 오후 5시에 시작된다. 나는 제시 잭슨 원고를 완성해서 제출한다. 멜 깁슨 원고를 완성해서 제출한다.

오후 4시 30분쯤에 프랜시스가 쿵쿵거리며 내 사무실에 들어와 문을 쾅 닫는다. 프랜시스는 두 여성에 관해 내가 쓴 칼럼 원고를 손에 꼭 쥐고 흔들면서 고함을 친다. "12월호 「200단어」 칼럼 봤어요?" "네, 봤어요." 내가 말한다. "다시 읽으세요." 프랜시스가 지시를 내리고는 잠시 말을 멈춘다. 그리고 내 눈을 똑바로 쳐다보면서 말한다. "그리고 그 머리 좀 어떻게 해봐요." 나는 거울 앞에 서서 프랜시스를 그토록 화나게 만든 내 머리를 바라본다. 머리카락을 고데기로 쫙쫙 편 1960년대와 미용실에서 큰돈을 주고 머리카락을 쫙쫙 편 1970년대라면 그녀의 분노를 이해했을 것이다. 그러나 지금은 1980년대이고 부스스하게 잔뜩 부풀린 곱슬머리가 유행이다. 이 머리가 내 겉모습에서 유일하게 '유행'에 들어맞는 부분인데, 이것이 프랜시스의 분노를 샀다. 제시 잭슨의 원고가 문제였는지도 모른다. 그냥 **일이 안 풀리는 날**이어서 그런 것일 수도 있다.

　나는 눈물을 삼키며 옷을 갈아입는다. 4층에서 1층까지 걸어 내려가면서 이렇게 중얼거린다. "알잖아, 네가 나타나기 전까지 그 여자는 불행했어. 네가 주는 선물을 알아보지 못한다면 그 사람 손해야. 지금 떠나더라도 잃은 것도 없고 오히려 경험, 교훈을 얻었어. 남들에게 들려줄 수 있는 이야기도 생겼어. 여전히 글을 쓸 수 있고, 세계 최고의 남편이 있고, 멋진 두 아들도 있어. 사랑하는 엄마도 있고, 아름다운 언니도 있고, 따뜻한 친구들도 있어. 난방이 되는 집이 있고, 무엇보다 이 풍성한 머리가 있잖아. 아직 하트퍼드 스타일을 벗겨내지 못했을 수는 있지만." 월도프 호텔 루프탑으로 우아하게 올라가는 동안 기운을 되찾는다. 생조개류 바가 다섯 군데 있고, 뷔페 테이블 아홉 개가 캐비어와 얇은 훈제 소고기 조각들로 꽉꽉 채워져 있다. 웨이터들이 온갖 종류의 뜨거운 파이를 쟁반에 들고 돌아다닌다. 나는 더 이상 웨이트리스로 일하지 않아도 된다는 사실에 행복해한다. 나는 멜론 프로슈토[프로슈토는 돼지 뒷다리를 소금에 절여 숙성시킨 생햄이다]말이를 하나 집어 들고 주위를 둘러본다. 모든 여자는 키가 150센티미터이고, 프랑스 출신이다. 모든 남자는 키가 170센티미터이고, 이탈리아 출신이다. 나는 모든 사람을 굽어보고 있고, 내 드레스는 평상복 같다. 웨스트 하트퍼드에서는 이것이 격식을 차린 옷이었다. 여기서는 병원 진료를 받으러 갈 때에나 입을 수 있는 옷이다.

　루프탑은 발 디딜 틈이 없을 정도로 사람들로 북적이고 나

184

는 『리어스』 자료실에서 구한 사진의 복사본에 별표를 쳐둔 조반니를 찾아내려고 애쓴다. 메인홀 밖에 있는 로비에서 카메라 플래시 세례가 터지는 모습이 눈에 들어온다. 입구에서 아넬리 부부가 손님을 차례차례 맞이하고 있다. 언론매체가 조명등을 환하게 비추고 있다. 나는 문밖으로 나갔다가 다시 들어와 자연스럽게 손님들 사이에 끼어든다. 조반니를 만나자마자 나는 자기소개를 한다. 조반니와 짧은 인터뷰에 성공한다. 조반니는 친절하고, 매력적이고, 우아하다. 나는 하루의 마지막 임무를 완수한 것에 만족하며 파티장을 나선다.

이스트빌리지에서도 동쪽 끄트머리에 있는 아파트 한 곳을 보기로 했다. 골판지 상자에 사는 노숙자들이 있는 공원을 지나친다. 모퉁이마다 마약중독자들이 약에 취해 졸고 있고, 이상한 사람들이 잡다한 물품과 함께 마약을 팔고 있다. 동네가 텅 빈 것이 심상치 않다. 밤을 돌아다니기 두려운 것이다. 사람들이 갈 곳이 없다. 내가 출발한 곳과의 대비가 너무나 극명해서 당혹스럽다. 아파트가 너무 작은 것에 안도한다.

얼른 출근하고 싶다. 프랜시스는 이탈리아에서 가장 섹시하고 가장 부유하고 가장 영향력 있는 남자의 인터뷰 기사에 감탄할 것이다.

이번 주에 내가 일을 처리한 속도가 마음에 든다. 조반니 아넬리의 「200단어」 원고를 빼고는 내게 배정된 모든 원고를 완성했다. 게다가 조반니 원고는 이미 완성된 것이나 마찬가지다. 나는 상사들이 출근하기 한 시간 전에 출근한다. 오전

185

11시 30분에 프랜시스가 내 사무실을 찾아온다. 프랜시스는 나와 시선을 마주치지 않는다. "나를 따라오세요." 프랜시스가 침울하게 말한다. 나는 **이런** 그리고 **흠** 하고 생각하면서 프랜시스를 따라간다. 내 심장은 두려움에 떨고 있지 않다. 걱정되기보다는 궁금하다. 프랜시스는 문을 닫고 돌아선 뒤 사무적으로 한쪽 팔로 내 어깨를 감싼다. "안 되겠어요." **뭐가 안 된다는 걸까.** 나는 생각한다. **사무실 얘긴가? 책상? 가죽 의자?** 프랜시스가 이어서 설명한다.

"당신은 훌륭한 작가니까 당장 내일이라도 뉴욕의 어느 잡지든 골라서 취직할 수 있을 거예요." "저는 이미 일하고 있는걸요." 만약 프랜시스가 블랙유머에 일가견이 있었다면 이렇게 말할 수도 있었을 것이다. "아니요, 일하고 있지 않아요." 그러나 프랜시스는 이렇게 말한다. "정말 미안해요."

"아파트 계약을 안 한 게 다행이네요." 내가 멍하니 말한다. "그것도 결정에 도움이 됐어요." 프랜시스가 놓치지 않고 말한다. "이것도 **바셔르트**인가 보죠, 뭐. 이디시어 아세요?" 내가 묻는다. "조금요." 그녀가 말한다. "운명이란 뜻이에요. 왜 내가 뉴욕까지 와야 했는지는 모르겠지만, 뭔가 교훈이 있을 거예요." 나는 덤덤하게 말한다.

"멋진 글들을 계속 보내줘요." 프랜시스는 나를 거의 내쫓다시피 하며 말한다. 내 물건들을 가지러 가는 길에 어쩌다 책임편집자의 사무실에 들어간다. "그냥 아셔야 할 것 같아서요." 내가 말한다. "만나서 정말 반가웠어요. 저 떠나요." "뭐요?" 책임편집자가 화가 나서 고함을 지른다. "조금 전에 프랜시스가 절 해고했어요." 나는 내 삶에서 가장 최근에 해당하는 92초 동안 무슨 일이 일어난 건지 잘 이해가 안 된다. "더는 못 참아!" 그는 책상을 내리친다. "오늘만 일곱 명을 해고했어."

매디슨애비뉴를 따라 걸으면서 나는 프랜시스가 나만 해고한 게 아니라는 사실을 상기하면서 마음을 달래려고 노력하지만 소용이 없다. 나는 아직 들어가보지 못한 가게들에 무언의 작별인사를 날린다. 한 블록을 지날 때마다 이렇게 말하면서 눈물을 흘려보려고 노력한다. "이건 아주 슬픈 일이야. 울어. 이건 아주 슬픈 일이라니까. 울어." 그러나 나는 눈물을 마음껏 흘리려면 거리보다는 더 안전한 장소가 필요하다는 것을 안다. 친구 집에 도착하자마자 나는 욕조에 따뜻한 물을 받는다. 물에는 녹이 섞여 나오고, 나는 눈물보가 터진다. **수도관이 꼭 나 같아.** 나는 생각한다. **녹슬고 낡았어.** 나는 비극적인 공허함을 느끼며 욕조에 몸을 담근다.

하트퍼드 집으로 차를 몰고 가는 길은 장례 행렬 같은 분위기다. 나는 내가 전파하는 것을 스스로 실천하려고 계속 노력한다. 그러나 훈련은 재난이 터지고 나서가 아닌 재난이 발생하기 전에 해야 한다는 생각이 불현듯 머리를 스친다.

남편은 나를 위로하고, 엄마와 아들은 내가 집에 돌아온 것을 기뻐한다. 우리 개는 좋아서 어쩔 줄 몰라 하고 고양이는 내가 돌아온 것을 모른다. 그리고 나는 상처가 벌어진 채로 돌아다닌다. 집으로 돌아온 뒤 제일 처음 아는 사람을 만난 것은 뉴욕에서 돌아온 첫날 웨스트하트퍼드 중앙우체국

창구에서 줄을 서고 있을 때였다. 그녀는 손으로 포물선을 그리면서 나를 반겼다. "뉴욕은 어때?" 그녀의 목소리가 쩌렁쩌렁 울린다. 줄을 선 모든 사람이 내 답을 기다린다. 나는 말할 수 없다. 이야기를 처음부터 들려주지 않은 채로 내가 해고되었다고 어떻게 말하겠는가? 이야기의 처음은 어디인가? 나는 해고를 당한 것인가? 나는 영영 집으로 돌아온 것인가? 나는 사람들의 관심을 돌리고 그 상황을 모면하기 위해서 거짓 이야기를 지어내 웅얼거린다.

집으로 돌아온 첫날, 하트퍼드에 사는 모든 사람이 하늘색 폴리에스터로 된 인도식 재킷을 입고 있다. 사람들의 대화는 이 동네에서는 비교적 고급 레스토랑으로 분류되는 식당들이 **샐러드 바**를 도입한 사실에 대한 기쁨으로 가득하다. 나는 냉소적이다. 나는 상처 입었다. 어쨌거나 나는 추방당한 여왕이다. 내게 꽃다발과 샴페인을 보낸 사람들에게 소식을 전해야 한다.

월요일에 『리어스』의 2인자와 3인자로부터 다급한 음성 메시지를 받는다. "당신은 아무 잘못이 없어요." 두 사람 다 나를 위로한다. 그런데 수요일에 프랜시스가 아주 이상한 메시지를 보낸다. "내가 당신이라면 「200단어」를 제대로 쓸 때까지 연습할 거예요. 제대로 쓰게 되면 그 원고를 내게 보내요. 당신이 원한다면 말이죠. 당신의 귀여운 프랜시스가." 나는 메시지를 반복해서 읽으면서 무슨 의미인지 파악하려고 애쓴다.

나는 컷앤컬 미용실에 전화를 걸어 예약을 한다.

나는 삶을 조금이라도 이해해보려고 저수지로 간다.

가장 먼저 주황색과 빨간색과 황금색 나뭇잎들이 보인다. 그리고 겨울 이주를 준비하는 오리들에게 귀를 기울인다. 그러자 내가 이곳을 얼마나 사랑하는지가 생각난다. 나는 집으로 돌아가 곧 대학생이 되어 이 집을 떠날 아들을 바라본다. 그런 다음 난시 빵집으로 간다. 실라는 "때마침 잘 왔어요. 낸시가 좋아하는 라트비아 빵이 막 나왔어요"라고 말한다. 그런 다음 마티스 모빌에 간다. 머디는 "낸시, 아직 낸시가 찾는 가성비 좋은 중고 트럭은 안 들어왔어요"라고 말한다. 그런 다음 헬스 클럽에 간다. 세라는 이렇게 말한다. "오늘은 수영장을 전세 냈다고 생각해도 좋을 거예요."

그리고 나는 내가 『굿 하우스키핑』의 현명한 독자들을 얼마나 무시했는지 생각한다.

그리고 오로지 편의를 위해 에이즈 검사를 내 기억에서 완전히 지워버린 것도.

그리고 내가 창자가 시키는 대로 충동적인 결정을 할 수 있어서 정말 다행이라고 생각한다. 비록 그 결정이 늘 옳은 결정은 아니더라도 말이다.

그리고 언제는 **교양 매매 시장에 내 자리가 있었던 적이 있었나? 친구들끼리 만나는 자리라면 실용적인 폴리에스터 옷도 나쁠 것 없잖아.**

그리고 돌아올 집이 있는 나는 정말 복 받은 사람이라는 생각을 한다.

그리고 카페 모지카토의 에스프레소 머신은 늘 잘 돌아간다는 사실을 떠올린다.

조금씩, 조금씩, 치유되기 시작한다. 조금씩, 조금씩, 나는 집에 있는 것을 받아들인다. 미용실 예약은 취소한다.

1년 하고도 6개월이 지난 뒤 그때의 고통은 완전히 사라졌다. 그러나 경험은 쉽사리 사라지지 않는다. 나는 그때 뉴욕에 가서 다행이었다고 생각한다. 나는 지금 집에 있어서 다행이라고 생각한다. 그리고 이제 "모든 일은 **바셔르트**"라는 할머니의 논리는 내게 인정을 받았을 뿐 아니라 실제로 검증되었다. 나는 하느님의 설계가 궁극적으로는 그렇게까지 불완전하지 않다고 생각한다.

길잡이
___

이 과제를 하기 위해 가슴 아픈 일이나 실망스러운 일이 생길 때까지 기다릴 필요는 없다. 이미 그런 일을 겪었을 것이고, 그 일을 떠올릴 수 있을 것이다. 마치 방금 겪은 일인 것처럼 그 일에 대해 생생하게 쓸 수 있는지 한번 시도해보자.

## 31

## 타이밍과 아슬아슬한 경계

일반 사람들과는 살짝 다른 걸 시도하고 있거나 이 세상에 존재할 다른 방법을 시험하고 있는가? 위험을 감수할 의지가 있는 사람의 이야기는 흥미로워진다. 물론 그 이야기를 전달하는 방식도 중요하다.

다음은 내가 여러 번 걸려온 음란전화에 대처한 이야기를 글로 쓴 것이다. (당시에는 집전화가 실존했다. 인터넷으로 인해 이제 집전화는 과거의 유물이 되어버렸지만.)

가스레인지 앞에 서서 길쭉하게 자른 두부에 빵가루를 묻혀

튀기고 있다. 아이들에게는 닭튀김이라고 할 생각이다. 우리 엄마도 그랬었다. 비록 우리 엄마는 간을 송아지고기라고 말했지만. 우리는 우리가 먹는 것이 간이라는 것을 알았다. 우리 아이들도 두부라는 것을 알 것이다. 그래서 나는 간이 아니라 송아지고기를 싫어하게 되었다. 그러나 우리 아이들은 닭튀김을 싫어하게 되지는 않을 것이다. 그저 음식에 관한 이상한 경험을 간직하게 될 것이다. 그것이 할머니에게서 어머니에게로 이어진 유산이다. 원재료가 맛이 없다면 아무리 이상한 이름을 붙여도 그 요리는 여전히 맛이 없다.

전화가 울린다. 내가 여보세요라고 말한다. 그가 여보세요라고 말한다. 그의 말이 잘 들리지 않아서 나는 다시 한번 말한다. 여보세요. 그가 …하고 싶어요라고 말한다. 생략된 부분은 두운법을 맞춘 시적인 표현이었지만 음란한 내용 같았다. 이러나저러나 뭐라고 말하는지 잘 들리지 않았으므로 나는 그에게 말한다. 잠시만요, 다른 방 전화기로 바꿀게요. 다른 방에서 수화기를 든 나는 죄송해요라고 말한다. 한창 튀김 요리를 하는 중인 데다가 아이들이 소리를 지르고 개도 짖어대서 뭐라고 하는지 안 들렸어요. 그러니 다시 말씀해주세요.

그는 음란한 문장을 다시 반복한다. 그냥 전화를 끊어도 되는데 왜 계속 듣고 있는지는 나도 모르겠다. 아마도 음란 전화를 많이 받아보지 않아서일 수도. 아니면 이미 이 전화 통화에 너무 많은 시간과 노력을 투자했기 때문에 그냥 끊기가 아까운 건지도 모른다. 내가 아는 건 내가 이렇게 말했다는 것이다(게다가 어디서 그런 말이 나왔는지도 모르겠다). 여자들이 이런 전화를 받으면 어떤 기분인지 알기는 하세요? 그런 거 신경이나 쓰세요? 상대방은 한참을 침묵한다. **어이, 전화를 건 사람은 나야.** 그가 생각하는 소리가 들리는 듯하다. **질문은 내가 하는 거라고.** 나는 말을 이어나간다. 여자들은 겁에 질려요. 몸을 바들바들 떨게 돼요. 내가 아는 사람인지, 아니면 그냥 재수가 없어서 걸린 건지 모르니까요. 이제 나도 몸이 바들바들 떨리기 시작한다. 내가 아는 사람인지 아니면 그냥 재수가 없어서 걸린 건지 걱정한다. 나는 목소리를 낮게 깔아 권위 있는 척하면서 계속 밀고 나간다. 집 정원에 숨어 있는 건 아닌지 걱정한다고요. 몇 주나 집 밖으로 나가기가 무섭고 전화를 받기도 무섭죠. 부부관계에도 영향을 미치고 아이들, 직장, 수면에도 영향이 가고요. 나는 잠시 멈춘다. 상대가 아직 듣고 있는지 귀를 기울인다. 여전히 침묵하고 있다.

마침내 그가 말한다. 그게 정말이에요? 지금 한 말이 모두 사실인가요? 그러니까, 저는 이런 전화가 그렇게까지 문제가 되는 줄 몰랐어요. 당연히 문제가 되죠. 나는 말한다. 죄송해요. 그가 말한다. 죄송한 줄 아니 다행이네요. 내가 말한다. 저는 여자들이 그런 걸 좋아하는 줄 알았어요. 그가 말한다. 전혀요. 내가 말한다. 누군가에게 겁줄 생각은 없었어요. 그가 말한다. 물론 그렇겠죠. 내가 말한다. 저는 누군가를 해치는 나쁜 사람이 아니에요. 그가 말한다. 물론 아닐 거라고 생각해요. 내가 말한다. 이게 그렇게 나쁜 짓인지 몰랐어요. 그가 말한다. 네, 나쁜 짓이에요. 내가 말한다. 그런 것 같네요. 그가 말한다. 제 말을 들어줘서 고마워요. 내가 말한다. 이제부터는 이런 전화 하지 마세요. 내 아들에게 말하듯 말한다. 죄송합니다. 저는 당신이 누군지 몰라요. 그냥 전화번호부에서 아무 번호나 고른 거예요. 그가 말한다. 고마워요. 그 사실을 알려줘서 고마워요. 상냥하시네요. 이제 끊어야겠어요. 그가 그래요라고 말한다. 들어가세요.

우리는 전화를 끊는다. 나는 승리감에 취해 부엌으로 돌아간다. 나는 목청 높여 노래한다. "중매쟁이, 중매쟁이, 중매를 해주오." 왜 그렇게 기분이 좋으세요? 아이들이 묻는다. 방금 전에 음란전화를 건 사람의 양심을 되찾아주는 동시에 피해자가 되지 않는 데에도 성공했거든. 잘됐네요, 엄마. 아이들이 내 기분을 맞춰준다. 저녁으로 다 함께 닭튀김을 먹으면서 나는 그 전화 통화에 대해 자세히 이야기한다. 이 닭튀김은 식감이 이상해요. 아이들이 불평한다. 음식이 아주 많이 남는다.

다음 날 저녁식사 중에 전화가 온다. 아이들 중 한 명이 전화를 받는다. 엄마, 엄마 전화예요. 나는 식탁에서 일어난다. 내가 여보세요라고 말한다. 그가 안녕하세요라고 말한다. 아이쿠, 당신이군요. 네, 잘 지내시죠? 그게 지금 저녁식사 중이에요. 아, 다음에 전화할게요. 그가 말한다. 네, 그러세요. 내가 말한다. 안녕히 계세요. 그가 말한다. 네. 내가 말한다. 나는 부엌으로 돌아온다. 어제의 승리감에서 확

깨어난다. 나는 가족들에게 누가 전화했는지 말한다. 진짜 미친 사람 아니에요? 열한 살짜리가 말한다. 나는 그를 변호한다. 그렇지는 않을 거야. 아마도 외로운 거겠지.

다음 날 밤에도, 그다음 날 밤에도, 그리고 그 후 몇 달간 그는 간간이 전화를 한다. 아이들이 큰 소리로 나를 부른다. 엄마, 그 음란전화 아저씨예요. 우리는 그가 새로 취직한 굿리치 타이어 가게에서 하는 일이나 그가 자신의 삼촌이 운영하는 버몬트주의 닭농장으로 놀러 간 일이나 그가 고등학교 검정고시를 준비하는 일에 대해 이야기한다. 나는 마지막 일에 대해서는 응원을 보낸다.

좋은 징조일 수 있다. 나쁜 징조일 수도. 내가 아는 건, 간이 송아지고기가 될 수 있고, 두부가 닭고기가 될 수 있고, 음란전화가 사교전화가 될 수 있다는 사실이다.

길잡이
_____

음란문자를 받았다고 가정하고 답 문자를 써보자. 재밌게 쓸 수도 있을 것이고, 화를 낼 수도 있을 것이고, 아니면…?

195

## 32

## 한 문장

이 장은 내 첫사랑이 여자였다는 사실을 밝히기 위해 쓴 것이 아니다. 그게 사실이기는 하지만. 이 장은 우리가 입 밖으로 내뱉은 한 문장, 두세 단어가 인생, 분위기, 상황 전체를 바꿀 수 있다는 사실을 보여주기 위해 썼다.

1960년대에 나와 언니는 한 남자를 만났다. 그는 현실 치료Reality Therapy라는 것을 처음 시작한 사람이었다. 그는 우리가 말을 하기 전에 스스로에게 질문을 해야 한다고 주장했다. **그 말은 사실인가? 꼭 필요한 말인가? 상냥한 말인가?** 우리는 이 아이디어와 사랑에 빠졌고, 아마도 그 남자와도 사랑에 빠졌던 것 같다.

　오랜 시간이 지난 뒤에 댄이 포크를 쥐거나 혼자 인슐린 주사를 놓을 수 없게 되었을 때, 그리고 계단을 몇 개만 내려가도 욕설을 퍼부으면서 넘어지기 시작했을 때, 나는 스스로에게 그런 질문을 하지 않았다. 댄의 옆에서 나는 내가 할 수 있는 최악의 말들을 했다. 나는 말했다. "네가 어떤 기분인지 알아." 그 말은 사실이 아니었고, 꼭 필요한 말이 아니었고, 아들의 반응으로 볼 때 상냥한 말도 아니었다. 댄은 스물두 살에 다발성경화증 진단을 받았는데, 나는 '네가 어떤 기분인지 알아' 같은 말이나 하고 있었다. 당연히 나는 댄이 어떤 기분인지 몰랐다. 내 무너져내린 가슴에서 나온 그 말의 진짜 의미는 "네가 얼마나 힘든지 알아"였다. 그런데 그 말조차 정확한 것이 아니었다. 나는 아들이 어떤 일을 겪고 있는지 전혀 몰랐다. 내가 아는 건 고작 **내가** 얼마나 힘든가 하는 것이었다. 시간이 조금 흐르고 심리 상담을 몇 번 받고 나서야 나는 그 당시에 내가 할 수 있었던 최선의 말, 유일한 말이 무엇이었는지 알게 되었다. "네가 어떤 일을 겪고 있는지 나는 상상조차 할 수 없구나."

　내 친구 게리는 댄이 진단을 받은 뒤 이삼 년 동안은 그냥 지켜보기만 했다. 그는 우리의 관계를 아주 가까이에서 아주 사적인 면까지 속속들이 다 봤다. 그는 귀를 기울이고 유심히 관찰했다. 그러나 단 한마디도 하지 않았다. 그러다 어느 날 모든 것을 바꿀 말을 했다. 그는 말했다. 그리고 그 말은 나를 거의 죽일 뻔했다. "네 고통이 너무 커서 댄이 자신의

197

고통을 느낄 여지가 없잖아."

그의 말이 모든 것을 바꿨다는 말은 내가 아들 앞에서 괴로워하는 대신 처음으로 아들의 말에 귀를 기울이고, 아들이 스스로 경험하도록 놓아주는 아주 큰 걸음을 내디뎠다는 의미다.

위로의 단어들, 삶의 방향을 바꿔주는 단어들, 사려 깊게 선별된 단어들. 그런 것들이 현실 치료에서 강조하는 것들이다.

한번은 나도 모르게 그것을 정확하고 올바르게 실천했다. 얼마나 정확하게 실천했는지는 그로부터 몇 년이 지난 뒤에 알게 되었다. 한 젊은 여성이 금색 벨벳 목도리를 들고 내게 다가와 이렇게 말했다. "절 기억 못 하시겠지만, 10년 전 비니어드헤이븐 메인스트리트에서 저를 멈춰 세우셨어요. 전 막 사직서를 내고 은행 계좌를 닫고 유언장을 쓴 참이었지요. 당신은 이렇게 말했어요. '세상에! 당신 덕분에 이 길 전체가 환해졌어요. 그 아름다운 목도리 때문일 수도 있지만, 제 생각에는 당신의 기운 덕분인 것 같아요.' 당신이 제 목숨을 구했다는 사실을 알려드리고 싶었어요. 그리고 이 목도리를 드리고 싶어요. 지금까지 소중하게 간직하고 있었답니다."

당시 나는 내 말이 그렇게 큰 영향을 미치리라고는 상상도 못 했다. 그런데 어떻게 그런 말이 내 혀를 타고 술술 흘러나왔는지 아직도 믿기지 않는다. 그러나 나는 많은 사람이(때로는 나도 그런 사람이 된다) 상냥한 **생각을 하면서도** 굳이 그런 생각을 입 밖으로 내지 않는 것을 목격하곤 한다.

198

한번은 탈의실에 있을 때, 그리고 아마도 볼품없는 맨몸을 드러내고 있을 때 두 여자의 대화가 들렸다. 한 명이 말했다. "어젯밤 메리앤의 버섯크림수프 정말 굉장하지 않았어? 천상의 맛이었어." 다른 한 명이 말했다. "내가 먹어본 것 중에 최고였어." 물론 그 대화를 엿듣게 된 게 내 잘못만은 아니다. 그들의 사물함이 바로 내 사물함과 붙어 있었기 때문이다. 그러나 툭 까놓고 말하자면(알몸 상태였음을 고려한 말장난은 아니다) 내가 몰래 엿들은 것은 사실이다. 처음 보는 여자들이었지만 아마도 나는 우리 세 사람이 가까워졌다고 느낀 것 같다. 어쨌거나 이 세상에 태어날 때와 똑같이 맨몸으로, 그것도 물을 뚝뚝 흘리면서 함께 있는 것만큼 가깝게 한 공간 안에 존재할 수 있는 경우는 드물지 않은가? 나는 틈을 주지 않고 대화에 끼어들었다. "메리앤한테 말했어요?" 두 사람은 **이 미친×은 누구야?**라는 표정으로 서로를 바라봤다. 마침내 한 명이 말했다. "메리앤도 자기가 요리를 잘한다는 걸 알아요." 나는 그 자리에서 절제와 과장의 차이에 관한 잔소리를 퍼붓고 싶어졌다.

대학교에서 내 룸메이트와 있었던 일도 궁금한가? 1963년이었다. 내 멘토나 다름없는 언니에게 장거리 전화를 걸었다. 약 1년 동안 말 한마디 섞지 않았던 언니다. 나는 절박한 마음에 언니에게 꼭 해야 할 말이 있다고 낮은 소리로 말했다. 전화로는 할 수 없는 말이라고 했다. 사흘 뒤에 언니가 나타났다. 인사 대신 포옹을 나눈 뒤 언니가 말했다. "그래서? 말해봐!" 나는 말했다. "여기서는 말 못 해. 어디든 가자." 그래서 우리는 차를 타고 동네를 돌기 시작했다. "얼른 말해봐." 언니가 단호하게 말했다. 이제는 다소 짜증이 난 듯했다. 나는 말했다(침을 꿀꺽 삼켰다). "나 레즈비언이야." 언니가 말했다. "아, 다행이다. 임신한 줄 알고 걱정했잖아." 그 것만으로는 내가 스스로 21층까지 지어 올린 다음 어깨에 둘러맨 죄책감을 무너뜨리기에 충분하지 않다고 생각했는지 언니는 이렇게 말했다. "남자랑은 해봤니?" 내가 아니라고 하자 이렇게 조언했다. "그럼 왜 그렇게 서둘러 단정짓는 거야? 남자랑 하는 건 어떤지 경험해보지 그래?"

몇 마디 안 되는 말로 언니는 내 창피함을 걷어내고 새로운 가능성의 문을 열었다. 그리고 내게 상기시켰다. 사실이 아니고 꼭 필요하지 않으며 상냥하지도 않은 말이라면 입을 다무는 게 상책이라고. 만약 세 가지 모두에 해당하는 말이라면 입을 활짝 열자.

길잡이
———

당신이 해야겠다고 생각한 말, 당신이 실제로 한 말, 당신이 하지 않았지만 했으면 좋았을 말에 관한 글을 쓰라.

## 33

## 이야기가 숙성될 시간을 주자

원고에서 잠시 떨어져라. 잠시 숙성될 시간을 줘야 한다. 공기와 접촉해야 한다. 공간이 필요하다. 뿌리를 내릴 시간이 필요하다. 그 뿌리가 땅속 깊이 박히도록 놓아주자. 미량의 미네랄을 찾도록 내버려두자. 당신은 지금 당신 책의 목을 조르고 있다. 당신 책은 성과를 내야 한다는 압박감에 시달리고 있다. 이것은 파트너십이다. 당신만의 문제가 아니다. 섹스와 마찬가지다. 두 존재가 관여하고, 그 둘 모두 보듬어주는 손길과 시간을 필요로 한다. 붓을 마구 휘두르지 마라. 팀을 이뤄 협력할 때 얼마나 더 좋은 작품이 탄생하는지 당신도 알지 않는가.

당신의 글을 다시 읽어볼 시기를 정하라. 그때가
올 때까지 참고 기다리라.

## 남의 말을 엿듣는 사람이 되자

당신의 글 중에서 특히 뛰어난 글은 당신이 들은 이야기에서 나올 가능성이 높다. 사람들이 많이 모이는 장소에 혼자 가는 것이 중요한 이유다. 살짝 몸을 기대고 메모를 하자. 사람들은 정말 희한한 말들을 한다. 가끔은 남의 말을 들으면서 나중에 글을 쓸 때 유용할 뭔가를 얻기도 한다. 나도 내가 들은 대화를 거의 그대로 인용해 글을 썼고, 지금도 그 글을 아낀다. 혼자서 고급 스파에 갔다. 아주 기분 좋게 얼굴 마사지를 받은 덕분에 내 나이인 59세가 아니라 58세처럼 보이게 된 나는 수영장으로 나가 야외 의자에 누웠다. 햇빛에 몸을 흠뻑 적시고 마사지사가 지워낸 주름 몇 가닥을 되돌릴 준비가 되어 있었다. 피부를 구릿빛으로 예쁘게 태워준다는 태닝 오일을 바르면서 스파의 서비스에 만족감을 표시하는 고객들의 목소리를 듣고 있었다. (스파 서비스를 받은 사람들은 뭐라고 부르면 좋을까? 스파데트?) 아무튼, 저 모퉁이에서 나온 젊은 여자 네 명이 내 근처에 자리를 잡는 바람에 그들의 대화를 엿듣게 되었다. 첫 번째 여자가 말했다. "점심 먹고 시내로 나가서 쇼핑하자."

그 말을 들은 나는 생각했다. **아, 이 젊은 부자 아가씨들은 이런 서비스만으로는 만족하지 못하는구나? 쇼핑까지 해야 해?**

두 번째 여자가 말했다. "아이들은 어쩌고? 곧 캠프를 끝내고 올 텐데."

나는 생각했다. **세상에나, 아이들을 사랑하지도 않네!**

그러자 세 번째 여자가 말했다. "남편들도 그즈음에는 골프 라운딩이 끝날 거야. 남자들에게 맡기면 되지."

나는 생각했다. **세상 말세군. 남편도 필요 없나 봐!**

네 번째 여자가 말했다. "시내에 새 식당이 문을 열었대. 거기 가보자. 음료수만 한 잔씩 먹더라도."

나는 생각했다. **어련하시겠어. 5성급 호텔의 스파에서 제공하는 음식은 성에 차지 않는다는 거군. 요즘 것들은 머리에 바람만 잔뜩 들었다니까, 굳이 시내까지 나가서 한창 인기몰이 중인 장소에 가보시겠다?**

첫 번째 여자가 전화기를 휙 꺼내서는 말한다. "레스토랑

이름이 레스토랑이래. 정말 멋진데! 메뉴를 불러줄게. 레드와인 소스를 바른 돼지등갈비와 파스닙 퓨레. 이름만 들어도 혀가 살살 녹는 것 같지 않니? 오, 이런 것도 있다! 화이트초콜릿 치즈케이크. 나 화이트초콜릿 정말 좋아하잖아!"

나는 생각한다. 정말 밉살맞은 여자들이야. 이런 것들을 누리기에는 너무 젊어. 헤지펀드가 번창하니 이런 일이 벌어지지. 이들이 감탄하는 일이 있을까? 서른도 되기 전에 안 본 게 없고, 안 해본 게 없을 텐데. 정말 비극이군. 서른한 살에는 세상사가 다 지루하게 느껴지겠어.

그러자 두 번째 여자가 말한다. "저녁식사는 우리 여자들끼리만 할까?"

나는 생각한다. 내 귀를 믿을 수가 없군. 정말 미워, 미워, 미워. 게다가 아이들도 불쌍하고. 남편들도 불쌍해.

그런데 두 번째 여자가 말한다. "잠깐, 잊고 있었어! 3시에 영상회의가 있어."

이 모든 대화의 포문을 열었던 첫 번째 여자가 말한다. "내가 미쳤나봐. 화요일에 보고서 내야 하는데. 난 방으로 돌아가야겠다."

세 번째 여자가 말한다. "내가 아이들을 봐줄게. 너희들은 일에 집중해."

네 번째 여자가 말한다. "그래, 오늘 시어머니 생신인데 외로우실 거야. 영상통화라도 해야겠다. 위로해드려야지. 시내에는 다음에 가자."

그리고 그 순간 나는 문득 생각한다. **일도 하는구나. 어**

떻게 다 해내는 거지? 애들, 남편, 직장, 보고서까지, 얼마나 스트레스가 클까! 스파에서 잠시 휴식을 취할 만하지. 게다가 정말 좋은 친구들이야. 봐, 한 명이 애들을 봐주겠다고 하잖아! 그리고 시어머니에게 전화를 걸기도 하고. 다정하고 사려 깊네.

정말 사랑스러운 여자들이야. 내 조카딸 같아. 스트레스로 가득한 일상을 잠시 내려놓고 여기 와서 잠시 숨을 돌릴 수 있었다니 다행이야.

그리고 나는 생각했다. **낸시, 넌 정말 못난 인간이야.**

자신의 결점을 솔직하게 쓰면 처음에는 부끄럽지만, 그 다음에는 스스로를 점검했다는 사실에 안도하고 감사하게 된다.

길잡이
___

남의 대화를 엿들으라. 그리고 그때 들은 내용으로 글을 시작하라.

## 35

대화문 활용하기

우리는 인물의 목소리를 직접 들어야 한다. 실제 목소리를 들어야 그 인물이 더 생생하게 느껴진다.

댄이 침대에서 나오지 못하게 되고, 내가 새로운 힐러나 과거의 기적이나 미래의 구기자 열매 찾기를 (거의) 그만두었을 때 아들과 나는 아주 놀라운 대화를 나눴다.

어느 날 최근 방에 들인 환자용 침대에 누운 아들 옆에 내가 누웠을 때 아들이 말했다. "엄마, 제가 웨이스트헤이븐에 살 때 봤던 개인 광고에 대해 이야기해드렸나요?" 댄은 웨스트헤이븐을 웨이스트헤이븐이라고 불렀다. 내가 아니 하고 답하자 댄은 그 이야기를 들려주었다. "광고에 이렇게 썼더라고요. '키는 180센티미터예요.'" 이렇게 말하고 아들은 나를 돌아보며 씩 웃었다. 저 웃음에 여자들이 홀려서 댄에게 뭐든 해주려고 안달이지. 댄은 계속 말했다. "엄마도 알다시피 제가 키 큰 여자를 좋아하잖아요. 이런 문구도 있었어요. '저는 긴 금발의 미인이에요. 게다가 당신이 떠날 무렵에는 아주 행복하게 웃을 수 있도록 뭐든 해드려요.'"

나는 말했다. "저런, 댄, 너 설마…."

"네, 네, 저런, 설마, 맞아요."

나는 생각했다. 그런 광고를 보고 찾아가는 사람이 정말 있단 말이야?

댄이 말했다. "광고에 나온 주소는 동네 이름만으로도 피하는 것이 좋을 곳이었고, 특히나 그중에서도 평판이 안 좋은 구역에 있었어요. 나는 그곳에 도착해 계단을 올라가 문을 두드렸어요. 문을 연 사람은 실제로도 미인이었어요." 댄이 잠시 말을 멈춘다. 나는 아들을 바라보며 생각한다. **어떻게 이 아이의 이전 삶이 끊겨버렸더라? 그나저나 정말 잘생겼네. 이 아이는 결코 결혼할 일이 없을 것이고, 아이도 없을 것이고, 젊은 나이에 죽을 것이고, 그리고….**

댄이 말한다. "엄마, 제 얘기 계속 들을 수 있겠어요?"

나는 말한다. "아들아, 지금까지 내가 듣지 못하는 이야기가 있었니?"

"없었죠." 댄이 말한다. "없었고말고요." 아들의 눈은 전보다 더 커졌다. 아니다, 아들의 몸이 작아진 거다. 살이 빠졌다. 달달해졌다. 건포도가 되었다.

사람이 침대에 누워 있으면, 한때 그의 키가 190센티미터에 달했다는 걸 알 수가 없다. 그 사람이 한때는 오토바이 기술학교에 다니면서 1번 고속도로를 타고 할리데이비슨을 몰았다는 걸 알 수가 없다. 그 오토바이 뒤에는 늘 미인이 타고 있었다는 걸 알 수가 없다. 그 사람이 미국에서도 명성이 자자한 바드대학교에서 심리학을 전공했다는 걸 알 수가 없다. 그 무엇도 알 수가 없다. 그저 눈앞에 새로 나타난 사람만 보인다. 매분 매초 점점 기능을 상실해가는 몸뚱이만이.

"내가 뭘 못 들을 것 같은데?" 내가 말한다.

"그게…." 아들이 말한다. "그 미인이 남자였거든요!"

"거짓말!" 내가 말한다.

"진짜예요." 아들이 말한다.

"그래서 어떻게 했어?"

아들이 말한다. "침대에서 벌떡 일어나 다시 옷을 챙겨 입고 말했죠. '정말 미안해요. 이만 가볼게요.' 그리고 그 망할 지팡이만 아니었다면 줄행랑을 쳤을 거고요."

지팡이. 그 지팡이…. 내 평생 최악의 날 중 하나였다. 약국에서 지팡이를 산 날. 마치 장애인을 위한 주차장처럼 휠체어가 줄줄이 자물쇠로 엮여 있던 후텁지근하고 냄새 나는 약국. 늙은이들이 발을 질질 끌며 드나드는 창구가 죽 이어져 있던 곳. 제임스 딘을 닮은 내 아들이 **지팡이 다음은 뭐지?** 안개 속에서 길을 잃었던 그날.

"그래서 뭐라고 했어?" 내가 말한다.

"행운을 빌어요라고 했어요. 그러고는 밖으로 나왔고요."

"행운을 빈다고? 행운이라고 했어?"

"네." 아들이 이제는 킬킬대며 웃고 있다. "정말로 행운을 빈다고 말했어요."

우리는 침묵 속에 잠시 머물렀다. 침묵은 우리가 함께 지내는 새로운 방식 가운데 하나가 되었다. 침묵은 좋았다. 신성하기까지 했다. 나는 방을 둘러보았다. 댄에게 컬러칩을 가져가서 그의 감옥 벽의 색을 정하게 했던 일이 기억난다. 아들은 이제 거의 대부분의 시간을 이 방에서 보낸다. 그래서 나는 이 방을 스파로 만들겠다고 결심했었다. 차분하고, 아름답고, 평안한 곳으로. 아들은 짙은 남색을 골랐다. 나는 그 색이 너무 어둡다고 생각해서 그보다 3도 더 밝은색으로 정했다. 아들은 차이를 모를 거라는 걸 알았기 때문이다. 실제로도 몰랐다. 아들 간병인의 남자친구인 브라이언이 천장에 별들을 그려넣었다. 브라이언은 물담배를 가져와서 댄에게 물려주곤 했다. 댄이 물담배를 피울 때는 나는 피우지 않았다. 나라도 정신을 차리고 있어야 하기 때문이다. 댄이 피우지 않는 날에는 내가 피웠다. 브라이언은 자신이 즐겨 듣는 음악을 이 방에 틀어놓았다. 가끔은 댄의 침대 발치에 서서 고개를 앞뒤로 흔들면서 이렇게 말했다. "당신은 내 영웅이에요. 저라면 당신처럼은 못 할 거예요." 브라이언이 그렇게 말할 때면 나는 너무 고맙고 좋았다.

댄의 친구 에리카가 내가 좋아하는 가게 미드나잇 팜에서 사준 별이 수놓인 다채로운 색의 퀼트가 침대에 걸쳐져 있었다. 나는 늘 댄의 베개에 라벤더를 흩뿌렸다. 그래서 누구든 찾아와서 허리를 숙여 아들에게 뽀뽀할 때 좋은 냄새를 맡을 수 있도록.

촛불이 타오르고, 별이 빛나고, 바람에 (게리가 직접 치수를 재고 재봉틀을 돌려서 만든) 커튼이 흔들리는 이곳은 단연코 스파였다. 낮은 목소리로 조심스럽게 혼잣말을 하고 싶게 만드는 곳이었다.

길잡이

거의 대화로만 채워진 글을 쓰라. 혼잣말 같은 대화도 좋다. 마치 비밀 이야기처럼 작은 목소리로 조심스럽게 나눈 대화도 좋다.

## 36

다른 무엇보다
나의 치부를 드러내는 것이 우선이다

우리는 화자에게 호감을 느끼고 싶어 한다. 감정 이입을 하
고, 동정심을 느끼고 싶어 한다. 글쓴이가 신뢰할 만한 사람
이라고 믿고 싶어 한다. 우리는 당신에게 공감하고 싶어 한
다. 우리는 당신과 공통점을 느끼고 싶어 한다. 그러니 치부
를 드러내라. 당신이 감정적으로 솔직하게 다 드러내도 독자
는 당신이 미쳤다고 생각하지 않을 것이다. 당신의 경험이 우
리의 경험과 완전히 다르다고 해도 말이다. 더군다나 세부사
항은 다를 수밖에 없으며, 우리의 이야기가 다르다 해도 우
리의 동질성은 변함없지 않은가. 우리는 누구나 사랑받고 싶

어 한다. 우리는 누구나 안기고 싶어 한다. 우리는 누구나 우리의 이야기를 누군가가 들어주길 바란다. 당신의 독자는 당신이 감정과 치부를 있는 그대로 드러내도 당신이 미쳤다고 생각하지 않을 것이다.

우리는 당신이 좋은 사람이길 바란다. 만약 당신이 좋은 사람이 아니라면 픽션을 쓰라.

### 길잡이

인성이 나쁜 주인공이 서서히 변화하는 이야기를 쓰라.

소설 주인공들 중에서 내가 정말 못마땅하게 생각한 유일한 주인공은 올리버 키터리지였다. 다만 두 가지를 감안해야 한다. 그녀는 허구의 인물이다. 그리고 마지막 장에서 그녀는 왜 자신의 성격이 그토록 고약했는지를 설명한다. 나는 그녀가 한 모든 나쁜 말과 행동을 용서했을 뿐 아니라, 그녀를 사랑하게 되었다. 책 한 권을 다 읽고 나서야 그녀에게 공감할 수 있었다.

당신 자전적 에세이의 주인공은 당신이다. 그리고 나는 다른 주인공들을 좋아했듯이 당신도 좋아할 수 있기를 바란다. 내가 원하는 것은 다음과 같은 것이다. 아, **나랑 똑같잖아. 그녀도 나처럼 못된 인간이구나. 그녀도 나처럼 잘못된 선택**

을 했네. 그런데 어떻게 지금처럼 되었을까? 내게
길을 보여달라. 나처럼 못된 사람이 새로운 나로
변하려면 어떻게 해야 하는지 알려달라.

## 37

독자를 상대로
속임수를 쓰지 마라

레오를 얼마나 사랑했는지, 그가 떠난 지금 얼마나 가슴이
아픈지, 침대가 얼마나 휑하게 느껴지는지 쓰지 마라. 늘 울
고 있다고, 레오가 그립다고, 뭘 봐도 그가 생각난다고 쓰
지 마라. 이 상실감은 결코 치유할 수 없을 것이며, 남은 평
생 레오를 잊을 수 없을 거라고도 쓰지 마라. 그런 이야기가
지겹도록 이어져도 우리는 당신 곁을 지키고 있다. 왜냐하
면 당신이 좋고 당신이 겪고 있는 일에 마음이 아프기 때문
이다. 그런데 마지막에 가서 레오가 당신이 키우던 개였다는
문장을 읽는다. 당연히 개를 사랑하고 개가 죽어서 슬플 수

있다. 충분히 그럴 수 있다. 그러나 레오가 당신의 남편이었다고 오해하도록 우리를 속이는 것은 배신 행위다. 기발함과 속임수는 다른 것이다. 당신이 우리를 속이면 우리는 분노할 것이고, 우리가 그 책에서 느꼈던 좋은 점까지 하나도 남김없이 사라지고 만다.

길잡이
———

> 재미를 위해(그리고 그런 글을 쓰고 싶은 욕구를 해소하기 위해) 독자를 상대로 속임수를 쓰는 글을 써보라.

## 38

## 기타 등등 그리고 그 외 다수

제발 부탁하는데, **기타 등등**은 쓰지 말자. 그런 표현은 당신이 글을 열심히 쓸 마음이 없다는 사실만 전달할 뿐이다. 문장을 제대로 끝마친 것이 아니다. 그리고 목록을 나열했으면 제발 **그리고 그 외 다수**라고 덧붙이지 마라. 그리고 그 외 다수가 있다면 그것이 뭔지 구체적으로 말해주든지, 아니면 내가 제대로 전달받지 못한 내용이 있다는 것을 알리지 마라. 왜냐하면 그것을 읽으면 이런 생각만 들 뿐이기 때문이다. **그 외에 또 뭐가 있는데?**

목록을 나열하는 문장을 쓰라. 등등이라고 마무
리 짓고 싶은 마음이 들 때 구체적인 항목을 하
나 더 적어넣자.

## 실패의 가능성을 받아들이라

아무리 솜씨 좋게 쓰였다고 해도 거절 편지는, 악마가 남겼
을 법한 상처만큼은 아니겠지만, 영혼에 깊은 상처를 남긴
다. 그런데 그런 편지를 피할 방도는 없다.

— 아이작 아시모프

실패는 우리를 몰락시킬 수도, 성장시킬 수도, 그 둘 다일
수도 있다. 나는 5년 동안 NPR 방송국의 라디오 프로그램
《모든 것을 고려할 때》All Things Considered의 평론가로 활동했

다. PD에게 전화를 걸어 "2분만 들어주세요"라고 말한 뒤 내가 쓴 원고를 읽어주면 PD는 "멋져요! 그걸로 녹음하세요"라고 말했다. 그러면 나는 내가 사는 하트퍼드에서 가장 가까운 NPR 방송국이 있는 매사추세츠주 노스햄턴으로 차를 몰고 가서 원고를 녹음했다. 그 녹음 파일은 이틀 뒤에 방송되었다.

어느 날 내가 전화를 걸었을 때 그는 "좋아요, 녹음하세요"라고 말하는 대신 이렇게 말했다. "편지 못 받았어요? 편지 보냈는데." 나는 말했다. "아트, 편지 같은 건 못 받았어요. 왜요, 뭐라고 보냈는데요?" 그는 이런저런 딴소리를 하면서 시간을 끌었고, 나는 그가 뭔가 불편해한다는 것을 알아차렸다. 마침내 그는 말했다. "평론가를 여럿 해고했어요. 당신도 그중 한 사람이고요." 나는 충격을 받고 전화를 끊었다. 정신을 놓고 중얼거리면서 이 방 저 방을 들락거렸다. 나는 막 정원 가꾸기에 관해 배우고 있었는데, 계속 이렇게 말했다. "나는 말라비틀어진 꽃이야. 방금 꽃송이가 떨어져나갔지만 이걸 자양분 삼아 다시 꽃을 피우겠어. 더 큰 꽃을 피우겠어. 나는 다시 자랄 거야. 커다란 꽃이 될 거야." 나도 내가 무슨 소리를 하는지 몰랐던 것 같다. 그러나 나는 그 말에 적당히 위로받았고, 조금씩 그 상실을 받아들였다.

실패에 대해 알아야 할 것은 실패는 불가피하다는 것이다. 2년을 열심히 노력한 끝에 마침내 원고를 완성해서 출판사에 보낸다. 원고를 스물세 군데에 보냈다면 열네 군데에서는 답장조차 받지 못할 수 있다. 당신이 받은 답장도 전부 거절 편지일 수 있다. 불친절한 거절 편지. 형식적인 거절 편지. 한 문장짜리 거절 편지. '지금은 청탁 원고 외에는 받지 않고 있습니다.'

또한 이것도 알아야 한다. 실망해서 죽는 사람은 없다는 것. 마음은 아플 것이다. **그러나 당신은 실패자가 아니다!** 그리고 당신의 원고 또한 실패작이 아니다. 그것은 시작일 뿐이다. 답장을 보낸 출판사에 다시 편지를 쓰라. 왜 당신 원고를 거절했는지 물으라. 당신에게 답장을 보내는 곳도 있을 것이다. 그런 곳은 거의 없겠지만.

그러고 나서 뭘 해야 할까? 다시 처음으로 돌아가라. 아니면 그 원고를 잠시 넣어두고 다른 이야기를 써도 된다. 내게는 크레파스Cray-Pas가 있다. 분필 같은, 아주 예쁜 파스텔색 크레용이다. 거절 편지를 받고 받다가 결국 **제길, 내가 왜 이 짓을 하고 있지?**라는 생각이 드는 시점이 온다(그리고 그런 일이 한 번만 있었던 것도 아니다). 그럴 때면 나는 수채화용 두꺼운 종이를 꺼내서 진한 파란색 크레용으로 슥 그어본다. 그러고는 손가락 하나로 문지른 다음 번진 파란색 바로 위에 오렌지색이나 초록색으로 선을 하나 그린다. 그러고 나면 신께 맹세컨대 내가 천재처럼 느껴진다! 정말로 화가가 된 것 같다. **왜 글 같은 걸 쓰는 데 시간을 낭비하는 걸까? 이 뛰어난 재능을 봐. 나는 타고난 화가야.**

그러다 조금 시간이 지나면 나는 글이 고파져서 노란색 공책을 슬그머니 펼치거나 심지어 컴퓨터 앞에 앉아 뭔가를, 아니 뭐든 쓴다. 내 손가락은 자신들이 빚어내는 것을 얼마나 즐기는지 기억해낸다. 그렇게 나는 돌아온다.

당신에게는 뭐가 통할지 모르겠다. 하지만 다른 예술 행위를 한번 시도해보라. 자신이 할 수 있으리라고 생각하지 않은 것으로. 그러면 숨통이 탁 트이는 느낌을 받을 수 있다.

레이 브래드버리Ray Bradbury는 이런 말을 했다. "계속 노력하는 모든 남자는(나는 그의 말에 모든 여자도 포함됐다고 믿는다) 실패자가 아니다. 뛰어난 작가는 아닐지언정, 오랜 미덕인 성실하고 꾸준한 노력을 들이면 결국 뭔가는 이루어낼 것이기 때문이다."

멋지고 화려한 액세서리를 만드는 내 친구 주드는 같은 말을 이렇게 표현했다.

"초강력 접착제로 엉덩이를 의자에 딱 붙여." (주의: 주드가 24캐럿 금에 보석을 세팅할 때 초강력 접착제를 쓰는 것은 아니다.) 나는 그녀의 표현이 레이 브래드버리의 표현보다 더 적합하다고 생각한다. 레이 브래드버리가 뛰어난 달변가였다는 건 온 세상이 다 아는 사실이지만 말이다.

다음에 거절 편지를 받으면 초강력 접착제를 기억하라. 또한 당신이 세기를 대표하는 천재라는 사실을 떠올리라. 그러면 돌아올 것이다! 심지어 더 성장한 모습으로.

길잡이
———

자기 자신에게 보내는 거절 편지를 쓰라. 어떤 원고가 왜 거절당했는지를 설명하라.

## 40

자,
이제 성공에 대해 이야기해보자

당신에게 성공이란 무엇을 의미하는지 알아야 한다.
부를 말하는가? 복수인가? (예컨대, **그 사람에게 보여주겠
어.**) 명예나 명성인가? 뭔가를 완주하는 건가?

　조시가 아홉 살이었을 때, 그러니까 내가 서른아홉 살이었
을 때, 그러니까 40년 전에(오타가 아니다) 마서스비니어드에
서 열린 어머니의 날 경주에 참가했다. 총 5,000미터짜리 코
스였고(하지만 누가 신경이나 쓰겠는가?) 나는 막 규칙적으
로 달리기를 시작한 참이었다. 그리고 내 달리기 속도는 느
렸다. 마지막 1킬로미터를 달릴 때 나는 기자들의 질문에 어

떻게 답할지 연습했다. "꼴찌로 들어온 소감을 말씀해주세요." 내 답은 "아주 좋아요! 완주했으니까요!"였다. 안타깝게도 내 뒤로도 두 명의 주자가 더 있었기 때문에 나는 꼴찌의 영광을 누리지 못했다. 그래도 성공한 자만이 느낄 수 있는 환희를 느꼈다. 다른 사람의 눈에는 내가 결코 성공하지 못했을지라도 내가 느낀 승자의 승리감은 그 누구도 빼앗을 수 없었다!

길잡이
———

다른 어떤 사람의 기준으로도 승리라고 할 수는 없으나, 당신의 기준으로는 승리였던 경험에 대해 쓰라.

## 41

시각화

나는 시각화라는 수행법이 있다는 걸 몰랐다. 남편과 나는 사업체를 하나 운영하고 있었는데, 어느 순간 우리에게 남은 선택지는 파산하거나 기적이 일어나서 누군가가 우리의 사업체를 인수하는 것, 이 두 가지뿐이라는 사실이 명백해지기 시작했다. 나는 독창적인 해결책을 생각해내야 했다. 매일 밤 잠들기 전 나는 남편에게 말했다. "타원형 옻나무 탁자를 떠올려요. 탁자 위에는 샴페인 병이 놓여 있어요. 변호사 두 명이 있고, 우리는 애러니 갤러리 판매 계약을 무사히 마쳤어요." 이런 잠자리 의식을 처음 시작하고 며칠 동안 남편은 거의 통명스러울 정도로 이렇게 말했다. "낸시, 우리는 2분기 연속으로 7만 5,000달러를 손해봤어. 아무도 이 가게를 사려고 하지 않을 거야!" 그러면 나는 그야말로 야멸차게 말했다. "옻나무 탁자야! 샴페인 병이 있어! 변호사는 두 명이야! 애러니 갤러리 판매 계약을 무사히 마무리했고!" 마침내 남편도 성실히 참여하게 되었다. 그리고 우리는 두 달 동안 이 의식을 매일 밤 치렀다. 그래서 어떻게 되었을까? 직사각형 탁자였지만, 변호사는 두 명이었다. 샴페인은 내가 들고 갔다. 그리고 맞다. 우리는 가게를 팔았다.

그러니 만약 책을 출간하고 싶다면 그 책의 표지를 시각화해봐도 나쁠 것 없지 않을까? 저자 사인회는 어떤가? 당신도 옻나무 탁자가 보이는가? 샴페인 병은?

물론 시각화를 한다고 책이 저절로 써지지는 않는다. 그 부분만큼은 당신이 직접 해야 한다. 미안하지만, 우주가 당신을 위해 할 수 있는 일에도 한계는 있다.

**길잡이**

---

자기 전에 당신이 원하는 것을 시각적으로 아주 구체적으로 상상하는 시간을 30일 동안 매일 밤 가지라. 어떤 결과를 얻었는지 쓰라.

## 42

그냥 일기를 전부 모아서
책으로 내면 안 되나요?

시도는 좋았어요, 베짱이 씨.

일기와 자전적 서사는 뭐가 다를까? 후자에는 내면의 변화 과정과 당신이 배운 교훈이 담겨 있다는 점에서 다르다. 당신은 어떤 과정을 거쳐 거기에서 여기까지 왔는가? 당신은 현재 어디에 있는가? 일기는 보통 무슨 일이 있었는지를 기록한다. 서사는 당신이 그 일에서 무엇을 배웠는지를 서술한다. 예상치 못한 장소에 떨어졌다가 어떻게 지금 이곳까지 오게 되었는가? 그런 변화의 과정을 우리에게 보여줘야 한다.

물론 일기를 참고해 세부적인 내용을 채우고 아이디어를

얻을 수 있다.

그런 사적인 기록을 재료 삼아 더 높은 차원의 결과물을 만들라. 일기의 개인적인 기록을 자전적 에세이로 승화시키라.

길잡이

일기장을 펼치라. 문장 하나를 선택해 이를 첫 문장 삼아 글을 쓰라.

일기장이 없다면 아무 문장이나 지어내라(부디 22장을 보시라). 그리고 그 문장으로 글을 쓰라.

## 43

## 글쓰기 워크숍에 참가하라

요즘은 글쓰기 플랫폼이 정말 많다. 훌륭한 스승에게 글쓰기 기초를 배우고 현실적인 조언도 얻을 수 있다. 글쓰기 과제, 그리고 당신 글을 읽으려고 대기 중인 사람들만큼 유익한 것도 없다.

그런데 워크숍을 열일곱 번 내지는 서른일곱 번 수강하고 싶은 유혹에 시달릴 수도 있다. 지금까지 워크숍에 세 번 참가했다면 자신이 그저 책 쓰기를 미루고 있는 것은 아닌지 돌아보자. 워크숍 중독자가 되지는 말자. 당신의 목표가 자전적 에세이를 쓰는 것이라면, 그 목표를 달성하는 유일한 방법은 자전적 에세이를 쓰는 것이다.

명상에 관한 농담을 떠올려보자. 최고의 명상법은? 바로 당신이 실천하는 명상법이다.

길잡이
___

글쓰기 워크숍에 참가한 경험에 대해 쓰라.

분노

당신을 성적으로 학대한 삼촌에게, 당신을 보호하지 않은 어머니에게, 당신을 조롱한 교사에게, 페이스북으로 이별 통보를 한 남자친구에게 분노를 느끼는 것은 당연하다. 그러나 당신이 글에서 분노를 폭발시키면 오히려 나를 밀어내게 된다. 그냥 이야기를 들려주고, 내가 당신 대신 분노할 수 있게 해달라. 그러면 당신 삼촌을 길에서 만났을 때 내가 그놈의 거시기를 있는 힘껏 차버리겠다. 당신을 위해서. 왜냐하면 내가 그만큼 당신을 아끼게 될 것이기 때문이다.

나는 늘 분노에 대해 썼다. 1년 내내, 하루 종일 분노덩어리(댄)와 살았기 때문이었다. 댄의 살아생전 내내 나는 분노에 대한 훈계를 늘어놓았다. 아마도 이런 말을 수백 번은 반복했을 것이다. "네가 그렇게 화만 내지 않아도 삶이 훨씬 더 쉬워질 거야. 네 분노가 즐거움을 느낄 기회들을 하나도 남김없이 날려버리고 있어."

그러던 어느 날 나는 한 남자의 이야기를 읽게 되었다. 그는 개에게 대구 간유가 좋다는 말을 듣고는 자신이 키우는 도베르만에게 매일 대구 간유를 많이 먹이기 시작했다고 한다. 매일 매일, 그는 싫다고 몸부림치는 개의 머리를 억지로 자신의 무릎 사이에 끼우고 입을 벌려 간유를 들이부었다. 어느 날 개가 빠져나가는 바람에 간유가 온 마룻바닥에 엎질러졌다. 그런데 놀랍게도 개가 다시 돌아와 바닥에 쏟아진 간유를 스스로 핥아먹었다. 그는 간유가 문제가 아니었다는 사실을 깨달았다. 자신이 간유를 먹이는 방법이 문제였던 것이다.

나는 댄에게 분노에 대해 훈계하는 걸 멈췄다. 그러자 믿을 수 없는 일이 일어났다. 댄이 점점 온화하고 차분해졌다. 어느 날 밤 나는 이렇게 말했다. "댄, 요즘은 좀처럼 화를 내지 않는구나. 어째서 그런 거지?" 그러자 댄이 떨리는 목소리로 말했다. "화를 내도 나아지는 게 없더라고요."

내가 억지로 먹이는 걸 멈추자, 댄이 오일을 핥아먹기 시작했다.

분노를 고스란히 쏟아낸 글을 쓰라. 그런 다음 화자인 당신은 화를 내지 않으면서 당신 대신 독자가 화를 내게 만드는 글로 바꿔 쓸 수 있는지 생각해보라.

## 45

이야기는
시멘트 바닥을 뚫고 뻗어나간다

한번은 뉴욕에서 인파에 섞여 길을 걷다가 문득 아래를 내
려다봤다. 아주 작은 보라색 꽃이 시멘트를 뚫고 나와 있었
다. 얼마나 많은 사람이 저 꽃을 밟았을까? 그런데도 꽃은
빛을 향해 뻗어나갔다. 사람들이 어떤 것에서 살아남았는지
그들의 이야기를 꽤 오랫동안 들은 덕분에 나는 사람들이 시
멘트를 뚫고 나온다는 것을 안다. 그리고 우리의 이야기들은
어둠 속에 웅크리고 있기를 거부한다. 이야기 전달자인 우리
는 빛을 향해 뻗어나가는 법을 배운 생존자들이다. 우리는
모두 작은 보라색 꽃이다. 자전적 에세이를 쓰면서 당신은

아주 작은 빛 조각을 향해 뻗어나간다.

　여기 어둠에 웅크리고 있기를 거부한 내 이야기들 중 하나를 소개한다.


병원에 있는 아들을 보러 갈 때면 언제나 아들의 병실 바로 전에 지나치게 되는 병실을 들여다보고 싶은 충동을 느낀다. 우리 아들만큼이나 젊은 아이가 보이기 때문일 수도 있다. 그 아이의 머리카락이 댄만큼이나 숱이 많은 진한 갈색이기 때문일 수도 있다. 그러나 나는 그 이유가 그 병실에 있는 아름다운 여인(나중에 그 여자가 젊은 환자의 엄마라는 사실을 알게 되었다) 때문이라고 생각한다. 그녀는 앉아서 고개를 숙인 채 입술을 달싹거리면서 성경을 읽고 있었다. 흘러내린 연한 금발, 흠 잡을 데 없는 탤벗 브랜드 원피스, 하이힐, 고요. 처음 만났을 때 그녀는 이렇게 말했다. "하느님은 댄의 머리카락 한 올 한 올, 댄의 몸을 이루는 세포 하나 하나, 댄의 머릿속에 든 모든 생각에 대해 알고 계십니다."

　그 말에 이렇게 생각했던 것이 기억난다. **이런, 광신도로군.** '나는 남을 함부로 판단하지 않아요'라는 인상을 줄 수 있는 친절한 표정을 지으려고 노력했다. 우리 아들들을 살리고 있다는 약을 투여한다면서 의료 보조인들이 형광색 방독복을 차려입고 우리를 병실에서 내보냈다. 우리 둘 다 병실에서 쫓겨난 그날 그녀가 내게 물었다. "예수 그리스도의 복음을 믿으시나요?" 나는 이렇게 답했다. "예수도 우리 편 중 한 명이죠, 제인. 저는 뭐든 다 믿어요. 부처도 믿고, 모세도 믿고, 람 다스도 믿고, 틴맨, 주디 블룸, 오프라도 믿고, 외계인도 믿어요."

어느 날 나는 그녀에게 함께 구내식당으로 내려가서 커피나 한잔 하자고 했다. 제인은 안 된다고, 아들을 두고 갈 수 없다고 말했다. 아들이 깨어날지도 모른다. 그녀의 아들이 뇌졸중으로 쓰러진 지 어느새 3개월이 지났다. 그녀의 아들은 에머슨대학교에서 영화를 전공하고 있는 스물네 살의 대학원생이었다. 간호사실 근처 플라스틱 크리스마스 장식들 옆에 함께 앉게 되었을 때 내가 유대인으로서 크리스마스를 얼마나 동경하는지에 대해 말했다. 그녀는 자신의 자상한 새 남편에 대해 말했다. 그녀는 거듭남이 자신을 지탱하고 있으며 찰리가 나을 거라고 확신한다고 말했다.

그녀는 찰리가 대학생 때 만든 영화 복사본을 건넸다. 나는 댄이 바드대학교에 다닐 때 쓴 단편소설을 건넸다. 제인은 말한다. "찰리는 저와 함께 기도드리고 있어요." 나는 말한다. "댄에게 하느님이라는 단어는 꺼내지도 마세요." 그리고 제인은 말한다. "「로마서」 10장 9절, 예수는 주님이시라고 입으로 고백하고 또 하느님께서 예수를 죽은 자들 가운데서 다시 살리셨다는 것을 마음으로 믿는 사람은 구원을 받을 것입니다." 그리고 나는 속으로 눈알을 굴린다.

자신이 사랑하는 사람이 몇 주고 계속해서 병원에 있게 되면 친밀감이 쌓이고, 비밀이 새어나오고, 우정이 형성된다. 나는 제인의 열정과 헌신이 단단하고 아름답다고 생각하기 시작했다. 그리고 그녀가 전도하지 않는 것에 감사했다.

제인은 그저 성경 구절을 인용하기만 했다. 어느 날 밤 제인이 댄의 병실에 있는 나를 불러내 그녀와 가족들이 찰리의 연명치료를 중단하기로 했다고 말한다. 나는 그녀를 안아준다. 그리고 그동안 자매처럼 지냈던 우리는 자매처럼 울었다.

다음 날 아침 나는 해도 뜨기 전에 병원에 도착한다. 옆 병실은 어둡다. 그날 밤 나는 집으로 가면서 말한다. "자, 하느님, 찰리가 죽게 내버려두었으니 이제 우리 댄만큼은 살리셔야겠어요." 내가 늘 하느님과 대화를 했느냐고? 물론이다, 나는 늘 하느님과 대화를 했다. 단지 스스로를 광신도라고 생각하지 않았을 뿐이다. 그리고 새롭게 안 사실이 있다. 알고 보니 제인도 광신도가 아니었다.


길잡이
─────

어둠 속에 웅크리고 있기를 거부하는 당신의 이야기 하나를 글로 쓰라.

## 46

## 지금의 당신을 만든
## 무언가에 대해 쓰라

나는 기상캐스터가 사는 집에서 자랐다. 엄마는 날씨에 엄청나게 집착했다. 엄마는 날씨에도 좋은 날씨와 나쁜 날씨가 있다고 주장했다. 지금도 어머니가 울부짖는 소리가 들리는 듯하다. 이럴 수가, 비가 오잖아! 그래서 인생을 망쳤다는 듯한 말투다. 오늘 외출은 다 했네. 바닷가에 갈 수 없잖아. 공원 산책을 못 하다니. 아무것도 할 수가 없어. 사는 게 사는 게 아니야.

나는 오십대가 되어서야 날씨를 좋아할 수 있게 되었다. 어떤 날씨든 말이다. 나는 빗소리가 좋다. 눈송이의 질감이 좋다. 한파의 차가운 공기가 좋다. 여름이면 옷이 가벼워지면서 내 몸도 가벼워지는 게 좋다. 어린 시절의 세뇌가 자신에게 어떤 영향을 미쳤는지 알아차리고 나면 해방될 수 있다. 아주 어릴 때 내 작은 머리에 삽입된 욕구가 아니라, 진정한 나의 욕구에 따라 선택할 수 있기 때문이다. 그런 이야기도 글로 써야 하는 이야기다.

폭우가 내리고, 나는 귀를 기울인다. 하늘이 어두워지고, 나는 천둥 번개를 기다린다. 우박이 내릴 수도 있으리라. 나는 문을 열고 숨을 들이마신다.

**이럴 수가, 비가 오잖아**라는 주문을 반복해서 듣고 자란 어린 소녀가 어떻게 비의 소리와 냄새와 휘몰아치는 폭풍우가 만들어내는 광경에 이토록 매료될 수 있었을까?

지금부터 그 비결을 이야기해주겠다.

약 30년 전 내 친구 게리가 우리 집에 놀러 왔다. 불평불만 주문을 내뱉는 우리 엄마와 함께 살고 있을 때였다. 밖에는 눈이 내리고 있었다. 내 친구는 슬그머니 나갔다가 다시 들어오고, 슬그머니 나갔다가 다시 들어와서 어깨에 내려앉은 눈송이를 털어냈다. 그리고 한번은 이렇게 말했다. "너도 어머니랑 나와서 좀 봐." 엄마와 나는 마치 고대 그리스의 합창단처럼 한목소리로 말했다. "**하지만 눈이 오는걸.**" 친구는 이렇게 말했다. "그래서 나가자는 거야. 얼마나 멋진데." 우리는 영화 《닥터 지바고》에 출연해야 하는 사람들처럼 꽁꽁 싸매고서 두려움은 마지못해 바람에 날려버리고(실제로 바람이 더 세지고 있었다) 과감하게 집을 나섰다.

처음에는 정신이 확 들었고, 그다음에는 감탄에 휩싸였다. 우리는 실제로 바깥 풍경이 아름답다는 사실을 확인했다. 처마 아래에 서서 눈송이들이 빙빙 돌며 춤추고 빛나는 것을 지켜봤다. 그리고 툰드라 지역에나 어울릴 법한 옷차림 덕분에 전혀 춥지도 않았다. 입 밖으로 소리내 말하지는 않았지만, 나는 우리 두 사람 다 이렇게 생각했다는 걸 안다. **왜 그동안 폭설의 이런 황홀한 힘과 아름다움을 놓치고 살았을까?**

이런 패러다임 전환이 있기 오래전에 나는 집에서 10분 떨어진 채널30 방송국의 기상캐스터 오디션을 봤다. 방송국으로 가는 길에 이렇게 생각했던 게 기억난다. **나는 즉흥적인 걸 잘하니까 그냥 최선을 다하자. 그러면 일을 따낼 수 있을지도 몰라.** 깨알 같은 글씨로 모든 기상 정보가 빼곡하게 적힌 손바닥만 한 인덱스 카드를 받고 그걸 암기하라는 지시를 듣기 전에도 이미 내게는 많은 문제점이 있었다.

나는 오디션에서 탈락했다. 아마도 다음과 같은 이유 때문이었을 것이다. 첫째, 나는 금발이 아니었다. 둘째, 나는 마르지 않았다. 셋째, 가슴골이 없었다. 그리고 아마도 가장 결정적이었을 네 번째 이유는 내가 카드 내용을 암기하지 못했다는 것이다. 그리고 아마도 다섯 번째 이유는 내 심장이 워낙 요란하게 뛰어서 음향 기기가 고장 났을 가능성이 있다는 것이다. 하지만 나는 최선을 다했다.

나는 지휘봉을 들어서 지도의 오른쪽 가장자리를 가리키며 이런 말을 했던 것으로 기억한다. "한랭전선이 이동하고 있습니다." 그런 다음 반대편으로 걸어가서 이렇게 말했던 것 같다. (그리고 전문용어를 쓰지 않았다는 것도 인정한다.) "지도의 이쪽에서 지도의 이쪽으로요." **동부**와 **서부**라는 단어가 생각나지 않았고 **해안**이라는 단어도 생각나지 않았다. 말할 것도 없이 (그래도 말하겠다) 채널30 방송국에서는 다시는 연락이 오지 않았다. "용기를 내줘서 감사합니다"라는 말조차 없었다.

날씨와 어느 정도 타협하기 시작한 직후에 손자가 생겼다. 그 손자가 네 살이 되었을 때 썰매를 타고 싶다고 했다. 나는 어릴 때 썰매 타는 걸 몹시 싫어했다. 앞서 이야기한 것을 상기해보라. 썰매는 **밖**에서 타야 하고, 밖은 춥다. 게다가 엄청난 날씨 변화가 동반되곤 한다.

하지만 손주가 생기면 당신의 뇌는 새로운 길을 개척해야 한다고 강력하게 주장한다. 피할 수 없다. 할머니로서 당신의 임무는 마음을 열고, 위험을 감수하고, 긍정의 롤모델이 되는 것이다. 게다가 나는 궂은 **날씨**라는 단어에 막 등을 돌린 참이었다.

그래서 어른용 스키바지(그런 옷이 존재한다는 걸 누가 알았겠는가?)와 플라스틱 썰매 두 개를 샀다. 이 고문이 끝나자마자 우리가 마시게 될 뜨거운 코코아에 띄운 마시멜로 조각들에 집중하는 한 나는 살아남을 수 있었을 뿐 아니라 실은 매 순간을 만끽할 수 있었다.

그래서 여기 앉아 있는 동안, 빗방울 하나 하나를 구경하는 동안, 만약 지금 내가 기상캐스터라면 뭐라고 말할지 상상해본다.

"와! 정말 환상적인 날입니다! 저는 가수는 아니지만 〈폭풍의 계절〉Stormy Weather 몇 소절을 뽑아보도록 하겠습니다. 부디 참고 들어주세요." 그런 다음 목청 높여 노래를 부를 것이다. "오늘은 특별한 날이니까요. 출근길이라면 정원의 나무들이 영양분을 얻어서 얼마나 행복할지 생각해보세요. 잠시나마 땅 위로 올라올 기회가 생긴 지렁이들을 생각하세요. 우산 가게도 생각해보시고요. 뜨겁고 먼지 쌓인 곳에 자연이 선사한 목욕 시간이라고 생각하세요. 만약 지금 집에 있어서 좋은 책 한 권을 뽑아들고 이불 속으로 들어갈 수 있다면, 그리고 라디오나 TV를 끌 수 있다면 그렇게 하세요. 사색적인 빗소리가 당신의 마음을 치유할 거예요."

"여러분, 그거 아세요. 저는 원래 폭우를 싫어했답니다. 비, 눈, 진눈깨비를요. …그런데 어느 날 누군가가 나를 뒤돌게 하고 다른 관점으로 볼 수 있게 도왔답니다. 얼음장 같은 날씨에 주차장이 되어버린 도로에 갇혀 집에 도착할 수 있을지 없을지 스트레스 받는 걸 즐겨야 한다는 말은 아닙니다. 어떤 날씨는 상대하기 어렵다는 걸 인정해야겠죠. 그러나 저는 어린 시절 내내 **비가 와서 모든 걸 망쳤다**는 가족들의 불평을 듣고 자랐어요. 기상캐스터들도 그런 메시지를 전달했죠. '또 하루가 엉망이 되었습니다'라고요. 그런데 말입니다, 햇빛이 쨍쨍해야만 행복할 수 있다면 그다지 행복하지 않은 날이 너무 많을 겁니다. 당신은 선택할 수 있습니다. 엉망인 날이 얼마나 많기를 원하세요? 우리가 통제할 수 없는 걱정거리들이 이미 충분히 많지 않나요? 그러니 오늘을 즐기세요."

"다만 목도리는 꺼내셔야겠어요. 왜냐하면 한랭전선이 서부 해안에서부터 계속 전진해 (그리고 나는 지도의 반대쪽으로 부드럽게 건너가서 지휘봉으로 자신 있게 가장자리를 짚을 것이다) 동부 해안까지 이동할 것이기 때문입니다."

길잡이

어린 시절 다른 사람이나 환경의 영향으로 인해 형성된 자신의 태도나 행동 중에 이제 바꿀 준비가 된 것에 대해 쓰라.

## 47

읽고, 읽고, 또 읽으라

앨리스 먼로Alice Munroe를 읽으라. 루이스 어드리크Louise Erdrich를 읽으라. 토니 모리슨Toni Morrison을 읽으라. 틸리 올슨Tillie Olsen을 읽으라. 바버라 킹솔버Barbara Kingsolver를 읽으라. 제럴딘 브룩스Geraldine Brooks가 쓴 모든 것을 읽으라. 앨리스 워커Alice Walker를 읽으라. 맥스 포터의『슬픔은 날개 달린 것』을 읽으라(이 책을 읽으면 울지 않고는 못 배길 것이다). 아사프 개브론Assaf Gavron의 『크록 어택!』Croc Attack(악어는 전혀 등장하지 않는다)을 읽으라. 그레이스 페일리Grace Paley를 읽으라. 제임스 볼드윈James Baldwin을 읽으라. 캐럴 에드거리언

Carol Edgarian의 『놀라움의 세 단계』*Three Stages of Amazement*를 읽으라. 앨런 와츠Alan Watts를 읽으라. 케이트 파이퍼Kate Feiffer를 읽으라. 캐시 월서스Cathy Walthers를 읽으라. 제인 란셀로티Jane Lancellotti를 읽으라. 수지 베커Suzy Becker를 읽으라. 니콜 갤런드Nicole Galland를 읽으라. 시를 읽으라. 로런스 펄링게티 Lawrence Ferlinghetti를 읽으라. 월트 휘트먼Walt Whitman의 『풀잎』 *Leaves of Grass*을 읽으라. 앤 섹스턴Anne Sexton을 읽으라. 오그 덴 내시Ogden Nash를 읽으라. 추리소설을 읽으라. 판타지소설을 읽으라. 마크 앨런Marc Allen이 쓴 모든 것을 읽으라. 미라바이 스타Mirabai Starr를 읽으라. 엘리자베스 레서Elizabeth Lesser를 읽으라. 캐럴 길리건Carol Gilligan을 읽으라. 버지니아 울프 Virginia Woolf의 「병듦에 대하여」On Being Ill를 읽으라. 람 다스의 『지금 여기에 있으라』를 읽으라(당신도 알다시피 이 책은 내 삶을 바꿔놓았다). 토머스 무어Thomas Moore의 『영혼의 돌봄』*Care of the Soul*을 읽으라. 에크하르트 톨레의 『지금 이 순간을 살아라』를 읽으라(내 삶에 깊이를 더했다). 플래너리 오 코너Flannery O'Connor를 읽으라. 시를 더 많이 읽으라. 엘런 배스Ellen Bass, 샌드라 시스네로스Sandra Cisneros, 루실 클리프턴 Lucille Clifton을 읽으라. 그리고 자전적 에세이를 조금 더 읽을 수도 있을 것이다. 이들은 모두 당신의 스승이다.

당신의 눈과 마음을 사로잡는 구절에 밑줄을 치라. 글의 음악을 느끼기 위해 다시 읽으라. 그들의 스타일을 흉내 내라. 그러다 보면 그 조각들 대부분이 당신이라는 천에 조금 섞여 들어갈 것이다. 이들 작가가 당신의 멘토라는 점을 명심하라.


길잡이

당신의 멘토 중 한 명에게 감사 편지를 쓰라. 그
작가의 스타일을 흉내 내서 써보라.

## 48

## 편지: 쓰라

편지는 고독과 함께하는 동시에 좋은 친구와도 함께하게 하는 유일한 장치다.

— 자크 바전Jacques Barzun

편지 쓰기는 오직 자신의 마음만을 움직여서 어딘가로 떠나는 좋은 방법이다.

— 필리스 서루Phyllis Theroux

당신이 쓴 편지에는 나로서는 결코 흉내 낼 수 없는 감각이 있습니다. 마치 장미 정원에서 모퉁이를 돌았더니 여전히 환한 낮이라는 사실을 발견할 때처럼 뭔가 예상치 못한 그런 것이 있습니다.

— 버지니아 울프

우리 중에는 편지를 주고받으면서 자란 사람들이 있다. 우편으로 편지를 받아본 적이 없는 세대가 이제는 거의 두 세대 가까이 생겨났다. 정말 안타까운 일이다.

댄은 배우, 감독, 작가인 고故 해럴드 레이미스Harold Ramis 와 친구였다. 그는 아주 자비롭고 따뜻한 영혼의 소유자였다. 해럴드는 종종 댄에게 자신이 막 집필을 마친 시나리오를 보내면서 "막 출력된 따끈따끈한 원고"라거나 "댄, 네 생각이 궁금해"와 같은 메모를 첨부하곤 했다. 덕분에 나는 영화가 개봉되기 전에 해럴드 레이미스의 시나리오를 읽을 수 있었다.

해럴드와 그의 멋진 아내 에리카는 이곳 비니어드에 머물 때면 우리를 식당으로 초대해 식사를 사주곤 했다. 그러다 댄이 침대에서 나오지 못하게 되자 해럴드는 음식을 포장해 왔고 때로는 댄의 침대에 나란히 누웠다. 두 사람은 그곳에 누워서 웃고 떠들었다.

두 사람이 마지막으로 만난 뒤 해럴드는 이런 편지를 보냈다.

사랑하는 댄,

내 몸은 바보천치야. 더 이상 아무것도 제대로 하는 게 없는 것 같아. 육신의 즐거움은 하나도 남김없이 사라지고 그 자리를 소소한 통증들이 차지하게 되었고, 또한 피할 수 없는 큰 통증들도 찾아오곤 해. 내 몸을 제대로 관리하지 않은 내 탓도 있다는 것 알아. 로드니 데인저필드Rodney Dangerfield는 자기가 죽으면 시체를 공상과학에 바치겠다고 말하곤 했지. 하지만 삶 그 자체와 마찬가지로 우리 몸에는 어떤 약속이나 보증서가 딸려오지 않아. 나는 이 기적과도 같은 복잡한 기계가 결국에는 완전히 작동을 멈추리라는 걸 알아.

나는 내 몸을 보면서 이렇게 생각할 때도 있었어. **어이, 꽤 괜찮은데!** 그리고 나만 그렇게 생각한 건 아니라고 믿고 싶어. 그러나 허영심은 죄악이라는 말이 있지. 그리고 부처는 감각적 욕망을 각성에 이르는 수행을 방해하는 다섯 가지 장애물의 하나로 꼽았고. 그런데 내가 공작처럼 화려함을 뽐낼 수 없고, 치타처럼 빨리 달릴 수 없고, 돼지처럼 복스럽게 먹을 수 없고, 토끼처럼 열정적으로 생식활동을 할 수 없다면 이 몸은 도대체 무엇을 위해 존재하는 거지? 이 고깃덩어리, 고도로 진화한 물주머니인 내 육체가 다 무슨 소용이지?

그러다 너를 보게 돼, 댄. 네 몸은 내 몸보다 훨씬 더 멍청하지. 그러면 기억이 나. 아, 맞다, 저게 육체지! 그냥 무엇을 담는 그릇일 뿐이야. 네 생각, 마음, 영혼, 정신을 담은 신성한 나룻배에 불과해. 네 안에 든 달콤한 음악을 머금고 있는 바이올린이야. 실크와 벨벳 천에 네 지성이라는 완벽한 다이아몬드를 품은 보석 상자야. 네 마음의 부를 보관하는 깨지지 않는 강철 금고야. 네 상상력을 태운 방주야. 그 상상력으로 너는 시공간 어디라도 갈 수 있지. 그리고 그것은 네 안에서 활활 타오르는 불이 머무는 난로야. 네 존재의 불길은 여전히 뜨겁고 밝은 빛을 내뿜어서 별빛이 수놓인 비니어드헤이븐의 네 방을 밝히고 우리 모두에게 온기를 전하지.

댄, 내게 상기시켜줘서 고마워. 평화, 사랑, 그리고 모든 선한 것들에 대해 말이야. 어때, 너무 감상적인가?

해럴드가

길잡이

편지를 쓰라. 다시 쓰고, 고쳐 쓰고, 다시 써서 최고의 문장들로 채우라. 그렇게 완성한 편지는 원한다면 누군가에게 보내도 좋고, 보내지 않아도 좋다.

## 49

에세이

개인적인 서사를 엮은 에세이도 자전적 에세이의 형식으로 적합하다. 이야기를 들려주기에 부족함이 없는 형식이다. 진심에서 우러나오는 글이라면 형식은 중요하지 않다. 그냥 나는 에세이라는 형식이 익숙하고 편할 뿐이다. 내가 쓴 에세이 두 편을 참고하라.

### 매직 아이

1970년대 초반 또래 친구들이 『3D를 뛰어넘는 매직아이』 *Magic Eye Beyond 3D*라는 책을 돌려봤다. 그 책은 기본적으로 2차원 이미지들로 이루어져 있었고, 페이지 한가운데에 스테레오그램stereogram[두 눈에 따로 제시했을 때, 두 개의 그림이 통합되어 한 개의 입체적인 그림으로 보이도록 제작된 한 쌍의 그림]이라고 하는 3차원 이미지가 숨겨져 있었다. 사람들은 페이지를 이삼 초 정도 뚫어져라 쳐다봤고, 한결같이 이렇게 반응했다. "와! 진짜 멋진데!" 나만 빼고 말이다. 내게는 사람들이 보는 것이 전혀 보이지 않았다. 술에 취하면 보인다고 했다. 그래서 나는 술을 마셨다. 여전히 보이지 않았다.

다른 것도 그랬다. 스노클링, 짚라인처럼 남들은 다 하는데, 나만 할 수가 없는 것들. 마치 이미 고대에 내 뇌와 몸은 가지 않겠다고 협정을 맺은 곳들이 있는 것 같았다.

어쩌다 한 번씩 나는 매직 아이를 다시 시도했지만 소용이 없었다. 내게 온갖 조언이 쏟아졌다. **낸시, 더 가까이, 더 가까이 놓고 봐야 해. 초점이 완전히 흐려질 때까지. 자, 이제 책을 천천히 뒤로 보내. 이제 보이지? 팡 튀어나온다니까. 버니 토끼 보이지 않아? 농담하지 말고, 보이지?** 농담이 아니라 정말로 보이지 않았다. 한 번도 보이지 않았다. 그리고 늘 웃어 넘기기는 했지만, 나는 소외감을 느꼈다. 멍청한 바보가 된 기분이었다.

며칠 전 뭔가 색다른 책을 찾고 있는데, 책장에서 뭔가가 튀어나와서 내 손에 뛰어들었다. 무엇이었는지 맞혀보겠는가? 나는 그 책을 꺼내서 읽을거리들 더미에 얹었다. 40년이나 지났으니 다시 한번 시도해봐도 되지 않을까? 내 뇌가 기어 변속을 했는지도 모를 일이니까. 나는 거기 혼자 앉아서 책을 천천히, 조심스럽게 펼쳤다. 그리고 처음으로 (놀라지 마시라) 보였다! 실물만큼이나 커다란 돛단배가 구불구불한 선들 사이에서 툭 튀어나왔다!

왜? 나는 궁금해졌다. 지금은 이렇게 쉽게 되는데, 왜 그때는 그렇게 안 되었던 걸까? 그래서 나는 **스테레오그램**을 검색했다. 그러자 시각적 착각에 대한 엄청나게 긴 설명글이 나왔다.

위키피디아에 따르면 사물이 실제와 다르게 보이는 건 시각적 시스템 때문이다. 한 전문가는 이런 현상을 물리적 착각, 생리적 착각, 인지적 착각이라는 세 가지 유형으로 나눠서 설명한다. 내 시선을 붙든 것은 인지적 착각이었다. 왜냐하면 인지적 착각은 무의식적인 추론의 결과라고 나왔기 때문이다. 어떤 무의식적인 추론이 나에게 그토록 강력한 힘을 발휘했던 걸까?

그러다 내가 열한 살일 때 아버지가 한 말이 기억났다. 나는 내 또래의 거의 모든 아이들보다 더 키가 컸고, 심지어 몇몇 선생님들 그리고 많은 어른들보다도 더 키가 컸다. 어느 날 아버지가 구석진 곳에 나를 데리고 가서 이렇게 말했다. "누구든 방에 들어오면 네가 제일 먼저 보일 거야."

남자 인구 전체보다도 더 빠른 속도로 자라고 있던 열한 살 소녀로서 나는 내가 이미 충분히 시선을 끈다고 생각했고, 그것만으로도 충분히 창피했으며, 그것만으로도 충분히 남의 시선을 의식하고 있었다. 그런데 그것만으로는 모자라다는 듯이, 아버지는 내게 그런 폭탄을 투척했다.

오랜 세월에 걸쳐 내적 성찰과 심리 상담을 하면서 나는 아버지의 그 말이 내게 어떤 영향을 미쳤는지 이해하게 되었다. 지금에 와서 돌아보면, 친구들이 전부 내게 매직 아이의 원리를 설명하려고 애쓸 때 아마도 나는 내 모든 에너지를 실제로 집중하는 데 쓰지 않고 집중하는 것처럼 보이는 데 썼던 것 같다.

나는 그 어린 소녀를 위해 눈물을 흘린다. 얼마나 많은 시간을, 세월을 다른 사람이 자신을 어떻게 바라보는지 걱정하면서 보냈을까.

감사하게도 어느 정도 시간이 지났을 때 나는 해방과 관련된 모든 격언 중에서도 가장 환상적인 격언을 듣게 되었다. **다른 사람들이 나를 어떻게 생각하는지는 내가 신경 쓸일이 아니다.** 그리고 나는 그 문장을 반복해서 되뇌었다. 지금도 문득 남들의 시선이 신경 쓰이기 시작할 때면 그 문장을 되새긴다.

매직 아이에서 깨달음을 얻은 이후 나는 그 책을 세 사람에게 보여줬다. 열 살짜리 손주는 몇 초 만에 그 이미지를 봤지만, 어른인 다른 두 명은 반복 패턴으로 가득한 페이지만 봤다. 두 사람 다 내가 바로 옆에서 기대에 찬 눈빛으로 바라보는 것이 부담스러웠다고 했다. 그렇게 결론이 났다. 남들이 의식하고 있다는 의식이 문제를 복잡하게 만든다.

그렇다면 최근에 내가 매직 아이를 보는 데 성공한 것은 어떻게 설명할 수 있을까? 아마도 내 뇌가 기어 변속을 했고, 그 격언이 드디어 먹혔고, 내 정신이 어느 정도 현명해진 결과이지 않을까.

왜냐하면 당신이 내 이웃이었다면 월요일 아침, 딱히 귀를 기울이지 않았어도 지붕을 뚫고 나오는 내 목소리를 들을 수 있었을 것이기 때문이다. "와, 진짜 멋진데!"

### 우리 어머니는 늘 이렇게 말씀하셨다⋯

몇 년 전 나는 아먼드 해머Armand Hammer의 전기를 읽었다. 아먼드 해머은 석유 부자였다. 그 책에서 그는 자신의 어머니가 늘 이렇게 말했다고 전했다. "천천히 서둘러라." 나는 그 말이 몹시 마음에 들었다. 그래서 **우리** 어머니가 늘 뭐라고 말씀하셨는지 머리를 굴렸던 기억이 난다. 그런데 어떤 지혜로운 말이나 다른 사람에게 들려줄 만한 말이 생각나지 않았다. 그리고 그런 생각은 곧장 이런 생각으로 이어졌다. **우리 아이들은 자신들의 어머니가 늘 어떤 말씀을 하셨다고 말할까?**

그날 아이들이 하교하고 집으로 돌아왔을 때 물었다(각각 열 살, 열두 살이었다). "너희들은 어른이 되어서 혼자 살 때 어머니가 늘 이렇게 말씀하셨지 하면 어떤 말을 떠올릴 것 같니?" 아들들은 서로를 보더니 조금 더 되바라진 아이가 이렇게 말했다. "우리 어머니는 늘 이렇게 말씀하셨지. '두부 먹어.'" 사실이다. 나는 우리 가족의 식단을 다소 극단적으로 틀었다. 그러나 "두부 먹어"가 아이들이 생각해낼 수 있는 최선이란 말인가? 그것이 내가 남길 유산이라고? 이제껏 아이들과 함께 살면서 나는 심오한 철학이 담긴 한 문장을 단

한 번도 들려준 적이 없는 건가?

나는 마커를 꺼내서 종이에 이렇게 적었다. "아먼드 해머의 어머니가 늘 말씀하셨듯, 그리고 조시와 댄 애러니의 어머니가 말씀하기 **시작했듯, 천천히 서둘러라.**" 그리고 나는 그 종이를 냉장고에 붙였다.

나는 그 질문을 사람들에게도 하기 시작했다. 내 친구 마고는 어느 추수감사절 날에 동서가 전화를 걸어서 이렇게 선언했다고 한다. 올해 추수감사절에는 마고의 집에서 모이자고. 마고는 전화를 끊고는 모멸감을 느꼈다고 한다. 그녀의 동서는 부자였고, 대저택에 살았다. 마고는 가난했고 집도 좁았다. 마고는 어머니에게 전화를 걸어 흐느꼈다. "나는 못 해요. 어떻게 할 수 있겠어요?" 마고의 어머니는 이렇게 말했다. "얘야, 안 된다고 할 수는 없는 거니?" 마고는 말했다. "네, 그렇게 말할 수는 없어요." 그러자 마고 어머니는 이렇게 말했다. "그래, 안 할 수 없는 거라면, 제대로 하렴!" 나는 그 말도 몹시 마음에 들었다!

시어머니는 일반적인 상식은 언제나 일반적이지 않다고 말했다. 그래서 나는 우리 어머니도 뭔가 대단한 말을 하지 않았던가 생각해내려고 애썼다. 하지만 그런 말씀은 없었다. 실망스러웠다. 그러다 나는 번쩍 정신을 차렸다. 나는 우리 어머니가 동시에 세 개의 직장에 다녔다는 것을 기억했다. 우리 어머니는 자신의 아이들에게 늘 뭔가 의미 있는 말을 할 수 있는 여유를 누리지 못했다.

친구들 중에 어머니가 늘 깔끔한 근교의 이층집을 지키고 있는 친구들이 부러웠던 기억이 난다. 우리 어머니는 매일 아침 출근을 했다. 어머니는 고물차 내지 램블러의 할부금을 갚았다. 옷 가게에서 할부로 내게 새 옷을 사주셨다. 그러면서도 단 한 번도 불평하지 않았다. 단 한 번도.

여전히 **천천히 서둘러라**와 같은 말을 생각해내려고 애쓰던 중에 어느 일요일, 어머니 아파트에서 있었던 일이 생각났다. 그날은 어머니가 한 주 중 유일하게 쉬는 날이었다. 어머니는 뒷담화에 열을 올리는 과부들이 잔뜩 모여 사는 건물에 살고 있었다. 그리고 그들은 한 명, 한 명 어머니를 찾아오곤 했다. 한 명이 나지막이 말했다. "오늘 아침 루실의 아파트에서 남자가 나오는 거 봤어요? 어젯밤에 자고 갔다는 얘기잖아요." 우리 어머니는 경악하면서 악질적인 말을 보태는 대신 이렇게 말했다. "오호, 루실이 부럽네요." 또 누군가가 다른 이웃에 대해 뒷담화를 하려고 하면 어머니는 그 사람이 군침 도는 소문을 터뜨리기 전에 그 말을 자르고 이렇게 말했다. "마사의 헤어스타일 정말 멋지지 않아요?" 나는 어머니가 이웃의 말을 거듭해서 반사시키는 것을 지켜봤다. 나는 어머니가 자신의 비밀을 지키는 법을 안다는 것을 알았다.

그래서 결론은, 그렇다, 우리 어머니는 기억에 남을 만한 격언을 내게 전해주지 않았다. 그리고 어머니의 수건은 색깔별로 깔끔하게 접혀서 수납장에 차곡차곡 쌓여 있지 않았다. 어머니는 이런 말씀을 하신 적이 단 한 번도 없다. "살다 보면 네가 하고 싶지 않은 일도 해야 하는 거야. 안 할 수 없다면, 제대로 하는 수밖에." 그리고 이런 말씀도 하지 않으셨다. "다른 사람의 말을 잘 들어라. 남을 함부로 판단하지 마라." 어머니는 그런 말씀을 할 필요가 없었다. 왜냐하면 어머니는 그보다 훨씬 더 강력한 것을 했기 때문이다. 어머니는 그런 것들을 몸소 실천하면서 내게 보여주셨다.

길잡이
___

어떤 주제든 좋으니 하나를 선택해서 짧은 에세이를 한 편 써보라.

## 50

하나도 빠뜨리지 말고
전부 쓰라

　나는 내 '마음으로부터 글쓰기' 워크숍에 참가하는 모든 사람에게 말한다. 그들의 이야기는 매우 중요하고, 그 이야기를 반드시 들려주어야 한다고. 내가 그들에게 말하지 않는 것도 있다. 모든 이야기가 출간될 가치가 있다고는 말하지 않는다. 적어도 내가 보기에는 이야기를 쓰는 행위가 본질이기 때문이다.

　우리 아버지는 어머니에게 연애시를 썼다. 오그덴 내시 같은 부류의 시 말이다. 나는 손주들을 위해 그 시를 코팅해서 보관했다. 우리 할아버지는 내가 대학을 졸업한 직후 샌디에이고에 머물 때 내게 이디시어로 쓴 편지를 보냈다. 철자가 정확한 영어 단어들이 몇 개 섞여 있었는데, 그런 단어는 할아버지가 자신이 받은 카드에서 그대로 베껴 쓴 것이었다. 완벽한 영어로 적힌 "멋진 하루가 되기를" 바로 옆에 읽기조차 어려운 단어가 나오곤 했다. 이를테면 **베누고나기트메리트**venugonagitmerit 같은. 이 단어를 번역하면? "결혼은 언제 할 거니?" 그리고 어머니가 87세였을 때 나는 어머니에게 기억나는 것들을 기록하시라고 일기장을 드렸다. 내가 수집하고 싶지만 얻지 못한 이야기들이 여전히 많다. 나는 할머니의 구술을 얻지 못했다. 할머니는 할머니 오빠의 팔에 문신으로 새겨진 파란색 숫자를 보고 그가 아우슈비츠에 수용되었던 사실을 알았다고 말해주지 않으셨다. 어머니의 반응도 얻지 못했다. 아버지가 심장마비로 돌아가신 뒤 마흔네 살의 젊은 나이에 돈도 없이 아이 둘과 어떻게 세상을 살아가야 했을지 그 두려움과 외로움에 대한 어머니의 반응도 얻지 못했다. 조부모로부터는 아무런 이야기도 얻지 못했다.

당신의 이야기는 당신에게서 시작하지 않았고 당신과 함께 끝나지도 않을 것이다. 당신은 그 이야기의 한복판에 서 있다. 따라서 당신이 당신의 이야기를 세상에 내보내지 못한다 하더라도 그 이야기가 당신의 미래 가족에게는 얼마나 큰 선물이 될지 상상해보라. 그들을 위해 당신의 이야기를 쓰라.

당신이 당장 글로 남기고 싶은 가장 절박한 이야
기는 무엇인가?

## 51

## 인용하기

다른 사람의 말을 잘못 인용하는 일을 막으려면(다른 사람의 말을 토씨 하나 틀리지 않고 정확하게 기억하는 사람이 과연 있을까?) "내 기억에 그녀는 이렇게 말했다" 또는 "대략 이렇게 말했다"라고 하자. 이런 식으로 인용하면 페이지가 따옴표로 뒤덮이지도 않을뿐더러 친척에게 고소를 당하는 일도 없을 것이다.

세 명의 말을 인용하라. "그 사람이 대략 이렇게 말한 것으로 기억한다"로 시작하라.

내 기억이 흐릿하다면?

어린 시절 어머니의 관심을 끌려고 애쓰다가, 마침내 어머니가 당신 이야기를 들을 준비가 되었을 때는 무슨 말을 하려고 했는지 잊어버린 기억이 있는가? 어머니가 늘 시간에 쫓기는 데다 부모 교육을 받지 못한 사람이었다면 이렇게 말했을 수도 있다. "그렇게 중요한 이야기라면 기억했겠지."

기억은 속임수를 쓴다.

나는 워크숍에 항상 다음과 같은 글쓰기 과제를 포함시켰다. 이 과제는 신성한 모임에서 친밀감을 생성하는 데 실패한 적이 단 한 번도 없다. "우리 집의 저녁식사는…"이라는 과제다.

　한번은 누군가 내게 이 과제로 글을 몇 번이나 썼는지 물었다. 오이. "한 번도 안 썼어요"라고 답했다. 실제로 나는 우리 집의 저녁식사에 대해 기억나는 것이 하나도 없다. "언제나 놀라곤 해요." 나는 이어서 말했다. "이 과제에 대해 매번 사람들이 얼마나 세세하게 쓰는지 몰라요." 나는 대신 이런 주제로 글을 쓰기로 했다. "내가 바랐던 우리 집의 저녁식사는…" 리넨 냅킨, 하얀 초, 식탁 밑에 떨어진 단추를 밟은 어머니가 날카로운 목소리로 부르는 가정부. 나는 심지어 그 가정부에게 이름도 붙였다. 섀넌. 나는 할아버지도 등장시킨다. 그는 유쾌한 판사였다. 할머니는 코네티컷주 남부에서 가장 맛있는 파이를 구웠다. 나는 완벽한 저녁식사를 상상하면서 쓰고 쓰고 또 썼다. 그동안 글쓰기를 가르치면서 들은 모든 저녁식사에, 아름다운 집에서 아름다운 음식을 먹으며 자라는 어린 시절에 대한 나의 모든 동경 중에서도 가장 좋은 것들만 골라 이어붙였다. 나는 우아함과 평온함을 골랐다. 그리고 회피하고 거짓말하고 속이고 창조하고 발명했다. 그렇게 나는 아주 조금씩 내 진짜 이야기로 빨려 들어가고 있었다. 집은 추웠다. 냉장고는 텅 비었다. 식탁은 덜컹거렸다. 장판은 군데군데 뜯겼다. 우리는 9시 반이 되어서야 저녁을 먹었다. 그때 부모님이 퇴근해서 집에 도착하기 때문이었다. 그리고 그제야 나는 기억했다. 아버지가 어머니를 품에 안고 부엌을 돌면서 노래했다는 것을. "그녀는 지쳤을 수도 있어요. 여자들은 지치기 마련이니까. … 똑같은 낡은 드레스를 입고서 ⋯ 그리고 그녀가 피곤할 때는 조금 상냥하게 굴어보길."

나는 울음을 터뜨렸고 종이 위로 눈물이 후두둑 떨어졌다. 그리고 그제야 깨달았다. 내가 그 과제에 그토록 저항했던 이유를. 나는 그것을 기억하는 것이 얼마나 괴로울지 알았던 것이다. 그러나 또한 내가 얼마나 큰 고통을 짊어지고 있었는지, 그것을 내 안에서 끄집어내 종이 위에 쏟아내는 것이 얼마나 후련한지도 깨달았다.

그러니 기억나지 않는다면⋯ 굳이 내가 말하지 않아도 당신은 알아들었을 것이다. 조금 상냥하게 굴어보자.

그리고 정말로 기억이 나지 않는다면, 그대로 내버려둬라. 당신 어머니의 말씀을 기억하라. 다시 기억나지 않는다면 그렇게 중요한 이야기가 아니었을 것이다.

나는 그 과제를 쓰고 또 쓰고 또 쓰게 되었다. 여기 내가 쓴 글을 첨부한다.


## 우리 집의 저녁식사

우리 집은 마호가니 식탁에서 저녁식사를 한다. 그 식탁에는 상판을 확장하는 추가 상판 세 개가 더 있었는데, 우리 집 오락실에 있는 오래된 당구대 밑에 쌓아두었다. 크리스마스, 추수감사절, 부활절에 쓰기 위해서다. 그때 어머니와 아비게일(주방장 겸 병 설거지 담당이다)은 가깝게 지내는 사촌들과 진짜 친한 친구들, 총 서른다섯 명을 대접해야 한다. 그레이비[육즙에 소금, 후추, 밀가루 등을 넣은 소스]와 비스킷과 바닐라와 시나몬과 순무와 오렌지소스를 바른 오리고기 요리의 향이 마치 요리 향수처럼 공기를 가득 채운다. 나는 온기와 영양의 공급원인 이 자궁을 절대 떠나지 않겠다고 맹세했다.

아이쿠, 이런. 여기까지는 내 룸메이트 랭네 집의 저녁식사였다. 랭의 부모님 두 분 다 알코올중독자만 아니었다면 내가 방금 묘사한 것처럼 아주 이상적인 저녁식사였을 것이다.

아니다, 우리 집은 농가였고, 커다란 식탁에서 저녁식사를 했다. 집에서 만든 치킨 팟 파이가 올려져 있었다. 우리가 키운 닭으로 어머니가 손수 만든 파이였다. 우리 집은 저녁식사 자리에 손님과 농장 일꾼이 끼는 것을 늘 환영했다. 오븐은 언제나, 심지어 여름에도 켜져 있었다. 그러나 그 누구도 오븐의 열기를 결코 싫어하지 않았다. 음식과 웃음이 늘 넘쳐서 열기에 신경 쓸 틈이 없었다.

이런, 이런. 이것도 우리 집 저녁식사가 아니었다.

알았다. 이제 그만하겠다. 우리 집은 늦은 시각, 아주 늦은 시각, 그러니까 9시 반쯤에 저녁식사를 했다. 상판이 군데군데 파이고 한쪽 다리가 흔들리는, 합성수지를 입힌 합판 테이블이 놓인 부엌에서. 부모님은 지긋지긋한 일터에서 기나긴 하루를 보낸 뒤 지친 몸을 질질 끌고 겨우 집으로 돌아왔다. 부모님이 번 푼돈은 심술궂은 집 주인에게 월세로 몽땅 들어갔다. 때로는 방이 세 개, 다섯 개, 네 개였다. 여러 집주인을 거쳤다.

그리고 그 돈은 낡은 셰보레 할부금을 갚는 데도 들어갔다. 차는 아버지가 로나 둔 쿠키의 빈 봉지를 보고 폭발하는 것만큼이나 정기적으로 고장났다. 아버지는 "누가 마지막 쿠키를 먹은 거야?"라고 짖어댔다.

그럴 때면 어머니는 큐 사인이라도 받은 듯이 식탁에서 도망쳤다. 매일 밤 어머니를 괴롭히는 두통이 시작되었다는 신호이기도 했다. 첫 쿠키, 마지막 쿠키, 그리고 그사이의 모든 쿠키를 먹은 언니는 자신이 자초한 추가 분량의 분노에서 도망쳤다. 당시 아홉 살이었던 나는, 마치 분쟁 조정자 실습생과 같은 역할을 했다. 식구들을 실망의 세 모퉁이에서 어떻게든 끌고 와서, 부모님에게 춤을 춰달라고 애걸했다. 그리고 아버지가 어머니의 귀에 대고 속삭이는 것을 지켜봤다. "그녀는 지쳤을 수도 있어요. 여자들은 지치기 마련이니까. … 똑같은 낡은 드레스를 입고서 … 그리고 그녀가 피곤할 때는 조금 상냥하게 굴어보길." 그리고 아버지가 어머니를 빙글 돌려서 부러진 의자에 앉히면 나는 아버지에게 "학교에 걸어갈 것인가 점심을 가져갈 것인가" 같은 불합리한 추론 농담을 해달라고 졸랐다. 그러면 어떻게든 낄낄대는 웃음소리가 괴로움을 뛰어넘으면서 우리는 손을 잡고, 어머니는 그날 새벽 6시에 구워 두었던 파인애플업사이드다운 케이크를 가져온다. 인류에게 알려진 모든 감정을 거친 우리 눈에는 눈물이 그렁그렁 맺혀 있다. 우리는 하나가 되어 내일 밤은 부디 오늘과 다르기를 기원하고 다를 것이라고 맹세한다. 내일 밤은 다를 거라고, 내일 밤은 더 나을 거라고, 내일 밤은 더 쉬울 거라고. 비록 활짝 열린 사랑이 가득한, 멍든 가슴으로 우리는 알았지만 말이다. 팔레스타인과 유대인 간의 고대 부족 전쟁이 그렇듯이 우리의 내일 밤도 아마 오늘 밤과 완전히 똑같을 것이라는 사실을.

길잡이
———

당신의 "우리 집 저녁식사는…"을 써보자.

## 53

## 고통스러운 부분을 건너뛸 수는 없다

나는 글쓰기 수업을 시작할 때 이렇게 말한다. "우리는 연금
술사입니다. 빌어먹을 것들을 황금으로 바꿀 수 있습니다.
우리에게 일어난 일들, 트라우마, 상처, 작은 '살인' 같은 것
들을 뭔가 아름다운 것으로 바꿀 수 있어요. 하지만 우리가
가장 먼저 해야 하는 가장 중요한 일은 그런 것들을 **느끼는**
것입니다. 고통스러운 부분을 그냥 건너뛸 수는 없습니다."

그런데 댄이 죽은 뒤에 나는 잠에서 깰 정도로 심한 허리
통증에 시달리기 시작했다. 나는 (아무것도 느끼지 못하는
상태였기 때문에) 농담을 했다. "댄이 내 허리를 잡고 있네."

270

한 친구가 내게 플로리다주에서 열리는 드럼/힐링 워크숍 수강권을 선물했다. 나는 플로리다주로 날아갔다. 그러나 비행기는 180센티미터의 장신 승객에게는 우호적이지 않은 장소였고 비행기가 착륙할 즈음에는 허리에서 불이 나는 것 같았다. 6일 동안 나는 바보 같은 자세로 앉아 바보 같은 베개를 드럼 삼아 두드렸다. 집에 돌아올 즈음에는 반듯하게 누워 있기만 해야 했다. 움직일 수가 없었고, 통증이 죽을 만큼 심했다. 나는 도수치료를 받았다. 침을 맞았다. 책 위에 머리를 두고 알렉산더 테크닉이라고 생각되는 것을 했다. 애드빌을 먹었다. 타이레놀을 먹었다. 분노에 관한 책을 읽었고 척추에 관한 책을 읽었다. 심지어 기계 장치 같은 것에 의지해 거꾸로 매달리기도 했다. 하지만 통증은 가라앉지 않았다. 그러다 어느 날 아침 갑자기 내 거만한 자아의 목소리가 들렸다. **우리는 연금술사입니다. 빌어먹을 것들을 황금으로 바꿀 수 있습니다. 하지만 그 방정식에서 가장 중요한 부분은 일단 당신이 그것을 느껴야 한다는 거예요.**

**아, 나는 생각했다. 내가 그것을 느껴야 한다고? 내가? 가르치는 사람도 느껴야 한다는 건가?** 나는 내 어리석은 자아를 향해 웃음을 터뜨렸다. 그리고 울음을 터뜨렸다. 그리고 울부짖었다. 그리고 바닥을 쳤다. 그로부터 이틀 뒤에 내 허리통증은 사라졌고 나는 미뤄뒀던 애도의 기나긴 절차를 밟기 시작했다.

나는 우리가 슬픔을 몸에 쌓아둔다는 것을 안다. 그러나 아는 것과 아는 것을 실천하는 것은 완전히 다르다. 자전적 에세이를 쓸 때 고통스러운 부분을 건너뛸 수 없다는 것을 머리로도 반드시 알아야 한다. 또한 당신이 하는 이야기를 경험을 통해서도 반드시 이해해야 한다.

그래서 이제 내가 워크숍을 시작하면서 "우리는 연금술사입니다. 빌어먹을 것들을 황금으로 바꿀 수 있습니다…"라고 말할 때 그 말은 내가 어느 책에선가 읽은 것이 아니다. 실제로 내 창자에서 우러나온 말이다.

언니는 12월 2일에 죽었다. 그로부터 1주일 뒤에 나는 버몬트주의 부동산을 검색하고 있었다. 친구에게 이메일을 보내 왜 케치로 이사했는지 물었다. 케치는 보스턴에서 두 시간 정도 떨어진 아기자기하고 매력적인 작은 마을이다. 그녀는 이렇게 말했다. "늙은 히피들로 가득한 곳이거든. 좌파 중에서도 골수 좌파들의 마을이지. 낸시, 이곳에는 네가 좋아할 만한 것이 있어. 올림픽 경기장 크기의 수영장 두 개가 있는 클럽이 있거든. 그러니 방목한 소가 다시 돌아올 때까지 실컷 레인을 왕복하면서 수영을 할 수 있어." 버몬트주였으므로 나는 소 얘기도 문자 그대로 소 얘기였을 거라고 생각한다.

**클럽**이라는 단어가 마음에 들지 않았다. 그러나 친구는 단언했다. 그런 배타적인 클럽이 아니라고. 동네 사람들은 누구나 회원권을 받는다고. 그리고 친구는 이렇게 덧붙였다. "우리 땅에 8,000제곱미터 정도 빈 터가 있는데, 너한테 팔 수도 있어." 나는 소중한 친구 옆에 산다는 아이디어가 마음에 들었다.

그래서 지난 달에 1년 만에 처음으로 락(마서스비니어드 섬)을 떠나 남편과 함께 세 시간을 운전해서 그 땅을 보러 갔다. 아름다운 곳이었다. 우리는 집에 돌아와 땅을 사는 문제를 논의했다. 조엘이 말했다. "왜 갑자기 버몬트주에서 살고 싶다는 거야?" 나는 말했다. "좀 조용히 살아볼까 하고." 남편이 말했다. "아, 코로나로 섬에 갇히는 것만으로는 충분히 조용하지 않다는 거야?" 나는 말했다. "그래, 조용히 살고 싶어서 그런 건 아닌가 봐."

그러다 나는 메인주의 부동산을 검색했다. 훨씬 북쪽에 사는 정말 아끼는 조카딸 가까이에 살아도 좋겠다 싶었다. 그러나 조엘은 여전히 일을 하고 있어, 보스턴에서 두 시간 이상 떨어진 곳에서는 살 수가 없었다. 그래서 메인주 북부는 검색 목록에서 제외되었다.

친구 제인에게 내 계획을 말하자 그녀는 즉시 이렇게 말했다. "너 도망치는 거야. 애도하는 대신에 등을 돌리고 막 내달리고 있다고." 내가 말했다. "아니야. 이건 그런 거랑은 달라."

제인은 이렇게 명령했다. 그만큼 가까운 친구라서 가능한 일이다. "아무것도 사지 마! 어디에도 가지 마. 애도하는 1년이 끝나기 전에는 그런 큰 결정은 절대로 하지 마."

남편은 내게 심심하냐고 물었다. 나는 아니라고 말했다. 갇혀 지내서 좀이 쑤시냐고 물었다. 나는 아니라고 말했다. 우리 집에서 마음이 떠났냐고 물었다. 나는 우리 집을 매우 사랑한다고 말했다. 그는 말했다. "그럼 뭐가 문제야?"

**그러게 뭐가 문제인 걸까.** 나는 생각했다.

나는 오래도록 산책하면서 나 자신에게 같은 질문들을 던졌다. 내가 생각해낼 수 있는 답이라고는 **아마도 내가 스승, 나보다 나이가 많은**(나보다 나이가 많은 사람이 있기는 한가?) **멘토를 찾고 있는지도 모르겠다는 것이었다.** 아니면 내 **영혼의 공동체를 찾고 있는지도.**

누군가 내게 도교에는 힐러와 스승이 가득하다고 말해줬다. 그래서 다시 검색에 들어갔다. 어스십스Earthships라는 정말 감탄할 정도로 흥미로운 거주지를 찾았다. 완전히 고립된 오지에 있으며 완벽하게 아름다운 곳이다.

나는 몇 년 전에 산타페에 간 적이 있었는데, 그곳 날씨가 정말 마음에 들었다. 건조하고, 낮에는 해가 뜨겁고, 밤 공기는 맑고 차가웠다. 게다가 요즘에는 이곳 매사추세츠주의 겨울 날씨 중에서도 내가 특히 좋아하는 폭설이 내리는 날이 눈에 띄게 드물어졌다. 그리고 우리가 다른 지역에 가 있을 때만 눈이 내렸다.

나는 뉴멕시코주로 가는 비행기표를 예약했다. 렌터카도 예약했다. 그러고는 환상적인 어스십스 중 한 곳에서 1주일 숙박하는 것으로 예약했다.

내가 이런 일을 벌이는 동안 이산화탄소 배출량 때문에 비행기 타기를 꺼리고, 집을 한 채 더 소유할 생각도 전혀 없는 남편은 내 계획에 반대하지 않았다. 남편은 가끔 나를 대자연이라고 부른다. 자신이 반대하면 내가 사실에 근거해 현명한 판단을 내리기보다는 그런 반대에 반대로 맞설 것이라는 사실을 아는 것 같다.

제인이 내게 도피하고 있다고 말한 것이 내 충동적인 사고에 계속해서 끼어들었다. 크로니그스 마켓에서 사야 하는 쇼핑 목록에 대해 두 번 생각할 때 도피에 대한 생각이 한 번 따라붙었다. 수지의 환상적인 샐러드 드레싱에 들어가는 화이트 발사믹 식초를 어디에서 구해야 할지에 대해 세 번 생각할 때 도피에 대한 생각이 한 번 따라붙었다.

워크숍에서 "그 방정식에서 가장 중요한 부분은 일단 당신이 그것을 **느껴야** 한다는 거예요!"라고 말한 다음에는 이렇게 덧붙였다. "그것을 느끼지 않으면, 느끼지 않은 채로 넘겨버리면, 슬픔을 억누르면, 그것은 어떻게든 당신 몸으로 들어갑니다. 당신의 콩팥이나 간이나 심장에서 절여질 거예요."

댄이 죽었을 때, 나는 내 조언을 하나도 듣지 않았다. 그러고는 하루에 집어넣을 수 있는 최대치로 활동을 꾸역꾸역 집어넣어 가며 마구 정신을 팔았다. 한 달이 지나 먼저 심방세동[심방의 근층筋層에서 일어나는 빠르고 조화되지 않은 불규칙한 수축을 특징으로 하는 심방성 부정박동] 진단을 받고 그다음에는 끔찍한 허리통증이 생긴 뒤에야 나는 정신을 차렸다. 마치 유예된 꿈처럼, 고통을 정서적으로 감내하겠다는 내 의지가 태양 빛에 건조된 건포도만큼이나 바짝 말라버린 채로 미뤄지고 보류되고 있었다는 것을 깨달았다.

그런데 언니의 죽음을 겪은 직후 나는 또다시 나 자신의 현명한 지혜의 말을 듣지 않고 있다. 나 자신이 하는 말이 들린다. **고통스러운 부분을 건너뛸 수는 없습니다.** 그리

고 나는 다시 한번 고통스러운 부분을 건너뛰기 위해 생각해
낼 수 있는 전형적인 것들을 모두 시도하고 있다. 버몬트주
에 땅을 사려고 알아본다. 뉴멕시코주로 날아가 지속 가능
한 라이프스타일로 사는 삶에 대해 조사한다. 내게 영혼의
공동체와 스승 같은 사람이 필요하다는 핑계를 대면서. 그때
깨닫는다. 그 스승이 바로 슬픔이라는 것을. 나는 그 스승을
안다. 아주 속속들이. 그리고 그 스승은 지금 내가 있는 이
소박한 집에 나와 함께 있다.

영혼의 공동체는? 바로 당신이다.

나는 예약한 여행을 취소했다.


길잡이
___

당신의 인생 이야기 중에서 고통스러웠던 부분을
건너뛰려고 한 경험이 있는가? 그 경험에 대해
쓰라.

## 54

때로는 의식의 전환을 위해
외부의 이야기가 필요할 때도 있다

여러 해 전, 어머니가 아직 칠십대였을 때, 나는 때가 되면
우리 오두막집에 방을 하나 더 만들겠다고, 그래서 차갑고 인
정머리 없는 요양원으로 어머니를 보내는 일은 절대 없을 거
라고, 어머니를 모시는 것이 오히려 영광일 거라고 말했다.

"사랑스러운 아가야." 어머니는 말했다. "정말 착하고 사
려 깊구나. 하지만 그런 약속은 하는 게 아니야. 미래가 어
떻게 될지는 아무도 몰라."

나는 말했다. "저는 알아요. 전 엄마를 브리지 게임장에
모셔다드릴 거예요. 직접 끓인 수프를 드릴 거예요. 어머니

277

머리를 감기고 빗어드릴 거예요. 함께 수채화도 그리고, TV 예능 프로그램도 볼 거예요."

그런 내 계획은 세세하고 생생하고 무엇보다 진심에서 나온 것이었지만, 현실에 근거한 것은 아니었다. 나는 그런 계획을 세움으로써 어머니에게 안정감을 줄 수 있었고, 나 자신이 좋은 사람이라고 믿을 수 있었다.

그러다 냉혹한 깨달음의 시간이 해피엔딩을 만났다. 어머니는 우리 집에 찾아와서 함께 살자는 우리 제안을 진지하게 고려하고 있다면서 의논해보고 싶다고 하셨다. 어머니는 이런 기사도 스크랩해서 가져왔다. 「늙어가는 부모님과 함께 사는 가장 좋은 방법」How to Best Live with an Aging Parent. 그 기사는 모든 쟁점을 다뤘다. 돈 문제, 지역공동체에서 지원 서비스를 받는 법, 친밀한 관계 간에 사적 영역을 존중하고 건강하게 거리를 유지하는 법, 부엌살림·냉장고·식재료 관리하는 법. 그야말로 연하식嚥下食부터 보험까지 모든 것을 다루고 있었다.

어머니가 온 다음 날 아침, 손님방 역할도 하는 내 작은 서재에 있는데, 어머니가 불렀다. "얘야, 이 라디오 어떻게 쓰는 거니? 작동법을 잘 모르겠구나."

"내가 봐드릴게요, 사랑하는 엄마." 나는 말했다. 나는 작은 숫자를 읽으려고 돋보기를 쓰고서 알람을 맞춰드렸다. 내가 막 나서려는 순간 어머니가 말했다. "얘야, 커피는 안 만들었니? 지금 마셨으면 하는데."

"아직 안 만들었어요." 내가 말했다. "하지만 금방 만들어드릴게요." 물이 끓기를 기다리는 동안 나는 어머니의 짐 가방을 끌어올려서 침대 위에 놓고 옷장에 공간을 마련하기 시작했다. 물론, 그런 일은 어머니가 오시기 전에 했어야 했다. 나는 어머니가 쓰실 것 같은 물건들을 어머니 손이 닿지 않는 선반이나 어머니가 쪼그려 앉아야 손이 닿는 곳에서 꺼내 옮겼다.

현관문을 서둘러 나서려는데(이미 지각한 상태였다) 어머니가 말했다. "아가야, 비타민을 담아둘 작은 접시가 없을까? 전날 밤에 미리 꺼내둬야 밤에 자기 전에 뭘 먹었고 뭘 아직 안 먹었는지 알 수 있거든." 작은 접시 대신 점토 그릇을 찾았다. 아들이 3학년 때 만든 것으로 그동안 차를 우려낸 티백을 담아두는 용도로 썼다. 어머니는 딱 적당하다고 했다. 그다음에는 침대 정리를 도와달라고 했다(어머니는 침대 정리를 하지 않고 방을 나서는 법이 없다). 읽을거리를 달라고 했고(막 읽던 책을 끝냈다고 했다), 마늘과 레몬이 어디 있는지 알려달라고 하셨다. 아보카도가 딱 알맞게 익은 것처럼 보인다면서 말이다(구아카몰레guacamole[으깬 아보카도에 양파, 토마토, 고추 등을 섞어 만든 멕시코 요리]를 만들고 싶은데 내가 아직 집에 안 돌아왔을 경우를 대비해서).

운전을 하는 내내 집중할 수가 없었다. 나는 그날 아침 집을 나서는 것만으로도 얼마나 힘들었는지 계속 생각했다. 어머니의 소소한 부탁들 중에 딱히 힘든 건 없었다. 엄청나게 힘을 써야 하거나 심지어 강한 집중력을 요하지도 않았다. 그냥 나는 그동안 아침에 혼자 있는 시간과 나만의 아침 의식에 익숙해져 있었다. 나는 부끄러워졌다. 내 대단한 아침 의식이 방해받았다고 해서 잠깐이나마 짜증이 났었다는 사실이. 커피나 접시나 라디오가 그렇게 어려운 일이었나? 나는 내 이기적인 자아를 나무랐다. 더 잘하리라 다짐했다. 아니, 나는 이 여자를 사랑하고, 이 여자와 함께 시간을 보내고 함께 사는 것이 좋다. 그래서 어머니께 함께 살자고 한 것 아니었나?

그날 밤 자기 전에 나는 기사를 읽었다. 그리고 밤새 뒤척이다 해가 뜨는 것을 보았다.

**이건 아무것도 아니야.** 나는 생각했다. **어머니가 나를 정말 필요로 하게 되면 어떻게 할 거야.** 나는 친구 메리를 생각했다. 메리의 아버지는 메리의 어머니가 돌아가신 뒤 메리와 함께 살기 시작했다. 그는 무리한 요구를 하면서 메리의 삶에 간섭했고 심지어 폭력도 휘둘렀다. 나는 친구 폴을 생각했다. 폴의 어머니는 그가 아내와 세 어린 자녀와 함께 사는 집으로 들어왔다. 아무리 좋게 말해도 폴의 어머니는 부정적인 사람이었다. 이제 인생 말년에 접어든 그녀는 도저히 참아줄 수 없는 지경에 이르렀다. 나는 내 할머니를 기억한다. 우리와 함께 살던 할머니는 아흔 살이 넘자 한밤중에 거리를 헤매기 시작했다. 어머니는 할머니를 쫓아다녔고 우리 부모님은 새벽에 말다툼을 벌였다. 할머니는 아버지의 엄마였고, 어머니는 그녀를 사랑했다. "어머니를 요양원에 보낼 수는 없어요. 절대로 안 돼요." 어머니는 울었다. 우리 어머니는 언제나 유쾌하고, 함께하면 즐겁고, 인심이 후했다. 그러나 그때는 그때고 지금은 지금이다. 낯선 곳에서 살게 되면 어머니는 자립심을 잃게 될까? 친구들을 보고 싶어 하면서 내게 더 기대게 될까? 정신이 흐려지면서 내 화장실을 어머니 화장실로 착각하게 될까? 어머니는 어머니 명의로 별도의 전화를 놓으실까? 우리 저녁식사에 늘 함께하실까, 아니면 혼자 저녁을 드시면서 웃음소리와 부딪치는 유리잔 소리에 귀를 쫑긋하고 기울이실까?

어머니의 삶은 이제 너무 많은 전환을 너무 빨리 겪기 시작했다. 친구 한 명이 병에 걸렸다. 다른 친구는 돌아가셨다. 어머니는 치과를 두 번이나 바꿔야 했다. 한 번은 의사가 은퇴해서였고, 다른 한 번은 의사가 죽어서였다. 다른 의사들도 마찬가지다. 마치 어머니를 지탱하던 인프라가 무너져 내리고 있는 듯하다. 게다가 인프라 재건설은 아예 선택지에 없다.

어머니가 쇠약해지고 있다는 위협이 가까워지고 있는데, 나는 지금 아침 시간을 몇 번 방해받았다고 불평하고 있다니. 나는 숲에서 산책을 하기로 한다. 숲속을 걷는데 여러 해 전에 들은 이야기가 떠올랐다.

중국에 한 젊은 농부가 살았다. 그는 하루 종일 들판에서 열심히 일했다. 농부에게는 먹여 살려야 할 자식이 많았고 아내는 몸이 허약했다. 어느 날 그는 자신의 고된 일상에서 잠시 고개를 들었고, 마당에 앉아 빈둥거리는 늙은 아버지가 눈에 들어왔다. **아버지는 일을 하지 않잖아.** 농부는 생각했다. **도움이 되지 않아. 하루 종일 먹고 자기만 하지. 내**

시간과 돈을 너무 많이 잡아먹어. 아버지를 어떻게든 해야겠
어. 그래서 젊은 농부는 상자를 하나 만들었다. 완성한 상자
를 외바퀴 손수레에 실은 뒤에 집으로 갔다. "아버지." 농부
가 말했다. "아버지를 더는 모실 수가 없어요. 여기 들어가세
요." 노인은 상자로 기어 들어갔다. 농부는 상자를 꽁꽁 닫
은 다음에 산꼭대기로 갔다. 거기서 상자를 굴릴 생각이었
다. 울퉁불퉁한 산길을 올라가는데 노인이 갑자기 상자 덮개
를 세차게 두드리기 시작했다. "왜 그러세요, 아버지?" 농부
가 짜증스럽게 말했다. 노인은 웅얼거리며 말했다. "네가 뭘
하려는지 안다. 요즘 얼마나 살기 어려운지 알아. 하지만 상
자는 버리지 말거라. 네 아들도 쓸 수 있게 말이다."

　나는 100미터 달리기를 해본 적이 없다. 위험을 피해 또는
안전을 향해 달려야 했던 적이 없다. 그러나 나는 마치 목숨
이 걸린 것처럼 집으로 날아왔다.

　도대체 무슨 생각이었던 걸까? 이 시간으로 뭘 할 작정이
었기에 어머니에게 이 시간을 쓰는 것에 불만을 품기 시작했
을까? 어머니의 말년에 어머니를 모시는 것보다 더 중요한 일
이 어디 있다고. 어머니가 돌아가시도록 내버려둘 작정이었을
까? 그러고는 어머니가 돌아가시고 나면 슬픔과 향수에 젖어
어머니께 커피를 갖다드렸으면 좋았을 거라고 후회하려고?

　이것은 선물이다. 나는 이것이 선물이라는 것을 미처 알아
차리지 못했다.

　나는 집으로 뛰어들어 갔다. 어머니를 보자마자 어머니
를 안고 이렇게 말했다. "제일 먼저 나랑 차를 타고 노을을

보러 가요. 그런 다음에 랍스터를 먹고 집에 와서 어머니 방 설계도를 함께 그려요.”

길잡이
___

주인공이 심경의 변화를 겪는 이야기를 쓰라.

## 55

## 치유를 위한 글쓰기

이따금 워크숍을 마무리하면서 나는 이렇게 말한다. "이 워크숍은 사실 '치유를 위한 글쓰기'라고 불러야겠죠. 하지만 그런 이름을 붙이면 아무도 오지 않을 거예요."

우리 모두 킥킥 웃는다. 치유를 전면에 내세우면 대다수 사람이 치유 과정에 어떤 것들이 포함되는지 알아차리고 피할 것이기 때문이다. 치유를 위해서는 자신의 내면 깊숙이 들어가서 고통을 느껴야 한다. 누가 그런 것에 자원하겠는가? 그래서 '마음으로부터 글쓰기'라는 이름(훨씬 더 무해하게 느껴질 법한 이름)은 당신이 자신의 내면으로 깊숙이 파고 들어가 고통을 느끼고, 그리고 물론 강력한 치유의 경험을 할 수 있도록 내 워크숍으로 끌어들이기 위한 내 음흉한 전략의 하나다.

나는 글쓰기가 어떻게 슬픔을 치유하는지를 보여주는 수백 건의 이야기를 안다. 나는 마치 목숨처럼 자신의 고통을 꽁꽁 싸매고 있다가 글쓰기를 통해 자신에게 벌어진 일을 바라보는 완전히 새롭고 더 건강한 관점을 찾으면서 그 사람 자체가 변화하는 현장을 직접 목격하는 특권을 누렸다.

사람들이 워크숍이 치료법이냐고 물으면(그리고 그렇게 묻는 사람이 많다) 나는 이렇게 답한다. "아니요, 워크숍은 치료법이 아니에요. 다만 함부로 평가하지 않는 청중의 지지를 받으면서 당신의 이야기를 쓰는 과정이 **치유 효과**를 발휘하는 거죠." 그리고 그렇게 이 이야기는 다음으로 이어진다.

## 의학계에서의 스토리텔링

의사인 리타 샤런Rita Charon은 컬럼비아대학교에 서사 의학이라는 전공을 개설했다. 기본적으로 이 전공은 의사들이 환자의 이야기에 세밀하게 관심을 기울이고 그 이야기를 치료에 활용하는 것을 다룬다. 환자의 서사에 의사들이 귀를 기울이면 더 높은 수준에서 공감할 수 있고, 그것은 곧 더 긍정적인 치료 결과로 변환된다.

나는 이 뛰어난 여성이 기획한 워크숍에 연사로 초청받았고, 그 경험은 내가 이미 직관적으로 알고 있던 것을 입증했다. 내 '마음으로부터 글쓰기' 워크숍에서 참가자가 지켜

야 하는 유일한 규칙은 당신이 자신의 글을 다 읽으면 우리
는 그 글에서 마음에 드는 점을 말해준다는 것이다. 그게 전
부다. 나는 워크숍을 시작하기 전에 내 워크숍은 출간을 목
표로 하거나 원고를 교정하거나 작가에게 개선점을 알려주
는 자리가 아니라는 점을 확실하게 밝힌다. 실제로 나는 첫
시간에 이렇게 농담을 한다. "저는 글쓰기를 가르치지 않습
니다. 저는 감탄하면서 칭찬을 퍼붓는 법을 가르칩니다." 그
래서 한 사람이 지극히 사적인 내용의 글을 다 읽고 나서 나
머지 사람들로부터, 내가 시연한 그대로의 피드백을 받을 때
(대개 그 글에서 가장 돋보이는 구절들을 그대로 읊으면서
**세상에나, 당신 정말 대단해요**를 두세 번 반복하는 것을 의
미한다) 그의 얼굴에서 수년에 걸쳐 축적된 근심걱정이 말
그대로 사라지는 것을 보게 된다. 그 사람은 환하게 빛을 내
면서 허리를 꼿꼿하게 펴고 다음 시간에는 목소리를 더 크
게 낼 수 있게 된다.

이 워크숍에서 우리가 하는 과제 중 하나는 참가자 서른여
섯 명이 원형으로 둘러앉아서 3분 동안 옆사람에게 어떤 이
야기라도 좋으니 이야기를 들려주는 것이다. 이 과제가 목표
하는 것이 무엇인지 알기 때문에 우리는 대개 들려주기 가장
힘든 이야기를 고른다. 모든 사람이 자신의 이야기를 들려주
고, 그 이야기에 귀를 기울인 후에 리더가 벨을 울리면 우리
는 돌아가면서 자신의 짝이 들려준 이야기를 마치 자신의 이
야기인 것처럼 들려준다. 우리가 막 들은 이야기를 다시 들
려주는 작업, 그러나 그냥 어디선가 임의적으로 주워들은 이

야기가 아니라 우리 자신의 심장과 창자 깊숙한 곳에서 나온 이야기로 다시 들려주는 작업의 효과는 강력하며, 또 충격적일 정도로 고통스럽다.

현재 일부 의학대학원에서 서사 의학을 가르치고 있다. 의사들은 마침내, 아마도 처음 의대에 지원했을 때 꿈꾸었던 그런 힐러가 될 기회를 얻게 된 것이다.

**길잡이**

글쓰기 짝과 서로의 이야기를 듣고 들려주는 과제를 수행하라. 그런 다음에 상대가 들려준 이야기를 마치 자신의 이야기인 것처럼 쓰라.

## 56

## 자신이 쓴 글을 소리 내 읽으라

잠시 휴지기를 가진 다음, 당신이 짜냈던 글을 다시 읽으라. 이때는 소리 내 읽어야 한다. 그러면 **보랏빛**purple이라는 단어는 발음이 너무 세다는 것을 알 수 있고, 그래서 조금 더 부드러운 소리, 이를테면 **라벤더빛**lavender으로 바꿔야 한다는 것을 알 수 있다. 소리 내 읽어야 **러그**rug라는 단어를 연달아 세 번 썼음을 알아챌 수 있다. 초고에서는 단어나 구문을 반복해서 쓸 수도 있다. 어쨌거나 원래는 러그였다 해도 원고를 손보고 있는 현재 그것은 카펫 또는 깔개 또는 모로코 양탄자로 바뀌지 않았는가.

의도적인 반복은 강력한 효과를 발휘할 수 있다. 게으른 반복은 하품을 자아낸다. 아무리 세상에서 가장 훌륭한 문장이나 단어 조합이라도 다시 한번 집어넣으면 그 힘이 약해질 뿐이다.

그것이 휴지기를 갖고 원고를 잠시 넣어두는 이유이기도 하다. 다시 돌아갔을 때, 여전히 편집자 모자를 쓰고서도 새로운 눈으로 원고를 볼 수 있다.

길잡이
———

일기장에서 가장 최근에 쓴 일기를 소리 내 읽으라. 리듬감이 느껴지는지 귀 기울여보자. 세부 묘사나 색 묘사를 바꿔보자.

## 57

## 자전적 에세이를 쓰는 데
## 작업실은 필요 없다

여러 해 전에 '마음으로부터 글쓰기' 워크숍을 진행하는 중에 한 참가자의 삶이 완전히 바뀌는 경험을 했다. 그다음 해에 그녀는 조엘과 나를 자기 집으로 초대해 저녁식사를 대접했다. 디저트를 먹으면서 그녀는 나를 위해 건배하며 이렇게 말했다. "깜짝 놀랄 것이 있어요. 사실은 나를 치유하고 내 목소리를 찾게 도와줘서 고맙다는 인사 대신이에요."

그녀는 요정처럼 반짝이는 불빛이 비추는 아름답고 구불구불한 산책로를 따라 우리를 안내했다. 그 길 끝에는 넓은 공터가 있었고 아주 사랑스러운 나무 건물이 있었다. 색유리

창이 달려 있었고 천장이 높았다. 그녀는 화려한 손짓으로 그 건물의 문을 열면서 이렇게 선언했다. "제 글쓰기 작업실이에요. 다 **당신** 덕분이에요." 책상에는 최신 컴퓨터와 옅은 복숭아빛 티로즈(어떻게 내가 제일 좋아하는 장미꽃 색을 알았지?)가 한가득 꽂힌 꽃병이 놓여 있었다. 고급스러운 허먼 밀러 에어론 의자가 주인님이 앉아서 『뉴욕타임스』 베스트셀러를 써주기를 기다리고 있었다. 집으로 돌아오는 길에 나는 질투에 휩싸인 나머지 그녀의 요리사가 온종일 준비했을 초콜릿 피스타치오 무스 타워를 게워낼 뻔했다.

**나를 깜짝 놀라게 할 선물이라고?** 나는 차 안에서 분노를 터뜨렸다. **누가 봐도 세상에서 가장 멋진 작은 작업실이 나를 위해서 만든 거라고? 정작 나는 비좁은 거실에 갇혀서 무릎에 맥북 프로를 얹고 글을 쓰는데? 내가 글을 쓰지 못하는 게 당연해.**

현명한 남편은 이렇게 말했다. "다 헛소리야. 글을 쓰고 싶으면 어디서든 쓸 수 있어. 당신도 알잖아. 내가 읽은 당신의 가장 뛰어난 글들은 대부분 마룻바닥에서, 두 아이가 당신을 올라타는 와중에 빨래를 개면서 쓴 거였어."

작업실이 없어도 글을 쓸 수 있다. 만약 작업실이 없어서 글을 못 쓴다고 생각한다면 그것은 말로는 쓰고 싶다고 하면서 실제로는 쓰지 않는 자기 자신을 합리화하려는 궁색한 변명일 따름이다.

그러니 다시 한번 말하겠다. **작업실이 없어도 글을 쓸 수 있다.** 글을 쓰는 데 필요한 것은 글을 쓰고 싶다는 열망과 자기 절제력뿐이다.

길잡이

글을 쓰려면 갖춰야 한다고 생각했지만, 실제로
는 필요하지 않았던 세 가지를 나열하라.

## 58

이렇게 써도 된다고?
이런 것에 대해?

J. D. 샐린저J. D. Salinger의 소설을 처음 읽었을 때, 나도 글을
쓸 수 있다는 것을 처음으로 깨달았다. 홀든 콜필드는 아이
였고, 아이처럼 말했다. **사기꾼**phonies 같은 평범한 단어를 썼
고, 동일한 표현을 반복하는 등 내가 학교에서 읽은 글에서
는 찾지 못한, 지극히 인간적인 면모를 보여줬다. 홀든은 진
짜 사람처럼 말했고, 수학 시간에 내 옆자리에 앉아 있을 법
한 인물이었다. 홀든은 감정과 소외감과 신에 대해 썼다. 샐
린저를 읽기 전까지 나는 작가들이 이렇게 말해야만 한다고
생각했다. "사랑하는 연인이여, 왜 그토록 창백한 얼굴로 방

황하는가? 예쁜 사람아, 왜 그토록 창백한가? 건강해 보이는 것으로 그녀의 마음을 움직일 수 없다면, 병약해 보이는 것으로 그녀의 마음을 움직일 수 있을까?"

샐린저는 내게 나처럼 말해도 된다고 허락했다. 나는 열다섯 살이었고, 아버지를 막 잃었다. 나는 아주 형편없는 시를 쓰기 시작했다. 남의 시선을 의식하지 않았고, 그 시가 "좋은" 시인지 아닌지 신경 쓰지 않았다. 내 아린 마음을 글로 표현하면서 충분히 교육받은 것처럼 보일지, 진짜 작가처럼 들릴지, **그런 모든 것**들에 신경 쓰지 않을 수 있었다는 것, 그러면서도 내 고통과 혼란을 그토록 많이 쏟아낼 수 있었던 것은 귀한 선물이었다. 하느님과 정파종교에 대해 양가적인 감정을 느끼면서도 그런 감정에 대해 죄책감을 느끼지 않을 수 있었던 것은 귀한 선물이었다.

이제 나도 당신에게 내 허락과 축복, 그리고 개지 않은 빨래를 내리겠노라.


길잡이
___

> 당신의 목소리를 꾸밈없이 그대로 내도 된다고 생각하게 해준 사람이 있는가? 그로 인해 당신의 글쓰기에 어떤 변화가 있었는가?

## 59

이야기에서 위기가 끊임없이 이어지면
버거워진다

며칠 전 친구 두 명과 저녁 시간을 보내면서 나는 암담했던
내 과거를 들려줬다. 친하게 지낸 지 몇 년 되었으므로 대부
분은 친구들이 이미 아는 이야기였다. 그러나 나는 내가 버
텨내야만 했다고 생각하는 어린 시절의 끔찍한 일화들의 기
나긴 목록에 새로운 일화들을 계속 더하고 있었다. 어느 순
간 친구들의 집중력이 약해지는 것이 느껴졌다. 그래도 고집
스러운 이야기꾼인 나는 이야기를 멈추지 않았다.

  그날 밤 친구들과 헤어져 혼자가 되었을 때 내가 꼭 해야
만 한다고 생각했던 나의 독백을 돌아봤다. 그리고 친구들

에게 한 이야기들이 실제로 일어난 일이었다 해도 너무 과
했다는 것을 깨달았다. 친구들에게 모든 세부사항을 묘사
할 필요는 없었던 것이다. 친구들은 이미 몇 년 전에 내 과거
에 대해 들었다. 내가 누군지 알고 있다. 내 단골 이야기들
을 잘 아는 친구들 앞에서 나는 시들어가는 꽃에 굳이 금박
을 덧입혔을 뿐이다. 다른 모든 이야기들마저 거짓처럼 느껴
질 정도로.

선택하고 솎아내라. **여러 이야기들 중 가장 좋은 이야기를
골라내고 같은 메시지를 전달하는 나머지 이야기들은 생략
하라.** 당신이 얼마나 고통받았는지를 일일이 다 들려줄 필요
는 없다. 독자의 머리에 너무 많은 비극을 퍼부으면 독자에
게 두통만 일으킨다. 그것만으로도 독자가 아마존닷컴에 나
쁜 평을 남기거나 최악의 경우 당신 책을 다 읽지도 않고 도
서관에 반납할 충분한 이유가 된다.

길잡이
___

당신이 위기를 맞이했던 순간들을 나열하라. 그
중에서 가장 심각했던 위기 하나를 선택하고 나
머지는 지우라. 그 위기에 대해 쓰라.

## 60

## 유머

유머는 재밌다. 유머는 심술궂지 않다. 만약 심술궂다면 유머가 아니다. 나는 신랄한 말을 던진 뒤에 이런 식으로 정당화하는 사람들을 안다. "농담이야." 아, 이 농담꾼아. 당신의 불만에 냉소를 슬쩍 얹지 말게나. 냉소가 적절한 때와 장소는 따로 있으니.

우리 그냥 솔직해지자.

신랄한 글을 쓰라. 그런 다음 신랄함을 빼고 유
머를 더해 재밌는 글로 바꿔보자.

이야기가 앞으로 나아가는 데
도움이 되지 않는 아름다운 글

방금 당신이 인생에서 최고로 멋진 단락을 썼다고 하자. 모든 단어가 아름답다. 자신의 재능에 감탄하며 뿌듯함에 물든다. 단락을 읽고 또 읽는다. 읽으면 읽을수록 자부심이 더 커진다. 퓰리처상 수상 소감을 고민하다가 현실로 돌아온 당신은 그 단락을 다시 읽고 깨닫는다. 그 단락이 당신이 만들어내고 있는 장면에 아무런 보탬이 되지 않는다는 것을. 그저 아름다운 글일 뿐이다. 이제 당신은 그 단락을 서사 속에 집어넣으려고 애쓴다. 어딘가에. 어디라도. 당신이 집어넣으려고 하는 부분에 아무런 보탬이 되지 않는다는 사실은 중요하지 않다. 당신은 여기를 매만지고, 저기에 넣어보고, 삭제했다가 또다시 엮어 넣고, 마치 하늘에서 떨어진 새똥처럼 찍찍 뿌려댄다. 이것이 가장 어려운 일일 수 있다. 그 단락은 당신의 이야기에 어울리지 않는다는 것을 인정해야만 한다.

길잡이

당신의 글을 몇 페이지 살펴보면서 어울리지 않는 부분이 있는지 찾아보라. 그런 다음 그 부분을 빼서 '사망한 소중한 보물들' 파일에 넣어라. (정말로 죽은 것은 아니다. 휴식을 취하면서 적절한 때가 왔을 때 당신이 되살려주기를 기다리는 것뿐이다.)

## 62

## 다시 쓰기가
## 당신 글의 진짜 출발점이다

나쁜 글을 고쳐서 좋은 글로 만드는 것은 좋은 글을 고쳐서
더 좋은 글로 만드는 것보다 더 어렵다.

— 리셸 E. 굿리치Richelle E. Goodrich

오래전부터 내 작가 친구들은 하나같이 다시 쓰기가 자신이
가장 좋아하는 글쓰기 단계라고 말했다. 나는 아니다. 나는
다시 돌아가서 내 글을 손보는 일을 정말 싫어한다. 지루한
작업이다. 억지로 컴퓨터 앞에 앉아 처음 읽는 글이라고 스

스로를 세뇌해야 한다. 그런 전략이 늘 통하는 것은 아니어서 절반 정도는 그냥 포기한다. 내가 게을러서 그렇다고 생각한다. 그러나 나도 안다. 내가 실제로 성실하게 다시 쓰기 작업을 제대로 하면 다시 쓴 원고가 몇천 배는 더 낫다는 사실을.

어떻게 아느냐고?

한번은 자전적 에세이의 일부가 될 68쪽 분량의 원고가 몽땅 사라졌다.

일반적으로 나는 일단 글을 끝까지 다 쓴 다음에 교정을 한다. 그런데 이번만큼은 초고를 쓰는 틈틈이 교정도 했다. 나는 그 결과물이 무척 마음에 들었고 꼼꼼하게 작업하는 새로운 방식에 만족하고 있었다. 그런데 나는 러다이트[영국에서 산업혁명이 일으킬 실업의 위험에 맞서 기계를 파괴하고 폭동을 일으킨 사람들]주의자이므로, 당연하게도 자동수정 기능과 그 혈족들이 내게 반감을 가지고 있었고, 그 결과 내 파일이 사라지고 말았다. 나는 서비스 센터에 컴퓨터를 들고 갔지만 거기서도 내 파일을 찾아주지 못했다. 남편은 직접 하드 드라이브를 떼어내 보스턴에서 가장 뛰어난 데이터 복구 회사에 보냈다. 경찰서 데이터도 다룬다면서 자신들이 복구에 실패한 사례는 손에 꼽을 정도라고 남편에게 말한 회사다. 데이터를 복구하지 못하면 비용도 청구하지 않겠다고 말할 정도로 자신감이 넘쳤다. 회사 측은 핵심어를 알려달라고 했다. 나는 핵심 문장들을 전달했다. 내 파일은 찾지 못했다.

나는 며칠을 정신 나간 사람처럼 방황했다. 이것이 내가 자전적 에세이를 쓰면 안 될 운명이라는 증거라고 생각했다. 그 뒤로 꽤 오랫동안 아무것도 쓰지 않았다. 그러다 결국 글쓰는 행위 자체가 그리워지기 시작했다. 그래서 다시 글을 쓰기에 적합한 시점이 온 것일 수도 있겠다고 판단했다. 이번에는 내 의식이 달라졌고, 자기 절제력도 생겼고, 글도 훨씬 더 명료해졌다. 일종의 다시 쓰기였다. 그리고 시간이 흐른 덕분에 일종의 신선함이 더해졌다. 작가에게 늘 시간이 넉넉한 것은 아니므로 다시 쓰기는 좋은 습관이다. 당신이 다시 쓰기 습관을 익혔다면, 그 비결을 내게 알려주길 바란다.

**나는 몸소 실천하지 못하는,** 그래서 조언밖에 할 수 없는 그런 습관 중 하나이기 때문이다.

길잡이

> 아주 빠르게 글 한 편을 쓰라. 생각하지도 말고, 편집하지도 말고, 교정하지도 말자. "내가 마지막으로 그를 봤을 때…." 자, 이제 그 글을 다시 쓰자. 이번에는 천천히 여유를 가지고.

## 63

## 말하지 말고 보여주라는
## 글쓰기 조언을 모르는 사람은 없다

그러나 그 조언을 처음 들었을 때 나는 무슨 의미인지 제대로 몰랐다. '말하기'가 곧 '보여주기'라고 생각했다.

다음은 **말하기**의 예다.

때로 엄마는 아무런 예고도 없이 분노에 휩싸였다. 동생과 나는 엄마가 무서웠다. 엄마가 일을 하고 돌아온 날 밤에는 특히 더 무서웠다. 하지만 엄마가 상냥한 날도 있었다.

다음은 **보여주기**의 예다.

주중에는 저녁 5시 45분이 되면 동생과 나는 거실 소파에 무릎을 끌어안고 앉아서 엄마 차의 전조등 불빛이 창문을 비추기를 기다렸다. 불빛이 창문에 닿자마자 우리는 각각 열 살, 여섯 살 된 다리가 낼 수 있는 가장 빠른 속도로 계단을 뛰어 올라갔다. 우리는 방문을 있는 힘껏 닫고 옷장 속에 숨었다. 엄마의 발소리만 듣고서도 우리는 곧 고함소리가 들이 닥칠 것인지, 아니면 노랫소리가 날아들 것인지를 알 수 있었다.

**길잡이**

---

말하기 버전으로 글을 한 편 쓰라. 그런 다음에 같은 내용을 보여주기 버전으로 다시 쓰라.

## 64

우리가 자기 자신에 대해
스스로에게 들려주는 이야기들

여러 해 전에 나는 불교 명상 지도자인 잭 콘필드의 '자각의
힘'Power of Awareness 워크숍에 참가했다. 워크숍 이틀째 날 그
는 더 이상 우리에게 도움이 되지 않는 "우리가 자기 자신에
대해 스스로에게 들려주는 이야기들"에 대해 이야기했다. 다
음 날 아침 나는 명상센터 주변을 산책했다. 그러다 얇게 쌓
여 있던 눈에 미끄러지면서 넘어졌다. 절뚝거리며 본관으로
돌아오면서 나는 생각했다. 그렇지, 내가 안 넘어질 리가 있
나, 원체 발목이 약하잖아. 그런데 그다음에는 이런 생각이
들었다. 잠깐만. 내 발목은 약하지 않아. 발목이 약한 건 언

**니야**. 나는 언니를 무조건 우러러봤고 가능하면 언니의 모든 점을 흡수해서 내 것으로 만들고자 했다. 언니의 결점까지도. 나는 궁금해졌다. 나는 도대체 언제부터 내 발목이 약하다는 착각에 빠져 살았던 거지? 나는 내가 한 번도 스케이트를 배우려고 시도한 적이 없다는 것도 깨달았다! 실제로 나는 발목이 약하다는 핑계를 대면서 내가 즐기지 못할 이유가 전혀 없는 겨울 스포츠를 즐기지 못한 것이다. "우리가 자기 자신에 대해 스스로에게 들려주는 이야기들"의 전형적인 예 가운데 이보다 더 적합한 게 또 있을까. 내게는 이런 이야기가 얼마나 더 있을까? 당신에게는 그런 이야기가 몇 개나 있는가?

워크숍에서 돌아온 나는 열한 살짜리 꼬마 친구를 강사로 고용해 비니어드의 실내 스케이트장에서 스케이트를 배웠다. 곧 동계올림픽에 출전할 거라고 발표하지는 못하겠지만 누군가가 손을 잡아주면 스케이트를 탈 수 있게 되었다. 그리고 다시는 내 발목이 약하다는 이야기는 하지 않을 것이다.

음악 교사로부터 당신은 음치라면서 "입만 벙긋거리라"는 말을 들었을 수도 있다. 그래서 노래하는 즐거움을 영영 잃어버렸을지도 모른다. 화가인 이모가 당신에게 색감이 전혀 없다고 말했을 수도 있다. 당신이 여섯 살이나 되었는데도 검은색과 갈색만 썼다는 이유로. 그리고 그로 인해 당신이 품었을 수도 있는 예술적 야망이 죽어버렸을 수도 있다. 당신이 스스로에게 들려주는 이야기들을 점검하라!

당신이 자기 자신에 대해 스스로에게 하는 이야
기 중 당신에게 전혀 도움이 되지 않는 이야기가
있는가?

## 65

블로그에
자전적 에세이를 연재하면 안 될까?

요즘에는 블로그가 대세다. 워너브라더스사가 제작한 만화
《메리 멜로디스》Merrie Melodies의 노래를 재해석한 제임스 테일
러James Taylor의 노래를 인용하자면 로그, 즉 통나무에서 떨어
지는 것만큼이나 쉽기 때문이다. 누구나 블로그를 운영할 수
있다. 그리고 블로그 이웃과 방문자 수가 늘어나면 편집자의
눈에 띄어서 블로그 게시글이 책으로 출간될 수도 있다.

블로그에 글을 쓰는 것의 장점 중 하나는 매일 글을 쓰고
싶어질 것이라는 점이다. 또한 매일 글을 쓰는 것이 부담스
럽게 느껴지지도 않을 것이다. 아무도 당신에게 글을 쓰라고

압박하지 않기 때문이다. 또한 게시글의 분량도 당신 마음대로 정할 수 있다. 그러니 이 핑계 저 핑계를 대면서 글쓰기를 미룰 바에야 차라리 블로그를 시작해보자.

길잡이
———

블로그에 글을 쓴다고 가정하고 그 글에 붙일 제목 세 가지를 쓰라.

## 66

## 상층부를 공략하라

'성공'한 권력자들은 아마도 게임의 규칙을 지키지 않았기 때문에 성공했을 것이다. 일개미에게는 의사결정권이 없다. 따라서 조직의 말단에 있는 사람에게 소설, 기사, 시를 보내면 그 사람이 당신의 원고를 아무리 마음에 들어 하더라도 위층에 있는 상사에게 그 원고를 추천하지 못할 수 있다. 그래서 거절된 다른 원고들과 함께 어느 책상에 켜켜이 묻히게 될 것이다. 제일 꼭대기에 있는 사람이 누구인지 조사해서 그 사람에게 원고를 보내라. 그 사람에게 전화를 걸라. 그 사람에게 이메일을 보내라. 그 사람을 귀찮게 하라. 그들의 단골 카페를 찾아가라. 애원하라. 개인적인 친분을 쌓아라. 끽끽대는 바퀴는 짜증을 유발하기도 하지만, 끽끽대는 소리는 침묵보다는 잘 들린다.

사실 1970년대에는 나도 언젠가는 출판계를 통해 글을 발표한 정식 작가가 되고 싶다고 꿈만 꾸는 숨은 작가 지망생이었다. 매달 여성 월간지 『리어스』를 앞표지부터 뒤표지까지 샅샅이 읽으면서 그 안에 내 이야기가 실리는 상상을 했다. 그러다 드디어 용기를 냈고 발행인란을 들여다보면서 그 많은 편집자 중 누구에게 원고를 보내야 할지 고민했다. 나는 그냥, 그러니까 내 눈에 들어온 이름을 골랐다. 어쩐지 눈에 익은 이름이었고, 무난하게 느껴졌다. 2주 뒤에 나는 전화를 받았다(아직 사람들이 서로 통화를 주고받던 시절이었다). 수화기 너머에 있는 여자가 웃고 있었다. 그녀는 이렇게 말했다. "저는 『리어스』 편집자 린다 거트스타인이에요. 당신 원고가 정말 마음에 들었어요. 원고료를 지불하려고 하는데, 그전에 뭐 하나 물어봐도 될까요?" 나는 몹시 놀란 데다 매우 흥분한 상태였지만 정신을 꼭 붙들고 답했다. "그럼요, 물어보세요." 그녀는 말했다. "왜 저한테 보내셨죠? 저는 기획기사 담당자가 아닌걸요." 나는 이렇게 답했다. "당신 성이 유대인 성인 데다 거트gut[영어로 '내장'을 뜻하며 '직감'을 의미하기도 한다]가 들어 있어서요." 그녀는 더 크게 웃으면서 자신은 유대인이 아니라고 말했다. 그러나 어찌되었든 뉴욕의 주요 잡지로의 내 여정은 그렇게 시작되었다. 무식해서일 수도, 순진해서일 수도 있지만 나는 곧장 꼭대기로 갔고 기대했던 것보다 더 큰 보상을 받았다. 그리고 이 글을 쓰는 오늘은 이메일을 받았다(이제는 편집자와 이메일로 연락을 주고받지만, 이메일을 받을 때도 똑같이 흥분된다). 잡지 『모먼트』Moment의 편집장이 내 원고를 사겠다고 했다.

고등학교 3학년 때 교장선생님이 나를 교장실로 불러서 어느 대학에 가고 싶은지 물었다. 나는 듀크대학교에 가고 싶다고 했고, 교장선생님은 그 이유를 물었다. 나는 듀크대학교가 남부의 예일대학교라는 말을 들었고, 예일대학교는 여학생을 받지 않기 때문이라고 말했다.

그때가 1958년이었다. 교장선생님은 이렇게 말했다. "버지니아주립대학교는 어떨까? 공연예술학과가 아주 훌륭한데." "네, 하지만 저는 그렇게까지 남쪽으로 가고 싶지는 않아요." 라이브스 교장선생님은 허리를 숙여 서랍을 열고는 지도책을 꺼냈다. "자, 보렴. 여기가 노스캐롤라이나주고 여기가 버지니아주야." 교장선생님은 이렇게 말할 수도 있었다. "미국 지리도 모르는 넌 대학교에 갈 자격이 없다"고. 그러나 그런 말은 하지 않았다. 대신 이렇게 말했다. "버지니아주립대학교 측에 홍보 책자를 보내달라고 해보게. 자네라면 그 학교가 마음에 들 거야."

책자의 첫 페이지에는 데이지 체인Daisy Chain[데이지 꽃을 엮어서 만든 밧줄로, 1900년대 미국 대학 졸업식에서 졸업생들이 걷는 길 양쪽에서 대개 2학년생들이 데이지 밧줄을 들고 있었다]의 흑백사진이 실려 있었다. 그리고 마치 잡지 표지 모델처럼 완벽하게 머리를 올리고 얇은 모슬린 천으로 만든 드레스와 하얀 장갑을 착용한 금발 여학생 일곱 명이 데이지 꽃다발에 둘러싸여 반원 대형으로 앉아 있었다. 그 사진을 보자마자 내가 보인 반응은 **저기에 꼭 가야만 해. 저기에 가면 비유대인이 될 수** 있어였다. 좋은 교육을 받는 것이 문제가 아니었다. 내 목표는 비유대계 미국인이 되는 것이었다.

나는 유대인으로 사는 것이 지긋지긋했다. 부모님은 미국 사회에 동화되려고 노력했지만, 나는 그것으로는 충분하지 않다고 생각했다. 유대인은 크리스마스를 기념하지 못한다. 나는 태어날 때부터 크리스마스가 부러웠다. 유대인은 치어리더가 될 수 없었다. 유대인은 사교댄스 파티에 갈 수 없었다. 유대인은 이 동네의 단 하나뿐인 컨트리클럽 회원이 될 수 없었다. 내게 가장 큰 칭찬은 "넌 유대인처럼 안 보인다"는 말이었다.

저 금발 미녀들이 나를 비유대계로 이끌어줄 입장권이었다.

다음 페이지에는 무도회 사진이 나왔다. 댄스 파트너인 콴티코 해병기지의 해병들이 제복을 완벽하게 갖춰입고서 길을 따라 죽 늘어서 있었다. 이 사진에서도 여학생들은 마치 그림처럼 흠잡을 데 없이 여성스럽고 아름다웠다. 당시 나는 키가 180센티미터에 몸무게는 80킬로그램이 넘었다. 내 머리카락은 진흙 같은 갈색이었고, 습도가 높아지면 부스스해졌다. 나는 버지니아주립대학교에 다닐 것이고, 그러면 더는 일라이자 둘리틀Eliza Doolittle[《마이 페어 레이디》에서 오드리

헵번이 맡았던 역할로 길거리 빈민 소녀에서 상류층 미인으로 변신한다]을 부러워하지 않아도 될 것이다.

3년 전에 아버지와 사별한 우리 어머니는 여전히 마음이 약한 상태였고, 고속도로에서 운전한 경험이 없었다. 그래서 그해 9월 나는 코네티컷주 하트퍼드에서 버지니아주 프레더릭스버그로 향하는 고속버스 좌석 11B에 몸을 맡겼다. 버지니아주립대학교 메리워싱턴칼리지에 입학해 첫 학년을 시작하기 위해서였다. 장장 아홉 시간이 걸리는 장거리 여행인데다가 한 번 환승까지 해야 했다. 그동안 나는 작은 짐가방을 손에 꼭 쥐고 있었다. 가방 안에는 면 소재의 셔츠드레스 세 벌과 단정한 벨트, 운동화 한 켤레, 어머니가 할부로 사주신 진주 단추가 달린 카디건, 데오도런트, 아이보리 비누, 생리대 한 상자가 들어 있었다. 나는 가져올 물품란을 꼼꼼히 읽지 않았다. 그래서 수건도 가져와야 한다는 것을 몰랐다. 침대 시트도. 좋은 베개도 가져오지 않았다. 아직 좋은 베개를 베고 자는 것이 어떤 느낌인지조차 몰랐기 때문이다.

코네티컷주에서 자라는 내내 나는 뉴저지주보다 더 멀리 나가본 적이 없었다. 미국 남부가 어떤 곳일지 전혀 마음의 준비가 되어 있지 않았다. 버스에서 내렸을 때 나는 여자 화장실을 찾았고, 여자 화장실이 둘이라는 것을 알게 되었다. 한 곳은 여자용이라고 표시되어 있었고, 다른 한 곳은 유색인용이라고 표시되어 있었다. 나는 두 입구 앞에서 어쩔 줄 모르고 어정쩡하게 서 있었던 기억이 난다. 시대를 역행하는 이런 시골의 편견에 동조할 수는 없었다. 나는 북부 사람이었다. 내게는 흑인 친구도 있었다. 이건 도대체 어떤 상황인 걸까?

내가 유색인용이라고 표시된 곳으로 들어가면 사람들이 뭐라고 생각할까? 안도할까, 아니면 불쾌해할까? 결국에는 약한 자의 편에 서야 한다는 내 신념이 더 강했기 때문에 나는 조심스럽게 유색인용이라고 표시된 입구로 들어갔다. "1번 입구야! 1번 입구라고!"라고 큰 소리로 외치는 방청객들이 있었다면 도움이 되었을 것이다. 그러나 방청객은 없었다. 그리고 실제로 주변에 있었던 몇몇 사람들의 표정으로 볼 때 내 선택이 정답은 아니었던 것 같다.

그러나 그런 것에 기가 죽을 내가 아니었다. 대학교 캠퍼스는 참으로 장엄하고 아름다웠다. 수양버들 나무들, 졸졸 흐르는 시내를 건너는 작은 다리들, 하얀 기둥이 받치고 있는 벽돌 건물들. 그중에는 미국 제3대 대통령이었던 토머스 제퍼슨이 잠을 잔 건물도 있었다.

입학식 다음 날 우리는 잡지 표지 모델 같은 금발 여학생들 중 한 명의 기숙사 방에 모였다. 약 아홉 명이 모여 이야기를 하면서 웃고 농담을 주고받았다. 나는 천국에 있었다. 그러다 누군가 반유대주의적인 농담을 했다. 모두 웃음을 터뜨렸다. …나도 포함해서.

그날 이후 이틀 동안 내 머릿속에서는 우뇌와 좌뇌가 토론을 벌였다.

**나는 왜 여기에 있는 걸까?**

코넬대학교에 갔어야 해.

316

**하지만 이미 여기에 왔는걸.**

문화 교환학생이 되었다고 생각해.

**아무 말도 안 하면 되지 않을까?**

아하, 4년 동안이나 비밀로 하겠다고?

**내가 유대인이라는 걸 밝히면 친구가 생기지 않을 거야.**

넌 유대인이 안 되려고 여기 온 거니까, 그런 거지?

그렇게 나는 나 자신과 논쟁을 이어갔다.

그로부터 닷새가 지난 밤에 나는 그때 그 여학생들과 그때 그 방에 있게 되었다. 같은 이야기가 오갔고, 또 다른 반유대주의적 농담이 나왔다. 나는 나도 모르게 손을 들었다. 그리고 내 비밀을 털어놓았다. 그런 다음 완벽한 이디시어로 유대인 농담을 했다. 금발의 완벽한 여학생들이 웃음을 터뜨렸다. 웃음이 어느 정도 잦아들었을 때 나는 다시 한번 손을 들고 말했다. "나는 유대인이야. 그러니까 이런 농담은 나만 할 수 있는 거야."

침묵이 이어졌고, 그 침묵은 고통스러울 정도로 컸다. 그때 예쁘장한 금발 여학생 한 명이 말했다. "오, 낸-시, 네가 유대인이라니 믿기지 않아. 이렇게나 사랑스러운걸!" 다른 한 명은 이렇게 말했다. "그래, 널 꼭 우리 집에 데려가서 아빠를 만나게 해야겠어. 내가 유대인을 만났다고 해도 믿지 않으실 테니까!"

자, 나는 마음속으로는 두 여학생의 말이 다 칭찬으로 한 말이라는 것을 알았다. 듣기에는 무자비한 말들이었지만 말이다. 그러나 세 번째 여학생의 말은 완전히 뜻밖이었다. 그녀는 내게 내 "하야"hayah를 만져볼 수 있는지 물었다. 나한 테 뿔이 있는지 확인하고 싶었던 게 분명하다. 이후 몇 년이 지난 뒤에야 알게 된 것을 그때에도 알았더라면 하는 아쉬움이 남는다. 알고 보니 미켈란젤로가 모세를 그릴 때 머리에 뿔 두 개를 그려 넣었다고 한다. 히브리어에서 뿔이라는 단어는 **광채**를 뜻하는 단어와 발음이 비슷하다.

나는 내 하야를 만져도 좋다고 허락했고, 웃음과 함께 즐거운 분위기가 이어졌다. 그때 내 안에서 뭔가가 변했고, 나는 내가 계속 여기에 있어야 한다는 것을 알았다.

등록금의 일부를 받는 대신 나는 학교 구내식당에서 일했다. 조리실의 보조 인력은 한 명도 빠짐없이 전부 흑인이었다. 그리고 나처럼 근로장학금을 받는 여학생들은 서빙을 담당했다. 서빙이 끝나면 우리 여학생들은 구내식당의 근로장학생 지정 식탁에서 식사를 할 수 있었다. 나는 보통 조리실에 남아서 그곳에서 일하는 사람들과 식사를 했고, 금방 친한 사이가 되었다. 우리는 내가 어릴 때 언니와 함께 들었던 노래를 불렀다. 뉴욕주 버팔로의 흑인 라디오방송 채널에서 흘러나왔던 노래들이다.

어느 날 나는 플래터스[1958년 결성된 미국의 흑인 보컬 그룹]의 멤버라도 된 듯이 "오 오 오, 그래요, 나는 위대한 위선자예요"라며 목청 높여 솔로 공연을 펼치고 있었다. 내 상사인 맥기니스 부인이 사무실에서 소리를 지르며 뛰쳐나왔다. "낸-시, 네가 북부 출신이라는 건 알아. 근데 네가 이렇게 니거들을 부추겨 소란스럽게 만들면 그때마다 내가 조용

318

히 시켜야 한다고. 자, 계속 이 일을 하고 싶으면 밖으로 나가서 네 무리와 함께 식사를 하렴." 나는 그녀가 무슨 말을 하는지 알았다. 그녀가 말하는 내 무리란 백인을 뜻했다. 그러나 내게는 함께 일하는 그 사람들이 내 무리였다.

그 후로도 몇 번 더 조리실에서 보조들과 어울리는 현장을 맥기니스 부인에게 들켰고, 근로장학생 자격을 잃을까 봐 걱정이 되었다. 그래서 새로 사귄 착한 친구들과 시간을 보내는 것을 멈췄고 '규칙을 준수하기' 시작했다.

어느 날 조리실 보조 중 한 명이 나한테 다가와서 표 몇 장을 들고 흔들었다. "낸-시, 지미 리드 좋아해?" 나는 좋아한다고 말했다. 지미 리드Jimmy Reed[미국의 블루스 음악가이자 작곡가]가 누군지 전혀 몰랐지만 말이다. 그는 내게 표 네 장을 건넸다. 표에는 "금요일 밤, 무기고에서!"라고 인쇄되어 있었다. 북부 출신 여학생 세 명이 나와 함께 가기로 했고, 우리는 택시를 불러서 캠퍼스를 나섰다.

정시에 도착했지만, 그곳에는 백인 경찰관 세 명을 제외하면 아무도 없었다. 경찰관들은 우리를 보자 "대학 캠퍼스에서 왔소?"라고 물었다. "네." 내가 대답했다. "그렇군." 경찰관 배역들 중 한 명이 말했다. "여기는 니거 무기고인데."

"우리는 입장권이 있어요." 나는 퉁명스럽게 대꾸하고 표를 보여줬다.

대형 스피커에서 낸시 윌슨Nancy Wilson의 노래가 터져나왔다. 벽 네 면에 빈 의자들이 빼곡하게 놓여 있었다. 창백한 얼굴의 경찰관 한 명이 내게 와서 고갯짓으로 구석의 뚱뚱한 경찰관을 가리키면서 말했다. "경사님이, 몸무게가 얼마나 나가냐고 물으세요." 나는 깊이 생각하지 않고 되받아쳤다. "그렇게 큰 숫자는 말해줘도 모를 거라고 전하세요." 그것이 불행의 전조였음을 그때는 알지 못했다.

금요일 밤 통금 시간은 10시였다. 우리를 초대한 조리실 보조들이 등장했을 때는 이미 시계가 9시 27분을 가리키고 있었다. "저기 좀 봐! 저길 보라고! 낸-시, 우리 낸-시가 왔어!" 〈트위스트〉가 한창 흘러나오고 있었다. **지난여름처럼 우리 함께 다시 한번 트위스트를 춰봐요.** 나는 그들과 함께 신나게 뛰면서 춤을 췄다.

우리는 사감 선생님이 문을 막 잠그려는 찰나에 기숙사에 도착했다. 나를 찾는 전화가 와 있었다. "하, 낸-시. 메리 베스 로라예요. 내일 오후 3시에 하우드 학과장님 댁에 반드시 오라고 했어요." **반드시.** "무슨 일 때문인지 알 수 있을까요?" 나는 물었다. 로라의 답에 등골이 오싹해졌다. "무슨 일 때문인지 알잖아요."

나는 전화를 끊고 어머니에게 전화를 걸었다. "내일 학교에서 쫓겨날 것 같아요. 하지만 걱정하지는 않아요. 그러면 『라이프』 표지를 장식할 수 있을 테니까요." 나는 아무렇지 않은 척 떠들었지만 속은 타들어갔다. 다음 날 나는 버지니아주립대학교 학장과 일곱 명의 학과장이 앉아 있는 반원의 중간에 앉아 있었다. 온몸이 덜덜 떨렸다. 하그로브 학과장이 먼저 입을 열었다. "지역공동체 전체가 충격에 휩싸였어요." 그녀가 말했다. "니거들조차도 충격을 받았다고요." 그러자 허니웰 학과장이 말했다. "낸–시." 그녀는 매우 진지했다. "관리실 기술공하고도 춤을 출 생각인가요?" 나는 목에 걸린 것도 없는데 헛기침을 하고 이렇게 말했다. "저는 여기 온 뒤로 남녀가 만나는 자리에 세 번 나갔어요. 제가 만난 남학생들은 하나같이 술에 취해 있었고 무례했어요. 금요일 밤에 함께 춤을 춘 남자들은 예의 바르고 친절했어요. 저는 그 사람들과 함께 일해요. 제가 아는 사람들이에요. 제 친구들이라고요."

그러자 사교활동 학과장이 풍만한 가슴골에서 작은 꽃이 수놓인 손수건을 꺼내더니 애연가의 상징인 허스키한 목소리로 이렇게 말했다. "내가 불만을 표하는 유일한 이유는, 낸–시, 학생이 사교장에 (그리고 마치 이제야 담배 연기가 다가온 것처럼 손수건으로 부채질을 하면서) 후견인 없이 갔다는 거예요!"

언젠가는 이 모든 것이 《새터데이 나이트 라이브》의 훌륭한 소재가 될 수도 있다는 사실을 알지 못했던 것이 아쉽다. 그러나 1959년 당시 그 순간에는, 취조 심문을 받는 그 자리에서는, 『라이프』 잡지사에 갈 마음이 손톱만큼도 없던 상태에서는(도대체 무슨 생각이었던 걸까?) 내 운명의 향방을 기다리면서 그냥 눈물을 참는 수밖에 없었다.

마침내 그들은 내게 달리 할 말이 없느냐고 물었다. 나는 잘 나오지도 않는 목소리로 말했다. "저도 알아요." 나는 말했다. "로마에 가면 로마의 법을 따라야 한다는걸요. 하지만 저는 흑인과 함께 자랐어요. 그냥 우리보다 피부색이 어두울

뿐이라고요. 우리와 똑같은 사람이에요. 좋은 사람도 있고 나쁜 사람도 있어요. 제가 함께 일하는 사람들은 좋은 사람들이에요. 제가 벌을 받아야 할 이유가 없다고 생각해요. 왜냐하면 저는 아무것도 잘못한 게 없다고 생각하니까요."

학장은 단 한마디도 하지 않았다. 그러나 대학 전체를 총괄하는 학과장인 주임 학과장은 이렇게 말했다. "낸-시, 학생을 퇴학시킬 생각은 없어요. 그런 일로 세상의 이목을 끌고 싶지 않으니까요. 그러나 학생의 행보를 예의주시할 거예요."

"학생의 행보를 예의주시할 거예요"는 내 구호가 되었다. 내게 내구성을 높이는 테플론 같은 보호막이 씌어져 있다는 것을 알게 되자(그것도 테플론이라는 것이 존재하지 않았던 시절에 말이다) 내 내면의 반항아가, 이전에는 코끼리용 마취제를 맞고 잠들어 있었던 게 분명한 그 반항아가 깨어났다. 그리고 나는 나만의 작은 인권운동을 시작했다.

졸업식 한 달 전에 나는 테네시 윌리엄스Tennessee Williams의 《목화를 가득 실은 스물일곱 대의 마차》27 Wagons Full of Cotton에서 플로라 역을 맡아 공연을 펼쳤다. 그런데 아주 섹시한 장면이 한창일 때 우리가 앉아 있던 그네가 부서졌다. 빅토리아 시크릿에서 팔 법한 실크 슬립을 입은 채 바닥에 철퍼덕 주저앉은 나는 즉흥적으로 변주를 시작했다. 주들 간 전쟁(남부 사람들이 남북전쟁을 일컫는 표현)과 위선과 시내 한복판에 여전히 존재하는 노예 구역에 관한 독백을 하는 장면이었다. 나는 이렇게 말했다. "처음에 그걸 봤을 때 빨간 페인트를 부어버리고 싶었죠. 이 금요일 밤에 윌리엄스트리트로 잠깐 다녀오고 싶은 사람 없나요? 그 여행을 샤밧 티쿤 올람Shabbat Tikkun Olam이라고 부르도록 하죠." 테네시는 무대 한복판에서 내가 시작한 1인 여성 시위를 자랑스러워할 것이다.

평생 코네티컷주를 단 한 번도 떠나본 적 없었던 우리 어머니는 용감하게도 당시 92세였던 할아버지를 모시고 여섯 시간 반을 달려 내 졸업식에 참석하셨다. 나는 미국 독립혁명의 딸들의 딸들인 친구들에게 어머니를 소개했고, 앨비 학과장 앞으로 끌고 갔다. 어머니는 남부 사투리로 나를 훌륭하게 키웠다고 칭찬 세례를 퍼붓는 학과장에게 홀딱 반했다.

졸업식장 복도를 걸어가면서 나는 학사모 수술을 옆으로 휙 넘기는 것이 기대되었다[미국 고등학교와 대학교 학부 졸업식이 끝날 무렵 교장 또는 총장이 졸업생들이 학위 과정을 마쳤다고 선언하면 졸업생 일동이 오른쪽으로 늘어뜨렸던 학사모 수술을 왼쪽으로 옮기는 순서가 있다]. 또한 내 소중한 가족을 보면서 막연하게 미래에 언급하기 위해 필요할 것이라는 생각이 들어서 그날의 모든 것을 전부 기억하려고 애썼다.

"저 위에서 무슨 일이 벌어진 거니?" 어머니는 졸업식이 끝난 뒤에 내게 물었다. "마치 완벽한 리듬이 있는 것 같았거든. 모든 여학생이 연단에 올라가서 학위를 받고, 권위 있어 보이는 노인 세 명과 악수를 하고, 그 자리에서 벗어나 반대편으로 내려가더라. 그런데 네가 연단에 올라가니까 그 리듬이 깨졌어. 네가 소개해준 앨비 학과장이 너한테 뭐라고 말했고, 다들 웃음을 터뜨리던데. 뭐라고 했니?" "아아. 아주 기가 막히게 재밌었어요, 엄마. 학과장님은 이렇게 말했어요. '낸-시, 이제 네가 우리를 떠나니 마침내 이 땅도 안정을 되찾겠구나.' 그리고 엄마 말처럼 다들 웃었죠." 그런데 그 농담은 오히려 역설이 되었다. 당시 버지니아주립대학교는 1960년대 초입에 들어서고 있었다. 대마초와 코카인과 합법적인 낙태와 인권운동이 그곳에서 폭발했고, 그들은 아마도 차라리 내가 있던 시절이 그리웠을 것이다.

그러나 그곳에서 4년을 머문 것은 아마도 내 평생 가장 좋은 선택이었을 것이다. 그곳에서 도망쳤다면 나는 여전히 유대인이라는 옷장에 갇혀 있었을 것이다. 그런데 나는 그곳에 도착했을 때보다 유대인으로서의 정체성이 오히려 더 강해졌고, 다른 누군가가 되겠다는 갈망은 잠잠해졌다. 대신 나는 일상 대화에 이디시어 표현을 드문드문 섞어 쓰는 남부의 미녀 집단을 그곳에 남겨두었다. 그건 **그렙스**greps(**농담**)였어, **슈비츠**schvitiz(**땀**)가 나네, 그 남자 **슈노러**schnorer(**빈털터리**)야, 이런 낡은 **슈마타**schmatta(**누더기**) 같으니라고 같은 표현 말이다. 그리고 나는 영문학 학사학위를 받았고, 그 학위로 샌디에이고에서 고등학교 영어교사라는 첫 직장을 구할 수 있었다.

나는 진흙 같은 내 갈색 곱슬머리를 마침내 받아들였다. 그리고 내 인권운동 활동 이력의 씨를 심고 물을 주기 시작했다. 나는 앞으로 누군가가 내게 "당신은 유대인처럼 보이지 않는걸요"를 칭찬이랍시고 하면 내 하프토라Haftorah[매주 안식일에 전 세계 회당에서 토라의 말씀과 함께 읽는 선지자들의 말씀 모음집]의 첫 구절과 함께 "오, 그렇지만 나는 유대인인걸요. 아주, 아주, 그냥 머리부터 발끝까지 유대인 그 자체랍니다"라고 크게 외치리라는 것을 알았다.

길잡이

오늘 당신이 선망하고 구독하는 잡지나 블로그나 플랫폼의 최고 편집자에게 당신의 글을 보내라. 일단 편집자 한 명을 확보하고 나면 당신이 원하는 것을 얻기 위해 투쟁할 수 있다.

## 67

## 자신이 원하는 것을
## 쟁취하기 위해 싸우라

글쓰기는 경제활동이다. 다른 경제활동과 다를 바 없다. 제일 먼저 최저기준선을 정해야 한다. 전투를 신중하게 골라서 해야 한다. 어떤 전투는 버리고 당신의 원고에 도움이 되는 전투에 전념해야 한다.

여기 내가 원하는 것을 쟁취하기 위해 싸운 사례를 소개하겠다. 다만 나는 원하는 것을 얻는 데 실패했다.

1980년대 초 나는 여성 월간지 『맥콜스』*MacCall's*에 칼럼을 연재하고 있었다. 한번은 다음 글을 보냈는데, 그 과정에서 잡지계에 대한 아주 뼈아픈 교훈을 얻었다. 그것은 잡지사는 메시지보다는 이미지를 중시한다는 것이었다.

글을 읽으면서 **다행히도**라는 단어를 찾아보라.

## 밖을 내다보기, 안을 들여다보기

커튼과 관련된 질문은 거의 완벽하게 화목한 부부 사이도 갈라놓을 수 있다. 나는 커튼을 좋아하지 않는다. 나무, 하늘, 가끔은 사람 등 밖에 무엇이 있는지 보는 게 좋기 때문이다. 바깥 풍경은 신이 빚은 예술작품과도 같다. …일종의 액자에 담겨 있는. 그러나 최근 우리는 부엌을 리모델링했고 남편은 부엌에 들어서자마자 아무것도 쳐져 있지 않은 두 개의 창문을 보았다.

그는 말했다. "당장 저 창문들을 가려야겠어."

나는 반문했다. "왜? 바깥 풍경이 얼마나 예쁜데. 아침이면 햇살이 환하게 들어오고 밤에는 달이 은은하게 빛나는 것도 볼 수 있는걸."

"가서 커튼 좀 사 와." 남편이 말했다. "온 세상이 우리가 여기 있는 걸 보잖아."

"온 세상이라니?" 나는 말했다. "옆집은 혼자 살고 지붕에 올라가 엎드리지 않는 이상 우리 집 안이 보일 리가 없잖아. 그렇게까지 해도 겨우 우리 집 전자레인지를 볼 수 있을까 말까야."

"실없는 소리 하지 마." 남편이 말했다. "늘 그 집에 친구들이 찾아오잖아. 이 창문으로 안이 훤히 들여다보일 거라고."

"일부러 들여다보면 보이기는 하겠지." 나는 말했다. "하지만 굳이 힘들게 들여다봐서 뭐하게. 기껏해야 우리가 샐러드 만드는 거나 보려고?"

남편은 웃지 않았다. 게다가 남편은 나한테 뭘 요구하는 사람이 아니다. 그런 작은 부탁은 들어줘야 할 것 같았다. 그래서 나는 블라인드를 사러 갔다. 그리고 요즘은 블라인드라고 부르지 않는다는 것을 곧 알게 되었다. **창문 장식용품**이라고 부른다고 했다. 하나같이 마음에 들지 않았다. 블라인드는 칙칙했고, 커튼은 더 칙칙했다.

나는 친구들이 사생활 보호 문제를 어떻게 해결하는지 조사하기 시작했다. 그래서 내가 알게 된 것은? 몇몇 사람들은 내 입장에 전혀 공감하지 못했다. 인테리어 감각적으로 말이다. 나는 내 친구들이 소파, 의자, 커튼 등에 쓰는 맞춤 천의 종류에 엄청나게 놀랐다. 나는 지금도 천장 몰딩에 빛바랜 옛 레이스 식탁보를 압정으로 달고는 그것을 가문의 가보 방 칸막이라고 부른다. 히피 시절의 감성에서 비롯된 『하우스 뷰티풀』House Beautiful 류의 인테리어 취향이 내게 여전히 남아 있는 걸 감안하면 내가 박씨를 건조해서 염색한 뒤에 엮어서 걸어두고는 "창문 장식용품"이라고 부르지 않는 것만으로도 감사해야 할 것이다.

"뭘 사 왔어?" 남편이 집에 돌아오자마자 물었다.

"아무것도 안 샀어." 나는 말했다. "그냥 이대로 가리지 않고 깔끔하게 두면 안 될까?"

"나는 시야를 가리는 뭔가가 필요하다고 생각해." 남편이 고집을 굽히지 않았다.

그래서 나는 마지못해 원점으로 돌아가 완벽한 타협점을 찾아나섰다.

나는 결국 곱디고운 하얀 면포를 여러 필 샀다. 계산대의 점원은 면포가 주로 칠면조 요리에 사용된다고 말했다. 나는 그 자리에서 부부 간 갈등에 대해 자세히 말하지 않는 게 낫겠다 싶어서 얇은 면포 뭉치를 들고 가게를 빠져나왔다.

집에 도착한 나는 고운 면포를 여러 겹 겹쳐서 나무 막대에 걸었다. 그리고 한 발 물러서서 내 창작물에 감탄했다. 그때 부엌에 들어온 남편이 고함을 질렀다. "이게 뭐야? 여전히 다 보이잖아!"

"왜 그렇게 질색하는 거야?" 내가 으르릉거렸다.

"왜냐고?" 남편이 말했다. "커튼을 사 오랬더니 붕대를 사 왔잖아."

**도대체 남편이 왜 이러는 걸까?** 나는 궁금해졌다. 내 심리 상담사는 창문 장식용품의 문제가 아니라 경계선과 사생활 보호의 문제라고 할 것이다. 물론 2분 정도 솔직하게 문제를 바라보자 나 또한 그게 진짜 문제라는 것을 알 수 있었다.

남편은 언제나 사생활을 매우 중시하는 사람이었다. 인간관계에서 경계선과 사적 영역을 존중하는 것이 중요하다고 배우면서 자랐다. 내게는 경계선이라는 개념 자체가 없었다. 나는 경계선이란 지도에 나오는 국경선 같은 거라고 생각했다. 호주는 노란색, 뉴질랜드는 하늘색으로 칠해지는 그런 국경선 말이다. 나는 "좋은 울타리가 좋은 이웃을 만든다"는 시인 프로스트의 말이 조경에 대한 조언인 줄 알았다. 경계선을 뛰어넘는다는 것은 적어도 나에게는 상상력을 확장하는 것을 의미했다.

아들들이 어릴 때가 기억난다. 아들들의 친구들이 놀러 오면 무슨 얘기를 하는지 엿듣지 않는 것이 힘들었다. 그러다 아들들이 좀 더 컸을 때는 바지 주머니를 뒤지지 않는다거나, 열었다 다시 접은 연애편지를 읽지 않는 게 힘들었다. 여자애들이 처음 전화를 걸어오기 시작했을 때는 전혀 절제력을 발휘하지 않았다. 통화가 끝나면 취조를 시작했다. "그래서 뭐라고 했는데. 너는 뭐라고 했어. 그다음에는 뭐라고 했는데?" 다행히도 그러면 남편이 다른 방에서 소리를 질렀다. "얘들아, 엄마 말에 답하지 않아도 돼." 물론 남편의 말이 맞다. 나는 언제나 너무 열려 있었고, 너무 시간이 많았고, 너무 집착했고, 너무 나댔고, 그야말로 뻥 뚫린 창문 같았다. 그러나 몇 년에 걸쳐 심리치료를 받은 나는 여러 가지를 알게 되었고, 경계선이 한 **사람**의 존재가 끝나고 다른 사람의 존재가 시작되는 지점으로 정의된다는 것도 알게 되었다.

이제 나는 나만의 작은 성장 과정을 거치고 있다. 나는 붕대를 두른 창문들을 보고 내 상처받은 어린 시절을 떠올리며 이렇게 말했다. "열었다 닫을 수 있는 덧창은 어때?" 남편은 웃으면서 나를 꼭 안아준 다음에 이해해줘서 고맙다고 말했다. 나도 웃으면서 말했다. "게다가 생각해봐. 적어도 앞으로 20, 30, 심지어 40년 동안은 추수감사절에 면포를 사지 않아도 되잖아."

"다행히도 그러면 남편이 다른 방에서 소리를 질렀다. '얘들아, 엄마 말에 답하지 않아도 돼'"를 다시 한번 읽어보라. **다행히도**를 찾았는가? 『맥콜스』가 보낸 교정본을 받았을 때 나는 **다행히도**라는 단어가 빠진 것을 발견했다! 그렇게 하면 문장의 의미가 달라진다는 것도 아마 눈치챘을 것이다. 나는 기차를 타고 뉴욕으로 나가 내가 소집한 미팅에 참석했다.

회의실이 너무 비좁아서 나는 바닥에 앉았다. 나는 말했다. "**다행히도**라는 단어를 빼면 이런 의미가 돼요. 남자, 즉 여기서는 남편이 아이 문제에 있어 결정권을 가지고 있다는 거죠. **다행히도**라는 단어를 넣어야 우리 부부가 한 팀이라는 사실이 전달돼요. 내가 못되게 굴고 있다는 걸 깨닫고, 또 현명하게 문제를 해결하는 파트너와 결혼한 것에 감사한다는 사실도요. 그리고 남편도 나에 대해 그렇게 생각한다는 것도요. 한 팀이에요. 동반자요. 남자가 여자보다 더 우월한 게 아니에요." 나는 설명했다. "혹시 그게 여러분 잡지의 1,700만 독자에게 전달하려는 메시지인가요?" 나는 편집주간을 바라보면서 말했다. "당신이 나를 고용할 때 내 목소리를 들려주라고 한 거 기억나요? 그 목소리를 들려주게 해줘요!" 회의실에 모인 사람들은 다 내 의견에 동의했지만, 그달 『맥콜스』가 출간되었을 때 편집부는 **다행히도**라는 단어를 뺐다. 나는 전화를 걸어서 고함을 질렀고, 편집부는 그 단어를 넣을 공간이 모자랐다고 말했다.

당신이 결코 타협하고 싶지 않았던 무언가를 위
해 투쟁한 경험에 대해 쓰라.

## 68

## 끝을 향해 나아가는 결말

우리는 뉴햄프셔주 콩코드에 있는 시댁으로 이사한다. 매일 90분을 운전해 뉴햄프셔주 세일럼에 있는 스폴딩 재활병원으로 간다. 우리는 오전 10시에 그곳에 도착해 밤 11시에 그곳을 떠난다. 이걸 12주 동안 계속한다.

지금은 12월이고 이 동네는 내가 자란 하트퍼드를 연상시킨다. 연립주택들이 가까이 붙어 있고, 지붕 달린 낡은 포치는 유행이 지난 색색의 크리스마스 조명으로 장식되어 있다. 눈밭에 반사된 따뜻한 빛이 나를 위로한다. 그러나 우리는 그 어느 때보다도 고통받고 있다.

콩코드로 돌아가는 길에는 오디오북을 듣는다. 필립 로스 Philip Roth의 장편소설을 가장 선호한다. 왜냐하면 필립 로스가 부드럽고 잔잔한 목소리로 직접 읽어주기 때문이다. 그러나 아침에는 거의 언제나 침묵 속에 이동한다. 우리는 각자의 생각에, 각자의 슬픔에 빠져 있다.

2주 전부터 댄은 우리를 전혀 알아보지 못하고 있다. 천장만 빤히 쳐다보는 얼굴에는 공포가 서려 있다. 때로는 눈을 뜬다. 때로는 입술을 움직인다. 나는 댄에게 묻는다. "댄, 뭔가 무서운 것이 보이거나 들리는 거니?" 답이 없다.

친구들이 가끔씩 찾아온다. 한동안 댄을 보지 못한 사람들은 충격을 감추지 못한다. 댄은 몹시 말랐고, 눈 밑이 거무스름하고, 기관내삽관을 한 지금은 관과 줄을 주렁주렁 달고 있다. 마치 TV드라마 《그레이 아나토미》에 나오는 잘생긴 젊은 환자처럼 보인다. 사람들은 댄에게 경쾌한 목소리로 말을 걸지만 그들에게 되돌아오는 건 하나다. 침묵.

댄은 몇 주 동안 전혀 움직이지 않았다. 초기에는 열정적이었던 물리치료사들도 지금은 재활 스케줄 잡는 걸 중단했다. 그들은 가끔 병실에 머리를 들이밀고는 눈으로 묻는다. "오늘은 어때요?" 우리는 고개를 젓는 것으로 답을 대신한다. "아니요, 오늘은 안 될 것 같아요."

어느 일요일, 내 가장 친한 친구 로리가 비니어드에서 찾아오겠다고 했다. 우리는 함께 점심을 먹기로 했고, 그래서 나는 조엘에게 당신은 집에 있으라고 말한다. 남편에게는 휴식이 필요하다. 아무 반응이 없어도 나는 댄에게 책을 읽어주며 오전 시간을 보낸다. 로리가 왔고 그녀는 병실 침대에 걸터앉아 댄에게 말을 건다. "나가자." 내가 말한다. "여기서 나가야겠어."

우리는 평소 조엘과 내가 점심을 먹는 식당으로 간다. 음식을 앞에 두고 나는 깨작거리기만 한다. 로리는 피바디 에식스 박물관에서 전시회가 있다고 알려준다. 병실로 돌아가지만 않아도 된다면 뭐라도 하겠다는 절박한 마음이 든다. 그래서 우리는 박물관 근처에 주차를 하고 들어간다. 오트 쿠튀르 의상들이 전시되어 있다. 첫 번째 전시실에는 검은색 마네킹 여덟 개가 단상에 나란히 세워져 있다. 20년대의 구슬 수술이 달린 연분홍빛 크레이프 원피스부터 60년대의 하얀색 고고부츠와 미니스커트까지 다 다른 옷을 입고 있다. 나는 아무도 없다는 사실에 안도한다. 움직일 수가 없다. 그 자리에 서서 흐느끼며 운다. 로리는 내 손을 잡았고 스폴딩 병원으로 돌아가는 내내 우리는 침묵한다. 그녀가 할 수 있는 말은 없다. 그녀도 알고 나도 안다. 그래서 우리 사이에 흐르는 침묵은 선물이다. 그러나 내가 차에서 내리기 전에 로리가 말한다. "정말 슬픈 일이야, 낸시. 그냥 슬퍼." 나도 말한다. "그래, 슬퍼."

우리는 서로를 꼭 안아주고 나는 본관으로 걸어간다. 그때 내 머릿속으로 번뜩 이런 생각이 파고든다. **맞아, 물론 슬픈 일이야. 하지만 그게 다일까? 가서 확인해봐야겠어.**

계속 걸어가면서 나는 람 다스가 『방앗간을 위한 곡식』 *Grist for the Mill*에서 묘사한 시계에 대해 생각한다. 6시, 뭔가 나쁜 일이 일어난다. 이를테면 다리가 부러진다. 그런데 6시 15분에 만난 수술을 담당한 외과의가 몹시 귀엽고 그가 당신에게 관심을 보인다. 6시 25분, 그가 유부남이라는 사실을 알게 된다. 6시 40분, 실은 그가 아내와 사별했다는 사실을 알게 된다. 이제 6시 45분이 되었고 그와 사귀기 시작하다 6시 50분에는 그와 사랑에 빠지고, 7시에 그와 동거를 시작한다. 다리가 부러지지 않았다면 지금 사랑을 찾지 못했을 것이다.

나는 그동안 다리가 부러진 6시에 갇혀 살았다. **댄이 아프다는 사실에, 댄을 건강하게 만들겠다는 결심에** 갇혀 있었다.

이제 나는 7시로 빠르게 이동하기로 마음먹는다! 매처럼 높은 곳으로 날아서 조망하기로 한다. 360도를 전부 내 시야에 넣겠다. 나는 댄의 천장에서 내려다보면서 전체 그림을 파악할 작정이다.

이제 내 발걸음은 경쾌하기까지 하다. 나는 살을 파고드는 메마른 추위에서 벗어나 회전 유리문을 밀고 병원의 열기가 만들어낸 벽을 뚫고 간다.

병실로 올라가는 엘리베이터에서 나는 뭔가가 달라진 걸 느낀다. 7층으로 올라갈 때면 으레 따라붙어서 내 가슴을 짓누르던 갑갑함과 초조함이 사라졌다. 나는 우리가 16년 동안 살아낸 비극을 보지 않을 것이다. 그것을 보는 다른 관점이 분명 존재하고, 나는 아주 오래된 이야기의 한복판에 있는 완전히 새로운 장소에 설 참이다.

정말 그게 다인가? 오직 비극만일 수는 없다. 그냥 슬프기만 한 일이 아니다.

나는 병실로 들어가 댄의 침대 발치에 선다. 그리고 처음으로, 내 존재의 본질 깊숙한 곳에서 댄이 죽어간다는 것을 알게 된다. 물론 나는 그 사실을 내내 알고 있었다. 그러나 이번에는 처음으로 그런 사실을 아는 것에 **저항**하지 않았다.

내 아들은 죽어가고 있다. 그동안 당뇨 저혈당쇼크, 병원에서의 응급상황, 시내 병원으로의 응급 후송 등 댄이 죽음의 문턱까지 갔던 모든 날들을 거치면서 나는 댄이 이른 나이에 죽으리라는 것을 알고 있었다. 그러나 댄이 실제로 죽을 것이라고는 결코 믿지 않았다. 그런 모순된 진실을 그토록 고집스럽게 믿는 것이 어떻게 가능했을까?

그 순간 뭔가 초현실적인 현상이 일어났다. 일반적인 의미로는 들리지 않는 대화가 시작되었다. 나는 그 대화를 들었고, 그 대화에 참여했고, 의심의 여지없이 그 대화가 실제로 일어났다는 것을 안다. 그러나 그 대화는 몸 안에서 일어났다. 나는 그것이 텔레파시를 통한 대화였다고 확신한다. 그것을 표현하는 단어가 있다는 것 자체에 감사한다. 그렇지 않았다면 그 경험을 어떤 맥락으로도 풀어낼 수 없었을 테니까. 나는 그것이 종결 욕구로 인해 내가 머릿속에서 만들어낸 현상이 아니라는 것을 안다.

그러니 이제 그 경험을 설명해보겠다.

나는 댄의 침대 발치에서 말한다(내 마음속으로만). **네가**

죽어가고 있다는 거 알아. 그것이 실제로는 네가 형태가 있는 상태에서 형태가 없는 상태가 되는 것이라는 사실도 알아. 완전히 이해했어. 하지만 나는 우리 모자 관계가 이대로 끝나는 게 싫어. 그러니까 네가 가는 곳이 어디든, 우리가 계속 연락할 것이라고 약속해줄 수 있을까?

댄은 움직이지 않는다. 그러나 댄이 움직이지 않은 지는 꽤 됐다. 나는 가능한 방법들을 제시해본다. 나는 이렇게 말한다. 내가 골든레트리버를 볼 때마다 그게 너라고 생각해도 되지 않을까? 그리고 생각한다. 아니다, 골든레트리버는 너무 흔해. 어딜 가도 골든레트리버를 만날 테고, 그렇게 매 순간 네가 내게 연락할 거라고 기대할 순 없겠지. 나는 잠시 침묵하다가 이렇게 말한다(마음속으로). **희귀종 나비는 어때? 그런 나비를 볼 때마다 네가 안부를 전한다는 것을 아는 거야.**

댄은 여전히 공포에 질린 표정으로 천장만 바라보고 있다. 나는 말한다(이것도 전부 마음속으로). **아니, 그것도 좋은 방법이 아니다. 그러면 네 연락을 받을 일이 거의 없을 거 아냐. 뭔가 다른 방법을 찾아볼게.**

그때 댄의 눈동자가 움직인다. 너무나 미묘하게, 살짝 움직여서 나는 내가 잘못 본 거라고 생각한다. 그러나 곧 댄의 입술이 미소를 만든다. 몇 주 동안이나 고정되어 있던 입술이다. 그리고 댄이 말한다(잊지 말자, 이것은 내 마음속에서 들린 내용이다). **엄마는 내 죽음에서조차 나를 통제하려고 드는군요.**

맙소사, 나는 지금 뭔가 엄청난 일이 일어났다는 것을 안다. 우리는 텔레파시로 통했다! 세상에나. 그게 지금 일어나고 있는 일이란 걸 나는 안다. 나는 정신이 말짱하다. 댄이 미소를 짓는다!

지금 이 순간 나는 우리가 삶이라고 부르는 나만의 연극이 진행되는 무대 중앙에 있다. 또한 발코니석에서 그 연극의 관객이 되어야 한다. 나는 댄과 함께 있으면서 이 놀라운 일을 경험해야 하고, 동시에 청중석에 있으면서 이것을 기록하고 저장해야 한다. 나는 내 창자에서 이것을 느껴야 하고, 아주 먼 거리에서 지켜보기도 해야 한다. 그리고 이렇게 가까이에서 느껴야 한다. 그리고 이렇게 멀리에서 지켜봐야 한다. 엄청난 일이라는 것을 안다. 그리고 나는 이 엄청난 일을 하고 있다. 내가 이 일을 하도록 나 자신이 등 떠밀고 있다. 조금 뒤에 나는 아주 조심스럽게 침대 옆으로 간다. 갑자기 크게 움직이면 마법이 깨질 테고, 그러면 이 상황을, 기적을 바라는 간절한 마음과 그 마음의 투사로밖에는 설명할 수 없게 되리라고 확신했기 때문이다. 나는 댄의 머리맡에 있는 의자에 앉는다. 댄이 연달아 기침을 하더니 캑캑거리기 시작한다. 댄에게 기관내삽관을 실시한 후로 가래가 끼면서 구역질과 구토를 하고 호흡 곤란이 일어나곤 한다. 그럴 때면 석션으로 가래를 빼내야 한다. 댄의 여자친구 세라와 내 남편 조엘은 석션하는 법을 배웠다. 손을 꼼꼼하게 씻은 뒤 위생장갑을 끼고 필요한 것들이 모두 들어 있는 비닐을 뜯는다. 석션 카테터를 엄지에 감은 뒤 식염수 배수통을 댄의 배에 올리고 산소 호흡기를 치운 다음 댄의 목에서 밀어내는 느낌을 받을 때까지 카테터를 집어넣는다. 댄이 기침을 하고 캑캑거리면 카테터를 꺼낸다. 이걸 반복한다.

나도 배우려고 해봤지만 실패했다. 어떻게든 숨을 들이마시려고 몸부림치는 댄의 얼굴을 볼 수가 없었다. 도저히 할 수가 없었다. 다른 사람이 하는 것조차 볼 수가 없다. 그래서 댄과 단둘이 있을 때는 달려가서 호흡기 간호사를 호출해 대신 하게 한다. 그러나 이번에는 댄이 기침을 하면서 캑캑거리는 동안 달려가서 간호사를 부르지 말라고 뭔가가 내게 말한다. 어떻게 이런 일이 일어나는 건지 이해할 수는 없지만 달려가서 도움을 요청하지 말라는, 자신이 혼자 하도록 내버려두라는 댄의 메시지는 확실하게 전달받는다. 나는 풀로 붙인 듯 의자에 딱 붙어서 댄이 숨을 쉬지 못해 버둥거리는 것을 지켜본다.

그리고 한순간에 나는 이해한다. 나는 말한다(마음속으로). 댄, 나는 한번도 네가 버둥거리도록 내버려두지 않았어. 네가 아기였을 때부터 나는 매번 끼어들었어. 네가 스스로의 힘을 찾아가는 걸, 네가 어떤 사람인지 발견하는 걸 가로막았어. 내 두려움, 내 집착으로 인해 너의 여정은 네 것이라는 걸 믿지 못했기 때문이야. 그래서 네가 살아가는 내내 너와 네가 될 수 있었던 너 사이를 가로막았어. 그리고 이제 네 삶이 끝나는 곳에서 마침내 알게 됐어. 너는 이걸 극복할 수도, 극복하지 못할 수도 있어. 하지만 나는 더 이상 너를 구해줄 수 없어. 애초에 구해주려고 해서도 안 됐어. 너를 믿었어야 했어. 네가 스스로 네 힘을 찾으리라는 것을. 내 두려움으로 인해 네가 제대로 성장할 수 없었던 거야. 그리고 이런 생각이 끝났을 때 몇 주 동안 머리를 움직인 적이 없는 댄이 내 쪽으로 고개를 돌렸다! 댄이 내게 보내는 연민에 찬 눈길, 지혜롭고 따뜻한 스승이 보여줄 법한 자애로운 눈빛. 그것만큼은 절대 잊지 못할 것이다. 댄이 정확하게 어떤 단어들을 썼는지는 기억나지 않는다. 그러나 아마도 **제법인데요** 또는 **잘됐어요** 같은 것이었다. **마침내 이해했네요.** 게다가 윙크까지! 맹세컨대 정말로 윙크를 했다. 그리고 또 다른 단어들. **늦은 때란 없으니까요.** 이번에는 씩 웃는다! 나는 환희에 취해 앉아 있다.

댄은 비 오듯 땀을 흘리고 있다. 땀을 닦아주려고 수건을 가지러 가는데 갑자기 내 손이 내 것이 아닌 것처럼 느껴진다. 두 손이 댄의 가슴으로부터 약 15센티미터 위에서 멈춘다. 그런 다음 천천히 댄의 몸과 평행을 이루며 발쪽으로 움직인다. 아무리 해도 내 의지로는 손을 내릴 수가 없다. 눈에 보이지 않는 힘이 내 두 손을 떠받치고 있다. 마치 다른 사람이 내 손을 움직이고 있는 것 같다. 댄의 발끝까지 이동하자 나는 두 손을 모아서 그릇 형태를 만든다. 내가 스스로는 만들지 못했을 손 모양이다. 두 손이 다시 댄의 몸을 따라 위로 올라가면서 에너지를 댄의 머리로 이동시킨다. **에너지를 이동시킨다**는 표현을 쓰는 이유는 뭔가 저항이 느껴졌지만 내가 밀어낼 수 없을 정도로 강한 저항은 아니었기 때문이다.

나는 에너지 힐러들이 치유하는 현장을 직접 목격한 적이 있다. 그러나 댄과 함께한 이 순간을 맞이하기 전까지는 에너지를 실제로 느껴본 적이 없었다.

나는 두 손을 든 채로 댄의 몸 전체를 훑는다. 세 번 반복해서 마지막으로 훑을 때 댄은 눈을 감았고, 몇 주 만에 처음으로 댄의 표정이 편안하고 평화로워 보인다.

나는 다시 의자에 앉는다. 나는 지금 기적이, 어떤 신성한 일이 일어났으며, 따라서 그냥 그 자리에 계속 머물러야 한다는 것을 안다. 그러나 다른 한편으로는 전화기를 들고 밤 공기 속으로 달려나가 조엘에게 전화를 걸고 방금 벌어진 일을 낱낱이 보고하고 싶다. **왜 늘 모든 걸 그렇게 서둘러서 나누려고 하는 거야?**

나는 미처 생각하기도 전에, 어떤 사전 예고도 없이 이미 자리에서 일어나 다시 댄의 발치에 서 있다. 댄은 깨어 있다. 공포에 찬 표정으로 돌아왔다. 그때 기묘한 총천연색 영화가 내 머릿속에서 상영되기 시작한다. 보송보송한 분홍색, 보드라운 하늘색, 연한 노란색, 그리고 하얀색 구름들이 거대한 황동색 주석 출입문을 에워싸고 있다. 문이 열린다. 소리가 들린다. **들어와, 들어와, 들어와.** 나는 그 소리가 댄을 부르는 소리라는 걸 안다.

댄이 내게서 떠나가고 있다. 그러나 아들을 보니 일그러진 표정은 사라지고 온전한 즐거움과 놀라움으로 가득한 희열만이 얼굴에 남아 있었다. 평온함이 우리 둘 위에 내려앉는다. 나는 어두운 병실에서 한참을 앉아 있는다.

나는 댄의 평생을 댄을 애도하면서 보냈다. 우리가 지금 함께한 일이 내 남은 평생을 지탱해줄 것이다.

❧

댄이 환자로 지낸 16년 동안 조엘은 댄의 필요에 맞춰 모든 장비를 개조했다. 운동기구도 설치했다. 체인과 유압 리프트까지 동원되었다. 이번에 스폴딩 병원에서 퇴원한 댄이 마지막으로 집에 돌아왔을 때 조엘의 기관내삽관 장치의 동력기가 하도 시끄러워서 기계에서 나는 그르릉 소리와 쉭쉭 소리 외의 다른 소리는 전혀 들을 수가 없었다.

　철물점에 간 조엘은 몇 미터는 되어 보이는 엄청나게 긴 관들을 구해 왔다. 다섯 시간에 걸쳐 관을 연결해 시끄러운 기계를 댄의 방 밖으로 빼냈다.

　**조엘 애러니: 기적을 일으키는 사람.** 명함을 주문해야 겠다.

　나는 댄의 방을 아름답게 꾸민다. 댄의 하복부에 울퉁불퉁하게 튀어나온 빨간 장루[배변이 정상적인 경로로 이루어질 수 없는 경우 수술로 장의 일부를 복벽에 고정하여 대변을 체외로 배설할 수 있게 하는 구멍]를 감추는 옷을 산다. 댄에게 크고 느슨한 운동복을 입혀서 뼈만 앙상하게 남은 다리를 가린다. 나는 식사를 담당한다. 조엘과 고마운 친구 게리와 나는 강력한 팀이다. 게리는 심리와 음악을 담당하고, 조엘은 유머와 힘을 담당한다. 댄을 들어올리는 일과 씻기는 일, 그리고 댄을 웃기는 일을 한다.

나는 여전히 해결사다. 지금도 모든 가능한 치료법에 관한 모든 단서를 조사한다. 댄의 예전 여자친구들에게 연락해서 댄에게 전화를 걸어달라고 부탁한다. 댄의 친구들을 모아서 이날 한 시간, 저 날 한 시간씩 머물다 가도록 일정을 짠다. 댄의 옆에 누워서 피터 패럴리Peter Farrelly의 『아웃사이드 프로비던스』Outside Providence, 조지 칼린George Carlin이 생전에 쓴 글들, 장 도미니크 보비Jean-Dominique Bauby의 자전적 에세이 『잠수종과 나비』The Diving Bell and the Butterfly를 읽어준다.

조엘은 매일 밤 비니어드헤이븐에 있는 댄의 집에서 댄과 함께 잠을 잔다. 나는 매일 밤 11시 30분쯤에 차로 20분 떨어진 칠마크의 우리 집으로 돌아간다.

1월 28일 자정이 되기 직전에 나는 댄의 곁을 떠나 집으로 돌아갈 준비를 한다. 댄이 내게 할 말이 있다는 신호를 보낸다. 목 삽관을 덮고 있는 거즈를 치워달라는 신호다. 그래서 나는 얼른 손을 씻고 삽관의 구멍을 손가락으로 막는다. 댄은 아주 또렷한 목소리로, 그것도 제법 큰 소리로 말한다. "사랑해요, 엄마."

그것이 댄이 내게 한 마지막 말이다.

2010년 1월 29일 나의 별, 나의 사랑스러운 아들, 나의 초신성이 폭발하면서 우리를 떠났다. 조엘은 댄이 마지막 숨을 거둘 때 그 옆에서 막 잠이 든 참이었다. 큰아들 조시도 그 자리에 있었다. 조시는 내가 아는 한 가장 논리적이고 현실적인 사고를 하는 사람이다. 조시는 그 순간에 휙 하는 소리와 함께 뭔가가 방에서 나가는 것을 느꼈다고 말한다. 나는 그것이 댄이 조시에게 남긴 선물이라는 것을 안다.

어느 토요일 조엘과 내가 산책을 하는데 갑자기 새떼가 날아와서는 새들만의 방식으로 빙빙 돌다가 땅을 향해 쏜살같이 내려오다 다시 날아오르기를 반복한다. 그러고는 하나둘씩 전화선에 앉는다. 마치 뮤지컬 《코러스라인》의 안무를 짠 마이클 베넷이 찌르레기들을 위해 안무를 짠 것처럼 느껴질 정도다. 우리 두 사람은 입을 떡 벌린 채 새들이 휙휙 날아다니며 춤추는 것을 지켜본다. "어떻게 저렇게 하는 거지?" 남편이 말하자 새들이 마치 큐사인을 받은 듯 한 마리씩 차례차례 날아오른다. "한 마리가 이렇게 말한 게 틀림없어. '어이, 오늘은 애러니네서 브런치를 먹는 거야. 출발.'" 우리는 웃었고 나는 이렇게 말한다. "어떤 식으로든 댄이 여기에 관여하고 있는 장면이 당신 마음에는 전혀 떠오르지 않아?"

남편은 과학자다. 지금은 내가 하는 말에 고개를 흔들거나 눈알을 굴리는 일은 없다. 우리는 부부로 산 지 아주 오래됐다. 남편이 진실을 받아들이기 위해서는 경험적 증거가 필요하다. 영혼이니 신비주의니 하는 것은 먹히지 않는다.

새들은 완벽한 공연을 계속 이어나가고 남편은 했던 말을 또 한다. "어떻게 저렇게 하는 거지?"

그리고 내 내면 깊숙한 곳에서 이런 소리가 들린다. "남편에게 **어떻게**에 너무 집중하지 말라고 말해줘. **저렇게** 한다는 것에 감탄해야 한다고 말해줘."

골든레트리버는 한 마리도 보이지 않는다. 희귀종 나비도 없다. 그냥 춤추는 새떼뿐이다.

## 69

끝

마무리되지 않은 끝은 매듭이 지어지지 않은 끝, 해결되지
않은 문제일 뿐이다.

모든 이야기가 완결되어야 하는 것은 아니지만 당신 자전
적 에세이의 대주제, 당신이 그 이야기를 쓰게 된 주된 이유
는 해결되어야 한다. 그렇지 않으면 독자들은 사기를 당한
기분이 들 것이다. 그리고 실제로도 당신은 독자에게 사기를
쳤다.

자전적 에세이를 쓴다는 것은 단순히 일기장의 내용을 베
껴 쓰는 행위가 아니다. 당신은 이야기를 들려주고 있다. 당

신이 겪은 어려움을 들려주고, 그 과정에서 당신이 거둔 작은 승리들과 당신이 어떻게 그 구덩이에서 빠져나왔는지, 그리고 간신히 빠져나온 그 구덩이에 어떻게 도로 빠지게 되었는지를 들려주고, 독자와 함께 그 구덩이에서 다시 한번 빠져나와야 한다. 그리고 마침내 독자에게 당신이 어떻게 그 구덩이에서 빠져나오게 되었는지 그 과정의 로드맵을 제시해야 한다.

당신이 거쳐온 길을 일일이 복기하는 작업이 아니다. 그것이 가능하다는 것을 보여주는 것이 핵심이다. 빠져나오는 것이 가능했다. 그게 전부다. 그것이 핵심이다.

내가 포기하지 않도록 그것이 가능하다는 것을 내게 보여달라.

당신 눈앞에서, 그것도 당신이 어릴 때 아버지가 돌아가시면 몇 가지 선택지가 주어진다. 그중 하나는, **아, 예상치 못한 일이 벌어지기도 하는군. 나는 나뭇잎이 되어서 내가 어디에 떨어질지를 바람에 맡기겠어.** 또는 나처럼, **다시는 이런 일을 겪지 않겠어. 다시는 이런 고통과 충격을 겪지 않겠어. 모든 것과 모든 사람을 철저히 통제하겠어. 나뭇잎이 자라게 만들고, 언제 바람이 불지도 내가 결정할 거야**라고 할 수도 있다.

생후 9개월에 시작되어 서른여덟 살에 끝난, 댄이 환자로서 걸어간 여정의 전체 기간 동안 나는 모든 땅의 모든 나무의 모든 나뭇잎을 통제하려고 애썼다. 그리고 바람은 말할 것도 없고 단 한 가지도 내 뜻대로 된 것은 없었다.

나는 댄이 의도적으로 우리 부부에게 우리 삶을 돌려줬다고 생각한다. 댄은 우리가 110세가 될 때까지 자신을 돌보리라는 것을 알았다. 우리는 그것을 특권으로 여겼을 것이다.

댄이 죽기 1년 전쯤 어느 날이 기억난다. 댄은 나를 보면서 말했다. "엄마, 엄마랑 아빠가 나를 돌보지 않았다면 나는 이렇게 살아 있지 못했을 거예요." 그러고는 잠시 동안 아주 조용해졌다가 이렇게 말했다. "하지만 짐이 되는 게 싫어요." 나는 이렇게 대꾸했다. "너는 못되게 굴 때나 짐이었지. 지금은 선물이야."

그리고 사랑하는 친구 게리가 부린 마법. 우리가 주택담보대출을 받을 수 있도록 도와주고, 댄을 고치려 들지 않으면서도 댄과 내 관계의 문제점을 내가 직시하도록 이끌어준 게리. 바로 그때 게리가 우리 삶에 들어온 것에 대한 감사 인사는 누구에게 해야 하는 걸까? 나는 우리 연합군이 모서리가 없는, 순수한 품격, 완벽한 균형 그 자체인 원과 같다고 생각한다. 연합군에 속한 모두가 자신에게 필요한 것을 얻었다. 게리는 가족이 필요했다. 우리는 그의 가족이 되었다. 게리는 댄을 사랑했고, 댄도 게리를 사랑했다. 나는 정신과 의사, 멘토가 필요했다. 최근에 내게 고백했듯이 조엘에게는 아내인 '치열한 낸시'의 도움과 지지가 필요했으며, 게리는 그에게 구원 투수와도 같은 존재였다.

댄이 죽은 지 5년이 지났을 때 우리는 이베이에서 검은색

소형차 미아타를 샀다. 날이 추울 때도 우리는 뚜껑을 연 채로 아퀴나로 향했다. 우리는 뮤지컬 《파자마 게임》의 노래를 불렀고, 가끔은 뮤지컬 《아가씨와 건달들》의 노래를 부르거나 잭 콘필드의 오디오북을 들었다.

그리고 우리는 댄에게 감사했다.

우리는 댄이 좋아했던 낚시터 몇 군데에 들러, 주차를 했고, 울었고, 회상했고, 또다시 울었다. 그리고 우리 중 한 사람이 "속도 좀 줄여, 속도광", "꽤 멋져", "그냥 포기하고서 성욕을 충족하지 못한 시체만큼은 절대 되고 싶지 않아" 같은 말을 했다. 그리고 그 자리에 댄이 있었다. 매번, 언제나. 다만 다른 형태로 존재하는 것뿐이었다.

이상하게 들리겠지만, 조엘과 나는 둘 다 댄이 죽기 전 마지막 2년이 댄에게 가장 행복한 시간이었다고 생각한다. 행복한 시절. 나는 항복을 나타내는 모든 영적 단어들을 알고 있었지만, 실제 행위인 내려놓기, 즉 그 **무엇도** 통제하려고 들지 않기만큼은 아주 오랫동안 실천할 수가 없었다. 그러나 결국에는 해냈다. 나는 천천히 그 좁은 길을 향해 움직였고, 그곳에서 나를 기다리고 있던 댄과 조엘과 조시에게 도달했다. 그 길로 이어진 다리에는 '받아들임'이라고 적힌 네온사인 표지판이 반짝이고 있었다.

길잡이

당신의 가장 친한 작가 친구에게 이 책을 선물하라.

# 감사의 말

먼저 여섯 명의 산파, 수지 베커Suzy Becker, 코니 베리Connie Berry, 캐럴 길리건Carol Gilligan, 주디 해넌Judie Hannan, 디디 라먼Dede Lahman, 잰 윈번Jan Winburn에게 감사 인사를 보내고 싶다. 그들이 없었다면 이 책은 결코 탄생할 수 없었을 것이다. 내 뛰어난 편집자들, 제이슨 가드너Jason Gardner, 크리스틴 캐시먼Kristen Cashman, 미미 쿠시Mimi Kusch에게도 감사한다. 또한 내 친구이자 에이전트인 플립 브로피Flip Brophy, 내게 절대 '노'라고 말하지 않는 월리 램Wally Lamb에게도 감사한다.

매주 화요일 오후 4시에(누가 아일랜드에 있고 없는지에 따라 달라지지만) 내 뮤즈가 되어주는 우리 창작 그룹 회원들, 제이미 케이질리어리Jamie Kageleiry, 니콜 갤런드Nicole Galland, 로라 루스벨트Laura Roosevelt, 케이트 파이퍼Kate Feiffer, 캐시 월서스Cathy Walthers, 라라 오브라이언Lara O'Brien, 멀리사 해크니Melissa Hackney에게도 감사한다.

이 책의 초고를 읽어준 하워드 웰스Howard Wells, 조디 헤프런Jody Hefren, 아니 라이스먼Arnie Reisman, 폴라 라이언스Paula Lyons, 밥 브루스타인Bob Brustein, 도린 베인하트Doreen Beinhart,

시그 반 란Sig Van Raan, 수전 디클러Susan Dickler, 데니즈 배리시Denise Barach, 바바니 넬슨Bhavani Nelson, 케이 골드스타인Kay Goldstein, 프래니 사우스워스Frannie Southworth에게 내 사랑과 감사를 보낸다. 계속해서 주문형 출판 서비스를 제공하고 있는 피트앤드세븐에게도 감사한다.

나를 안아주고 먹여준 친구들에게도 감사 인사를 하고 싶다. 로리와 리처드 해머메시Lorie and Richard Hamermesh, 제인 란셀로티Jane Lancellotti, 재클린 비셔Jacqueline Vischer, 존 자이젤John Zeisel, 브룩 애덤스Brooke Adams, 토니 샬호브Tony Shalhoub, 주디스 카우프먼Judith Kaufman, 스티브 켐퍼Steve Kemper, 샤론과 데이비드 만Sharon and David Mann, 제이미 햄린Jamie Hamlin, 마고 다츠Margot Datz, 캐럴과 조지 브러시Carol and George Brush, 게리와 마사 유커비치Gerry and Martha Yukevich, 수지 오컨Susie Oken, 마거릿과 게리 스토로Margaret and Gerry Storrow, 니키 패튼Niki Patton, 멀과 데이비드 트래거Merle and David Trager, 낸시 버거Nancy Berger, 엘리스 르보비트Elise LeBovit, 스티븐과 주디스 캠프먼Steven and Judith Kampman, 에인절 셰퍼드Angel Shepard, 손드라 하트-라벨Saundra Hart-LaBelle, 루이즈 케널리Louise Kennelley, 쇼넌 트롤슨Shaunan Trollson, 바버라 에델스타인Barbara Edelstein, 데비 필립스Debbie Phillips, 캐시 올슨Kathy Olsen, 찰리 호이Charlie Hoye, 베키 미닉Becky Minnick, 딜런과 코너 비슨Dylan and Connor Beeson. 또한 웨스트메도 공동체 구성원 모두에게도 감사 인사를 전하고 싶다. 브룩과 마이클 어번Brook and Michael Urban, 제인 레인워터와 에드 호건Jane Rainwater and Ed Hogan, 줄리 하

우저먼Julie Hauserman, 존 쿠니John Cooney, 말라카이 더피Malachy Duffy, 고마워요. 그리고 내 코네티컷주 가족들, 셜리 왁텔 이모Aunt Shirley Wachtel, 스투와 수 왁텔Stu and Sue Wachtel, 테드 왁텔Ted Wachtel, 데브와 크리스 체서리Deb and Chris Chessari, 그리고 내 동생 론 커티스Ron Curtis에게도 감사한다.

끊임없이 내 영혼을 인도하는 두 안내자, 내 언니 프랜시스 슬로님 커티스 반하트Frances Slonim Curtis Barnhart와 내 아들 댄Dan에게 불멸의 사랑과 영원한 감사를. 딸이 바랄 수 있는 최고의 어머니인 내 엄마 헤니Hennie.

내 언니의 세 아가들, 애덤 커티스Adam Curtis, 제니퍼 프랙스Jennifer Prax, 엘리자베스 모스Elizabeth Moss에게 감사한다.

세상 곳곳에 있는 모든 애러니에게, 특히 미칼Michale, 이매뉴얼Emmanuel, 에이프릴Aprill에게.

그리고 내 소중한 애러니 형제들, 알Al, 스티브Steve, 마트Mart에게도.

또한 내게 계속해서 '예스'를 보내주는 우주에도 감사를 표한다.

글쓰기가 걷기나 등산처럼 일상의 풍경으로 자리 잡아가고 있다. 우리는 왜 쓰려고 할까? 나는 글쓰기 열풍이 자신을 지키려는 본능이자, 삶에 대한 사랑의 행위라고 생각한다. 글쓰기 수업을 진행하면서 숱한 사례를 목격했다. 사회안전망이 부실하고 경쟁이 심한 나라에서 힘없는 개인은 더 쉽게 다치지만, 마침내 자기 회복을 위해 글쓰기를 선택하고, 쓰는 존재로 살아가며 자신에 대한 긍지를 회복하고야 만다. 여기 『내 삶의 이야기를 쓰는 법』도 그러한 진실을 담고 있다. 저자는 아픈 아이를 먼저 보낸 엄마로서 "글쓰기는 부서진 마음의 최고의 치료제"라는 것을 몸소 경험하고 45년간 글쓰기 워크숍을 진행했다. 이 책이 자기 이야기를 쓸 때 일어나는 진실에 대한 증언록이자, 자전적 에세이 쓰기를 안내하는 책이 될 수 있는 이유다. 쓰고 싶다는 열망은 크지만 시작이 막막한 사람이라면 첫 장을 넘겨도 좋다.

— 은유(『은유의 글쓰기 상담소』 저자)

누군가의 삶을 함부로 요약한다고 느낄 때는 우리가 서로를 이렇게 부를 때다. 우울증 약을 먹는 학생, 아이를 잃은 엄마, 비정규직 노동자…. 그러나 글쓰기는 결코 삶을 요약하지 않는다. 세상이 부르는 대로 쉽게 요약되던 삶을 여러 페이지에 걸쳐, 수많은 디테일로 펼쳐 놓는다. 이 삶이 고통스러운 동시에 어떻게 아름다울 수 있는지를, 우리가 어떻게 울면서도 웃을 수 있는지를 보여준다. 자전적 글쓰기가 갖는 치유의 힘은 여기서 나온다. 이 책의 저자 낸시 애러니 역시 자신이 겪은 일을 '아픈 아들과 그를 돌본 엄마의 삶'으로 요약하지 않으려고 글을 쓴다. 수많은 글쓰기 책 사이에서 이 책이 빛나는 건 그녀가 '잘 쓰는 방법'을 알려주는 대신 '자기 목소리를 내도 된다'고 말하기 때문이다. 때로 우리는 가장 중요한 질문을 잊고 다른 질문만 한다. 어떻게 하면 잘 쓸 수 있는지 비결을 묻느라, 쓰는 일의 본질을 잊는다. 그런 우리에게 작가는 말한다. 당신의 이야기를 해도 된다, 당신의 목소리로. 진실을 쓰고 싶다면 당신이 느끼는 감정의 진실을 쓰면 된다. 마지막 장을 덮는 순간 글을 쓰고 싶어질 것이다. 마치 누군가 그렇게 말해주길 오래 기다린 사람처럼.

― 김신지(『시간이 있었으면 좋겠다』, 『기록하기로 했습니다』 저자)

낸시 애러니의 유명한 글쓰기 워크숍에서 수강생들은 낸시 애러니가 자신들의 글쓰기를 낳은 산파였다고 한결같이 말한다. 드디어 그녀는 열정과 고통, 진심과 유머가 함께 출렁이는 자기만의 문학적 자녀를 세상에 내놓았다.

― 제럴딘 브룩스
(퓰리처상 수상 작가, 『피플 오브 더 북』, 『이슬람 여성의 숨겨진 욕망』 저자)

감동적이고 유익하며, 영감을 주면서도 따뜻한 이 책은 당장 책상에 앉아 당신 인생의 진실과 영혼에 대해 쓰고 싶게 만들 것이다.

― 잭 콘필드(『마음이 아플 땐 불교심리학』 저자)

작가는 통찰력을 주는 일화와 자신의 글에서 찾은 사례들을 통해 어떤 것이 글쓰기에 효과가 있는지 아니면 없는지를 비판적이면서도 유머러스하게 알려준다. 작가는 진실을 이야기하는 것이 중요하다고 강조하며, 자신이 극복해야 했던 어려움과 자신이 얻은 교훈과 자기의 성장 이야기를 통해 그런 메시지를 진중하게 때로는 날것의 솔직함으로 전달한다. 자기의 기억을 포착하고, 기록하고, 이해하고자 하는 사람들을 위한 책이다.

― 『북리스트』

이 책은 평범하고 남루한 인간 경험에 관한 책으로, 그런 경험을 어떻게 효과적으로 써야 할지 가르친다. 그리고 나는 이 책의 힘과 궁극적인 사명은 독자가 어리석음과 불가능한 과제들로 점철된 지극히 정상적인 인간의 삶에서 살아남도록 돕는 것이라고 생각한다.

— 토머스 무어(『영혼의 돌봄』 저자)

낸시 애러니는 자신의 아름다운 이야기를 활용해 완벽한 사례를 제공한다. 이 책을 읽으면서 당신은 웃을 것이고, 아마도 울 것이고, 무엇보다 장담하건대 글을 쓰게 될 것이다!

— 칼리 사이먼(작가, 그래미상 수상 뮤지션)

놀라울 정도로 내밀하고, 깊은 통찰을 주며, 기이하게 재미있고, 심오한 울림을 주는 이 책은 반드시 읽어야 한다! 글은 전혀 예상하지 못한 수많은 방식으로 전개된다. 그러면서도 소명, 진실, 의미를 찾는 우리 자신의 개인적 탐색의 여정과 정확하게 연결된다.

— 토니 샬호브(배우, 골든글로브상 및 에미상 수상자)